Tucholsky Wagner Zola Scott Sydow Freud Schlegel
Turgenev Wallace Fonatne
Twain Walther von der Vogelweide Fouqué Friedrich II. von Preußen
Weber Freiligrath Frey
Fechner Kant Ernst
Fichte Weiße Rose von Fallersleben Richthofen Frommel
Hölderlin
Engels Fielding Eichendorff Tacitus Dumas
Fehrs Faber Flaubert
Eliasberg Ebner Eschenbach
Feuerbach Maximilian I. von Habsburg Fock Eliot Zweig
Ewald Vergil
Goethe Elisabeth von Österreich London
Mendelssohn Balzac Shakespeare
Lichtenberg Rathenau Dostojewski Ganghofer
Trackl Stevenson Doyle Gjellerup
Mommsen Tolstoi Hambruch
Thoma Lenz Hanrieder Droste-Hülshoff
Dach von Arnim Hägele Hauff Humboldt
Verne
Karrillon Reuter Rousseau Hagen Hauptmann
Garschin Gautier
Damaschke Defoe Hebbel Baudelaire
Descartes
Hegel Kussmaul Herder
Wolfram von Eschenbach Schopenhauer
Dickens Rilke George
Bronner Darwin Melville Grimm Jerome
Campe Horváth Aristoteles Bebel Proust
Bismarck Vigny Barlach Voltaire Federer Herodot
Gengenbach Heine
Storm Casanova Tersteegen Grillparzer Georgy
Chamberlain Lessing Langbein Gilm
Brentano Gryphius
Strachwitz Claudius Schiller Lafontaine
Bellamy Schilling Kralik Iffland Sokrates
Katharina II. von Rußland Gerstäcker Raabe Gibbon Tschechow
Löns Hesse Hoffmann Gogol Wilde Vulpius
Luther Heym Hofmannsthal Morgenstern Gleim
Roth Klee Hölty Goedicke
Luxemburg Heyse Klopstock Puschkin Homer Kleist
La Roche Horaz Mörike Musil
Machiavelli Kierkegaard Kraft Kraus
Navarra Aurel Musset
Nestroy Marie de France Lamprecht Kind Kirchhoff Hugo Moltke
Laotse Ipsen Liebknecht
Nietzsche Nansen
Marx Ringelnatz
von Ossietzky Lassalle Gorki Klett Leibniz
May vom Stein Lawrence Irving
Petalozzi
Platon Knigge
Sachs Pückler Michelangelo Kafka
Poe Liebermann Kock
de Sade Praetorius Mistral Zetkin Korolenko

Nach Sonnenuntergang - Zweites Buch

Wilhelm Jensen

Impressum

Autor: Wilhelm Jensen
Umschlagkonzept: toepferschumann, Berlin

Verlag: tradition GmbH, Hamburg
ISBN: 978-3-8424-0805-0
Printed in Germany

Ziel der TREDITION CLASSICS ist es, tausende deutsch- und
fremdsprachige Klassiker wieder in Buchform verfügbar zu
machen. Die Werke wurden eingescannt und digitalisiert. Dadurch
können etwaige Fehler nicht komplett ausgeschlossen werden.
Unsere Kooperationspartner und wir von tradition versuchen, die
Werke bestmöglich zu bearbeiten. Sollten Sie trotzdem einen Fehler
finden, bitten wir diesen zu entschuldigen. Die Rechtschreibung der
Originalausgabe wurde unverändert übernommen. Daher können
sich hinsichtlich der Schreibweise Widersprüche zu der heutigen
Rechtschreibung ergeben.

Nach Sonnenuntergang

Ein Roman

von

Wilhelm Jensen.

Drittes Tausend.

Zweites Buch.

Gose & Tetzlaff, G. m. b. H.
Berlin SW.

Erstes Kapitel

Non scholae, sed vitae discimus. Was haben wir für das Leben gelernt, wenn wir die Schule verlassen?

Ein ganzes Kapital des Wissens, mit Recht so benannt, da wir es *in capite* aufgespeichert. Wir wurden heimisch am Skamander, am Piräus und am Tiber und wären befähigt, in jedem Augenblick die Führung eines ›schönumbordeten Meerschiffs‹, ja vielleicht das regelrechte Kommando auf einer Trireme zu übernehmen. Wir wissen, daß Sokrates ein großer Denker und Cicero ein Vorbild aller Redner war, die Menschheit ein nicht wieder erreichtes Blütealter zur Zeit des Perikles besessen, Dichtung, Kunst und Allgemeinbildung jener Periode den Gipfelpunkt denkbarer Vollkommenheit darstellte. Allein, wir wissen auch, daß dies alles nur so lange der Fall ist, als wir uns auf den Standpunkt archäologisch-philologisch-klassischer Betrachtung stellen, von dem aus die gleichzeitige Geschichte und Entwicklung des israelitischen Volkes uns als ein rohes Conglomerat von Mangel jedes Kunstsinnes, von niedrigster politisch-sozialer Ordnung und Barbarei anwidern muß. Doch erheben wir uns zu der gereinigten Anschauung, zu der wir als Christen, als Bürger nicht dieser eitlen, irdischen Vergänglichkeit, sondern jenseitiger ewiger Herrlichkeit verpflichtet sind, so erkennen wir Palästina als das im hervorragenden Sinne so bezeichnete heilige Land, seine Bewohner als das auserwählte Volk Gottes und die Griechen als sittenverderbte Heiden, ein Bild schwarzer Nacht, berufen, uns die aus dem Morgenland aufsteigende Leuchte der Menschheit – *lucem ex oriente* – durch den Gegensatz noch glanzesvoller erscheinen zu lassen. Wir gewahren, daß Sokrates ein abscheulicher Irrlehrer, das Fatum der antiken Dichtung ruchlose Blasphemie, die plastische Kunst sündhafter Sinnenreiz war. Wir befinden uns in dem nämlichen Doppelverhältnis, wenn wir die Ausbeute, unserer Religionsbelehrungen mit derjenigen des naturwissenschaftlichen Unterrichts vergleichen. Es ist ungemein schätzbar, sich angeeignet zu haben, was menschliche Forschung über den Ursprung, die Fortbildung des Weltalls, über die darin herrschenden Gesetze ins Licht der Wissenschaft gerückt hat, doch unter der Voraussetzung, daß wir nie vergessen, die einzig wahre, für Christen nutzbare Urkunde aller dieser Dinge befinde sich in den Büchern der Genesis. Die letzteren enthalten das Wissen, welches den Menschen achtbar hinstellt, ihn zu einer sittlichen Lebensauffassung, zur Erreichung einer höheren Daseinsstufe unter den Wesen der Schöpfung befähigt; die ersteren Kenntnisse besitzen einen gewissen praktischen Wert, befördern die Reifung des Verstandes und bilden eine Mitgift, der die Schule im irdischen Interesse ihrer Zöglinge nicht unbeträchtliche Bedeutung beilegen muß. Von so vielen Gegenständen höchsten Gewichtes in Anspruch genommen, vermag sie begreiflicher Weise der Frage, in welchen Zungen heute die verschiedenen Völker reden, keinen besonderen Wert zuzumessen, da sie bereits zwei Dritteile ihrer Zeit auf die gründlichste Erlernung vor einigen Jahrtausenden ausgestorbener Sprachen verwendet, und ebenso faßt sie natürlich, was nach dem Vandalismus der Völkerwanderung noch auf dem Erdball geschehen, in einige diktierte Jahreszahlen zusammen, in der pädagogischen Erkenntnis, daß alle sogenannte neuere oder neueste Geschichte nicht den Anspruch erheben kann, den Bildungselementen genauester Detailberücksichtigung des zweiten peloponnesischen Krieges die Wage zu halten. Eine Ausnahme bildet selbstverständlich – in protestantischen Landen – nicht vom historischen, sondern vom christlichen Standpunkt aus, die Geschichte des Reformationszeitalters, die sich als eine Fortsetzung der direkten göttlichen Einwirkung und Gnadenbeteiligung an den Geschicken der Menschheit unmittelbar als Supplement an den Text der heiligen Schrift anschließt. Hinsichtlich der wissenschaftlichen Zwillingsschwester der Geschichte, der Geographie, ist die Frage wohl berechtigt, ob das Gymnasium etwa den Beruf habe, Seefahrer, Nordpol- und Afrika-Forscher oder Handlungsreisende auszubilden, und es genügt jedenfalls für das christliche Bedürfnis nicht nur, sondern ist ihm der beste Wegweiser in die eigentliche Heimat, wenn es auf dem Gebiet der Erdkunde ausschließlich mit topographischen Messungen, Schilderungen und Namensreichtümern zwischen dem Jordan, Nazareth und Emaus ausgerüstet wird. So, schwer beladen mit der Ernte mehr denn eines Decenniums – dreier Olympiaden durchschnittlich – besteigt der Abiturient an feierlichem Tage die *rostra*, das Katheder der zum erstenmal seit einem Semester wieder geöffneten, doch nicht gelüfteten Aula des Gymnasiums, in welche der Rektor ›Eltern, Vormünder und Freunde der Schule zu dem festlichen Akte geziemendst eingeladen‹ – und nachdem er seinen Dank für alle, so lange Zeit hindurch erlittenen Wohltaten, seine Hoffnung, daß es kommenden Geschlech-

tern nicht anders ergehen werde, in ciceronianischen, vorher appro-
bierten Wendungen ausgesprochen, entläßt ihn der Lenker seines
bisherigen Daseins, ›der all' dies Herrliche vollendet‹, mit der rüh-
rungs- und segensreichen Schlußapostrophe: ›Nun ziehe mit Deinem Kapital, das unsere väterliche Sorgfalt Dir in *capite* angesam-
melt, in die Welt hinaus, mein junger Freund – Du hast nicht *scholae*,
sondern *vitae* gelernt – also nutze jetzt die Zinsen Deiner Dir zuge-
teilten Schätze für das Leben!‹

So verließ ich zum letztenmal den von mir zwölf Jahre lang Tag
um Tag mit ausgetretenen roten Ziegelflur des Gymnasiums. Etwas
roter Mehlstaub wirbelte von den Steinen in die Höh', ich bückte
mich vor der Tür und schlug ihn von den Füßen. Draußen lag die
dumpfe, enge, altbekannte Gasse der alten Stadt, doch eine neue
Welt.

*

Eine neue Welt: Das Leben, die Freiheit, die Erwartung. Drei Namen ahnungsvollen Klanges, den kunstreich nachgebildeten, lo-
ckenden Früchten gleich, unter deren Schale die Hand des Verferti-
gers unbekannten süßmundenden, berauschenden Inhalt verbor-
gen. Die Erwartung des Köstlichsten, die Freiheit, es zu suchen und
zu genießen, das Leben, dessen Beginn diese Stunde erst gebracht.
Auf dem Meere der Jahre, dem immer gleichen Wogenschlag der
Tage hatten wir bisher wie die Ruderer auf den Bänken einer altrö-
mischen Trireme dem Ziele entgegengestrebt; nun lag die Hafen-
bucht mit weißglänzenden Palästen, mit Olivenhainen, Palmen,
nickenden Lorbeerwipfeln, mit glühenden, phantastischen Blüten in
verschleierter Ferne unter schimmerndem Himmel vor uns, und der
Fuß sprang an's Land. Einige Schritte lang ging der Boden noch
leise unter ihm auf und ab; dann nach kurzer Weile hatte der Fuß
die Sicherheit gewonnen, als ob er nie genötigt gewesen, sich den
ungewissen Bewegungen der schwankenden Planke anzupassen.

Vielleicht bedurfte es bei mir erst etwas längerer Gewöhnung,
während Fritz Hornung und Philipp Imhof mit beneidenswerter
Schnelligkeit vollständige Behauptung des Gleichgewichts in ihrer
neuen Stellung an den Tag legten. Imhof hatte dem Pedellen – doch
nicht mehr dem alten Kähler, auf dessen Grab der Winter schon
einige Male eine Schneedecke gelegt – am Morgen des ›feierlichen

Aktes‹ einen neuen Seidenfilzhut modernster Fasson zur Aufbewahrung überbracht und vertauschte ihn, als wir die Aula verließen, mit der bis dahin vorschriftsmäßigen Primanermütze. So schritten wir, während er zart violet angehauchte Glacéhandschuhe anzog – »man trägt gegenwärtig in der großen Welt nicht anderes als violet,« bemerkte er, – zusammen die Gasse entlang, und Fritz Hornung lachte: »Wenn Tix – abera – mir heut nachmittag begegnet – abera – und ich das Gossenrecht habe, so werfe ich ihn herunter – hmabera – abera.«

»Also nach unserer Verabredung,« sagte Imhof, sich an der Ecke des Marktes, zu einem Besuch von uns trennend, »erweist Ihr mir das Vergnügen, heute abend auf meinem Hotelzimmer ein kleines Abschiedssouper bei mir einzunehmen. Wir werden ganz *entre nous* sein und Ihr braucht Euch in der Toilette nicht zu genieren. Ich habe meine Abreise auf morgen mittag festgesetzt und möchte gern, eh' ich in eine so völlig anders geartete Welt eintrete, noch einmal in ungezwungener Weise unsern alten Kreis bei mir versammelt sehen.«

Er grüßte, indem er seinen Zylinderhut halb gegen uns lüftete, wir sahen ihm nach, wie er in vollendeter Gentleman-Haltung und Nachlässigkeit die Straße entlangschritt, Fritz Hornung brach in ein lautes Gelächter aus:

»Du, großartig ist er, Reinold, jeder Zoll ein Großhändler. Aber das schadet nichts, schmecken soll es mir darum doch bei ihm heut abend, und wenn er uns Maränen mit Sub-, Kon- und Direktor-Fleisch – abera – gemästet vorsetzte. Freigebig ist er immer gewesen, das muß der Neid ihm lassen, in den letzten Jahren allerdings besonders mit Narrheit, und wenn er morgen abreist, will ich mir einen Knoten ins Taschentuch binden, daß ich übermorgen noch einmal an ihn denke. Aber wer weiß, wenn alle Stricke reißen, kann ich noch Dütendreher oder Sackträger bei ihm im Geschäft werden; die Schultern habe ich dazu, und wenn's mit der juristischen Pudelmütze, in die mein Alter mich partout hineinstecken will, nicht geht – eh' ich aus Lebensüberdruß ins Wasser spränge, müßte der letzte Nero oder Caro oder Schoßmops, dem ich einen Knochen abjagen könnte, von der löblichen Polizei ausgewiesen sein, und daß ich mir bei'm Rasieren mit dem Messer auch nicht der Kehle je

zu nah komme, darauf kannst Du Dich verlassen. Uebrigens will ich
mir meinen Bart stehen lassen, wär's auch nur um *alopex, pix*, Tix
damit zu ärgern – abera – daß er nicht mehr sagen kann: Hornung,
Ihr Kinn weist nicht die Glätte eines modesten Jünglingsangesichtes
auf – hm-abera – Sie gehen entweder heute zum Barbier – abera –
oder morgen in den Karzer – abera. – Es ist doch eine himmlische
Luft, beides nicht mehr nötig zu haben, Reinold, und wir beiden
sind im Grunde schon ausgemachte Philister, daß wir hier ruhig auf
der Straße fortgehen, statt den Leuten Rad über die Köpfe weg und
zwischen den Beinen durch zu schlagen. Na, ich will's den lieben
Vettern und Basen schon *ad oculos* demonstrieren, daß sie sich eini-
germaßen irren, wenn sie mich für einen Philister ansehen. Auf die
Mensur! Fertig! Los! Eugen Bruma zuerst – was wettest Du – zehn
Faß Bier – daß ich ihm im dritten Gang die Theologie verhauen
habe? Du hast ja auch noch ein altes Huhn mit ihm zu rupfen, einen
ganzen Truthahn, wegen der Geschichte mit dem Judenmädchen
damals. Ich muß übrigens sagen, eine Jüdin wäre nicht mein Fall.
Wenn ich mich einmal verlieben sollte – wie's zugehen sollte, weiß
ich freilich nicht – dann müßt's eine Semmelblonde mit indigoblau-
en Augen sein, ungefähr so wie ich selber – so hübsch, pausbäckig
und apfelrund von Gesicht meine ich natürlich auch. Vorderhand
will ich mich aber erst mal in die Frau Teutonia verlieben, die eine
blau-weiß-goldene Mütze auf dem Kopf und eben solches Band
über der Brust trägt. Du springst doch auch bei den ›Teutonen‹ ein?
Unsinn, Du wirst doch kein Obscurant bleiben wollen, wie Bruma?
Ich habe nur die Angst, der feige Patron nimmt keine Forderung an,
aber dann warte ich die erste Gelegenheit ab und prügle ihn. Ein
durchgebläuter Superintendent wäre auch nicht übel und ich würde
schon dafür sorgen, daß seine Augen an der Grundfarbe mit Teil
hätten, und einmal nicht nach rechts oder links in die herrliche Got-
tesnatur – wie Doktor Pomarius sagen würde – hinaussehen könnten. Du schläfst heut nacht noch in dem Apfelhof, nicht wahr? Ich
habe mir gottlob meine Bude so gemietet, daß ich gleich heut schon
einziehen kann – was ich sagen wollte und beinah' über dem Tren-
nungsschmerz von Tix – abera – vergessen hätte – unter mir im
selben Hause sind parterre zwei Zimmer frei geworden, die ausgezeichnet für Dich passen würden. Das Beste wäre, Du kämest gleich
mit, um sie anzusehen, und dann können wir oben bei mir, während ich mich einrichte, noch gemütlich schwatzen.«

*

Philipp Imhof erwartete uns in einem mit Teppichen und roten Sammetmöbeln ausgestatteten Hotelzimmer. Er saß, als wir eintraten, die Abendzeitung in der Hand haltend, ganz schwarz gekleidet in einem Fauteuil, trat uns mit leichter Kopfverneigung entgegen, zog seine goldene Uhr hervor und sagte: »Es freut mich, daß ihr präzise seid; darin liegt wirklich ein Vorzug kleinstädtischer Gewöhnung, auf den man sonst kaum mehr rechnen darf.« Ein elegant für drei Personen gedeckter Tisch mit einem Blumenstrauß und mehreren entkorkten Flaschen nahm die Mitte des Zimmers ein, das von einem feinen Parfüm durchzogen war. »Wonach riecht's hier denn so, sind das die Blumen?« fragte Fritz Hornung. »Ich habe etwas Esbouquet aussprengen lassen,« erwiderte Imhof, »man zieht es gegenwärtig allem Sonstigen vor.« »Ein Bouquet zum Essen? danke, Früchte wären mir lieber,« lachte Fritz Hornung. Er stand und sah auf seine Füße nieder: »Du, Imhof, man zieht wohl auch die Stiefel bei Dir aus, damit man gegenwärtig nicht ebenfalls auf Blumen tritt?« – »Man sollte glauben, oder Du stellst Dich wenigstens, Hornung, als kämest Du vom Lande.« – »Na, den Appetit habe ich jedenfalls davon mitgebracht, darauf verlass' Dich!«

Die Tür öffnete sich, ein befrackter Kellner erschien mit Schüsseln, fragte nach den weiteren Befehlen Imhofs und verschwand wieder. Wir setzten uns an den Tisch und begannen zu essen, Fritz Hornung mit halb lachlustigen, halb innerlich vergnügt glänzenden Augen. »Das wirft der Wechsel für's erste nicht wieder ab,« sagte er, zugreifend. Eine uns völlig fremdartige Atmosphäre lag über der Tafel mit den Kerzen in silbernen Armleuchtern, nur Philipp Imhof befand sich an ihr offenbar wie in steter Daseinsgewohnheit. Er streckte nachlässig die Hand nach einer Flasche, nannte uns den französischen Namen der verschiedenen Weine, und fragte, für welchen wir mehr Neigung besäßen. »Für alle, der Name ist mir ganz gleichgültig,« antwortete Fritz Hornung, »ich trinke von jedem. Solcher Tag kommt sobald nicht wieder, und bei Onkel Pomarius gab's nur eine Etikette, die hieß Gänsewein.«

» *Fi donc*, erinnere nicht daran,« fiel Imhof ein. »Darf ich bitten, wir werden bei'm Fisch zum Rheinwein übergehen.«

Fritz Hornung tat nach seinen Worten, er trank von jedem; ich glaube fast, wir andern machten es ebenso, Speisen und Flascheninhalt verminderten sich in demselben Verhältnis, wie die Gesprächigkeit sich vermehrte. Der Tisch ward, beinahe ohne daß wir es wahrnahmen, abgeräumt, nur der Wein und allerhand Früchte verblieben; selbst Imhof ward allmählich beredter, weniger förmlich zurückhaltend und gedachte lang vergangener Jahre, unserer steten Gemeinsamkeit und manches Streiches, den wir zusammen verübt. Es kam etwas von Rührung in seine Stimme, das in halb wunderlichem Gegensatz zu seiner tadellosen Frisur, Wäsche und Kleidung, zu dem gelblichen Hautton seines Gesichtes stand, er hob das Glas und sagte:

»Stoßt an, wir wollen uns nicht vergessen! Wollt Ihr mir das Vergnügen machen, heut über zwei Jahre hier wieder mit mir zusammen zu kommen? Eure Hand darauf!«

Wir versprachen's bereitwillig. »Hier der Geheime Regierungsrat, Exzellenz *in spe*,« lachte Fritz Hornung, »und dort der berühmte Professor der Naturwissenschaften, Nachfolger Humboldts und Leuchte der Menschheit, Reinold Keßler.« Er schlug Imhof auf die Schulter und fuhr fort: »Der gute Kerl von ehedem steckt doch noch in Dir, Philipp, Du hast ihn nur ein bischen närrisch verkleidet in den letzten Jahren. Er ist etwas tief untergekramt worden, so daß ein derartiges Spülwasser nötig wird, um ihn wieder herauf zu schwemmen. Erst wenn der Wein Dir Deine Fixfaxen von Großstadt, Toilette, seinem Ton und sonstigem Unsinn aus dem Kopf bläst, erkennt man den alten Kameraden wieder. In *vino veritas*, bei Dir und mir – Offenheit ist das Beste unter Freunden, und ich wäre nicht wert, Deinen famosen Wein hier zu trinken, wenn sein Geschmack meine Zunge nicht gradaus sagen ließe, was ich denke. Ob's nach Deinem Geschmack ausfällt, weiß ich nicht, aber Du kannst's mir ebenso machen. Runde Wahrheit, was denkst Du von mir?«

Imhof lächelte und stieß an das Glas, das Fritz Hornung ihm entgegenhob. »Daß Du ein guter, treuer Bursche bist, Fritz, nicht gerad' für die feine Welt geschaffen und manchmal nicht vom besten Geschmack, aber mit Kopf und Herz vielleicht zu ehrlich für die Welt, wie sie ist –«

»Hoho, das heißt, ein bischen dumm,« fiel Fritz Hornung mit fröhlichem Gelächter ein. »Danke für das Kompliment, ich habe meine Talion weg. Und Keßler, wie steht's mit dem? Sag' auch von ihm Dein Sprüchlein, Imhof, und fürcht' Dich nicht!«

Philipp Imhof drehte mir seinen Blick zu und maß mich eine Sekunde lang damit. Es waren die alten Augen aus Knabenzeit, mit denen er mich ansah, und er versetzte leicht zögernd:

»Das ist schwerer zu sagen, denn in Reinold steckt ein X, mit dem eine Kaufmannsseele, wie ich – so wolltest Du mich doch eigentlich heißen, Fritz – nicht ganz zu rechnen weiß. Er wird so wenig gegen jemanden in der Welt unredlich handeln, wie Du, aber ich glaube, es könnte ihm vorkommen, sich selbst zu übervorteilen, um nicht zu sagen, sich zu betrügen, und sich einmal so fest zu rechnen, daß sein Fazit überall in die Brüche ginge. Ihr seid närrisch, Ihr beiden Zukunftsgelehrten, daß Ihr einen Thebaner oder Wollsack, wie man's moderner nennt, um seine Meinung fragt. Unsere letzte Flasche ist leer; gebt Ihr Röderer oder Cliquot den Vorzug?«

Das Letzte fragte er wenigstens versuchsweise wieder mit großartiger Nachlässigkeit in Ton und Gesichtsausdruck. Fritz Hornung rief: »Da hast Du auch Dein Dreifuß-Orakel, Reinold, wenn nicht aus Delphi, so doch aus Böotien. Ich bleibe meinem Wahlspruch treu: Immer beides!«

Wie lange er diesem Wahlspruch an dem Abend treu blieb, war auf die Minute gewiß nicht und auf die Stunde nur höchst unvollkommen anzugeben. Wir tranken zwei verschiedene Sorten Champagners, und da dies unfraglich aus verschiedenen Flaschen geschah, hatte es auch seine völlige Richtigkeit, wenn ich zwei silberne Hälse vor mir gewahrte. Nur sagte mir eine dunkle Empfindung, da wir den Wein nacheinander und nicht durcheinander zu uns nahmen, so müsse ich eigentlich auch die dickbäuchigen Flaschen nach- und nicht nebeneinander auf dem Tisch stehen sehen. Aber dieser logischen Annahme schlug die Tatsächlichkeit hartnäckig ins Gesicht, und zuletzt tat ich, was man jedem Augenschein-Beweise gegenüber am besten tut, ich nahm das Faktum an, ohne mir über die Möglichkeit desselben weiter den Kopf zu zerbrechen. Der Schaum brauste auf und die Lippen schlürften ihn fort; die perlenden Goldbläschen stiegen aus der Tiefe des Kelchglases und flimmerten, Gerede und Gelächter, Geschwätz und Geschwirr tummelten sich in gleicher Weise durcheinander. Fritz Hornung fing ab und zu an, ein Studentenlied zu singen, daß Imhof sich mit komischer Schreckgeberde sich die Ohren zuhielt, » *Abominadle.* Du hast so viel Gehör, wie ein alter Kater, Fritz!« – »Auf die Stimme kommt's nicht an,« lachte der Sänger, »der Kater kommt erst morgen hinterdrein.« Dann hob Imhof ziemlich schräg sein Spitzglas und sagte: »Zu guter Letzt' – auf das, was wir lieben!«

Ich legte ihm die Hand auf die Schulter, nickte erfahren-verständnisvoll und flüsterte ihm, anstoßend, zu: »Lydi, Philipp.« – Er trank, legte den Kopf in den Sessel zurück und sah mich mit halb ermüdet-blinzelnden Augen an. »Heut über acht Tage findet ein Diner in meinem elterlichen Hause statt, bei dem unsere Verlobung offiziell verkündet wird. Ich kann Euch schon im voraus eine Karte, die ich gestern hierher erhalten –«

Er griff in die Tasche und zog ein goldgerändertes Blatt mit den Namen:

*

hervor. Aber, als ob etwas durchaus Gewöhnliches, nicht weiter Beachtungswertes darin liege, fuhr er fort: »Worauf hast Du denn getrunken, Reinold?«

Die Frage besaß allerdings ihre Berechtigung, denn ich hatte ebenfalls mein Glas bis auf den letzten Tropfen geleert. »Worauf?« wiederholte ich, und ich sah auf die Verlobungskarte, deren Namen kurios mit den Buchstaben durcheinanderliefen, daß es mir vorkam, als stehe schon »Lydia Imhof« darauf. »Ja, worauf?« repetierte ich nochmals und noch verwirrter, denn ich fühlte, daß mir das Blut bei der unglaublichen Vorstellung ins Gesicht stieg, mein Name könne mich einmal mit einem andern zusammen von einer solchen Karte anblicken, und ich ergänzte halb stotternd: »Auf niemand –«

»Bei niemand wird man nicht rot,« versetzte Imhof lakonisch, doch Fritz Hornung fiel mit wuchtiger Stimme ein:

»Das ist Recht, ich habe auch auf gar nichts getrunken. Ein fixer Kerl bekümmert sich nicht um das Frauenzimmervolk mit seinem Haargeflatter und Französisch-Geschnatter. Mir kommt keine zu nah –«

Er streckte seinen kräftigen Arm aus, als wolle er, falls es dennoch eine tun solle, den Empfang andeuten, den er ihr bereiten würde, Philipp Imhof wandte ihm kurz die Augen in der Weise zu, wie er mich vorher einmal angesehn und lächelte: »Wenn's die Rechte wäre, die's drauf anlegte, so bin ich überzeugt, zappelte just Fritz am ersten wie ein ungeschickter Nachtschmetterling im Spinnennetz und käme nicht wieder los, eh' sie ihm das Blut ausgesogen. Die sind ihre leichteste Beute, welche meinen, daß es keine gefährliche Spinnen in der Welt gibt, weil sie, wenn plötzlich ein Feuer vor oder in ihnen auflodert, wie die Schafe gradeswegs hineinrennen.«

Es lag etwas wunderlich altklug sich Ueberhebendes und doch auch wirklich Ueberlegenes in Wort und Ton, daß mir das unwillkürlich anfangs sich heraufdrängende Lachen in der Kehle sitzen blieb. Fritz Hornung war aufgesprungen und rief mit komischem Pathos:

» *Dodona iterum locuta est!* Wenn Du uns nicht all die Flaschen hier ponirt hättest und ein Fuchs statt eines angehenden Geldmarders wärest, Philipp, müßte ich Dir für die Schafe einen aufbrummen. So aber, glaube ich, brummt's uns allen genug im Kopf – also gute Nacht – guten Morgen, mein' ich – Du hast dafür gesorgt, daß ich morgen den Tag über an Dich denken werde, so lang' der Jammer blüht, und bist doch ein famoser alter Kerl, Philipp – 's ist auch ein Jammer, altes Haus, daß Du fortgehst und ein Geldfuchs werden willst – na, man kann Dich mal anpumpen, dann hört man von Dir. Heut über zwei Jahre also hier in dieser Stube wieder, ich werde vierundzwanzig Stunden vorher darauf hungern und dursten – gehab' Dich wohl, ich will Tix – abera – es rührt mich zu Tränen, wenn ich's denke – wenn ich an alles denke, wie gute Freunde wir waren und was für ein jämmerliches Leben Du mit Deiner Lybierin – Lysippe – Lysimache – wie sie heißt – auf Euren Geldsäcken führen wirst – ich muß Dich umarmen, armer Kerl – nimm meinen Segen –«

Fritz Hornung wischte sich noch die Augen, als er und ich draußen Arm in Arm die mondscheinhelle Gasse entlangwanderten. Er war zu meiner heimlichen Verwunderung plötzlich um einen halben Kopf kleiner als ich und antwortete, als ich schließlich diese überraschende Wahrnehmung nicht mehr zurückhalten konnte, schluchzend: »Das kommt vom Gram, Reinold, es frißt mir das Herz ab und schrumpft mir natürlich auch den Leib zusammen – ein so guter Kerl, der Philipp – und ein so unglückliches Geschöpf – weiß Gott, man muß darüber weinen. Nun hab' ich keinen mehr, als Dich, Reinold – ich muß Dich auch umarmen –«

Wie er die Anstalt zu diesem Vorsatz traf, war er auf einmal wieder gewachsen und in gewohnter Weise etwa um Fingerbreite höher als ich. Es ging nicht anders, ich mußte meinen Kopf anstrengen und über das Rätsel nachdenken; dabei sah ich vor mich hinunter und brach dann in ein Gelächter aus. »Ich glaube, Fritz, Du hast auf dem ganzen Weg die Gosse für den Trottoirstein gehalten und darum schrumpftest Du ein –« »Ich glaube es nicht nur, Reinold, ich hör' es leider, der Wein ist Dir zu Kopf gestiegen,« gab er zur Antwort. »Du bist zu sehr an Onkel Pomarius' Gänsewein gewöhnt, das muß anders mit Dir werden. Nimm Dich in Acht, der Schuft bringt

Dich sonst noch, eh' Du mündig bist, um alles, was Dir Dein Alter –
«

Aber die Rührung übermannte ihn wieder, er brach schluchzend ab: »Bleib' mein Freund, Reinold! Gib mir einen Beweis Deines Vertrauens zu mir! Was liegt Dir auf dem Herzen? Soll ich Tix – aberara – ohrfeigen oder soll ich den feigen Bengel, den Bruma, auf krumme Säbel – halloh, die Beine werden einem auch krumm auf diesem schiefen Straßenpflaster –«

Er hielt sich an meinem Arm, mir schoß seiner Vertrauensforderung gegenüber etwas wie eine Freundesverpflichtung durch den Kopf. »Ich würd's Keinem als Dir sagen, Fritz,« erwiderte ich.

»Was denn? Wem soll ich einen dummen Jungen aufbrummen?«

»Keinem, Fritz. Aber ich habe mein letztes Glas auch auf jemand getrunken, auf Aennchen.«

»Kännchen kenn' ich, aber Aennchen, Männchen, was für eine Gläserart ist das?«

»Ein Kristall mit frischem Wasser,« lachte ich. »Eigentlich heißt sie Anna.«

»Auch ein Frauenzimmer? Du –?« Er starrte mich im Mondlicht mit groß aufgerissenen Augen an. »'s ist richtig, Du hast von Kindheit auf immer mit dem Mägdevolk zusammengesteckt. Wie hieß die Jüdin noch, die sie aus der Stadt wegjagten? Aber von einer Anna hab' ich nie gehört, ich meinte, Dein Gänseblümchen – Maßliebchen wollt' ich sagen – hieße Magda –«

Ich mußte innerlich lächeln. »Magda ist meine Schwester –«

Doch Fritz Hornung hörte nicht mehr. »Was sagtest Du – frisches Wasser? Hör' 'mal, ich glaube, das ist die beste Idee, die Du in Deinem Leben gehabt hast. Sieh' Dich 'mal um, der Mond ist heut' so dumm wie eine abgeriebene Citrone – mir kommt's vor, irgendwo hier herum muß meine Bude sein. Von morgen an ist's ja auch Deine – da ist der Schlüssel, damit Du ihn kennen lernst – tu' ihn nur 'mal irgendwo in die – die – die herumkrabbelnden Mauselöcher da hinein. Ich hätt's wahrhaftig nicht gedacht – Du kannst's noch, ohne daß ich Dir zu helfen brauche. Also heut' über zwei Jahre, Reinold – was schwatzest Du für Zeug – morgen Vormittag, hol' mich zum

Häringsfang ab, und sag' Deinem Apfelhöker zum letztenmal von mir –«

Die Tür schloß sich hinter ihm, ohne daß ich erfuhr, welchen Gruß ich Doktor Pomarius bringen sollte, und ich wanderte allein durch die hellen, hallenden Straßen weiter. Wie mir's schien, zum erstenmal in meinem Leben um diese Zeit, und gewiß zum erstenmal in dieser Gemütsverfassung. Sagte man, daß der Wein die Beine schwer mache? Mir war's zum Fliegen leicht und ich hörte nur an dem rundlaufenden Echo meines Fußtritts, daß ich nicht wirklich flog. Auch die Gedanken gingen wie auf Flügeln durch Zeit und Raum – hatte ich wirklich auf Aennchen, auf Anna Wende getrunken, als Imhof gesagt: »Auf das, was wir lieben?« Auf jemand, den oder die ich vermutlich im Leben nie wiedersehen würde? Die ich vielleicht nicht einmal mehr kennen würde, wenn sie jetzt plötzlich vor mir stünde? Aber auf wen sonst hätt' ich bei solchem Wahlspruch anstoßen sollen?

Es war wunderlich, wie das Leben sich drehte. Da stand Anna Wende noch deutlich mit ihrem goldblonden Haar, ihren blauen Augen und rotblühenden Wangen; aber sie blieb unbeweglich aus dem nämlichen Fleck, tat keinen Schritt weiter, und überall anderswo rann sie in leere Luft.

Oder drehte sich vielleicht nur das Leben, sondern ein klein wenig auch etwas in meinem Kopf?

Nein, ich dachte völlig klar. Auf Magda Helmuth, meine Schwester, hätte ich nach Fritz Hornung's Meinung das Glas leeren sollen? Auf das still, immer in gleicher Weise emporgewachsene, fröhlich-schwermütige Mädchen, den weißen Schmetterling, der immer noch wie einst im Schatten flog? Es gab nichts, was ich nicht für sie getan, freudig für sie hingegeben hätte – mein Leben selbst – aber wie würde sie über Fritz Hornung's Glauben gelacht haben, ich könne ein *solches* Glas mit ihr in Verbindung bringen! Das alte runde Stadttor lag hinter mir, und die Lindenallee tat sich auf, seltsam am Boden gestreift, silberweiß überglänzt und von dunklen Schatten der dicken Stämme durchzogen. Ich sprang über die imaginären schwarzen Gräben fort, mir war's, als würde es ein Unglück bedeuten, wenn ich einen der Schatten mit dem Fuß berührte. Dann schlug es plötzlich von meinem alten, jetzt unsichtbaren Freunde her ein Uhr, ich versah mich bei dem unerwarteten, dumpf hallenden Tone im Sprung und stand mitten in einem der wesenlosen dunklen Querbalken. Aber zugleich faßte mich schon eine andere Erinnerung und lenkte die Gedanken weit ab. Wie ich aufblickte, erkannte ich, daß es genau die nämliche Stelle war, an der ich einst Lea's gelbes Kleid von den beiden Buben verfolgt im Zwielicht vorüberflattern gesehen. Dort hinunter lag das Weidengestrüpp, in das sie sich geflüchtet, wo ich ihr zur Hülfe kam. Der Mond leuchtete so hell, daß es aus dem Wiesengrund bis hieher heraufschimmerte.

Wo war sie geblieben? Ich hatte nie wieder von ihr gehört. Auch über sie hatte das Leben sich schon gedreht und der Pflug den Zaun, in dem das Golddrosselnest gestanden, umgebrochen.

War es Unrecht, daß ich so selten mehr an sie gedacht? Ja, ich empfand's heut' Nacht, sie hatte es nicht um mich verdient und von allen Menschen einzig an mir mit ihrem sonderbaren, vollen Herzen gehangen. Aber eine Reue trat zwischen ihr Angedenken und mich, etwas, worüber ich mir selbst lange gezürnt, was ich noch heut' nicht vergessen konnte. Daß ich sie in jener Nacht im Carcer auf ihr Bitten »Schwester Lea« genannt – es war eine Versündigung an Magda gewesen, die mich noch jetzt – wie sollt' ich's nennen – mit einer Abneigung erfüllte, an Lea zu denken.

O, eine höchst sonderbare Welt, wenn man sie so im Großen und Ganzen, wie im Einzelnen und Allerspeziellsten überschlug. Eine durchaus närrische Welt, die Spaß daran fand, im Mondschein bald langsamer und bald schneller auf und ab zu tanzen – aber im Grunde hatte Fritz Hornung Recht, man besaß vielleicht noch mehr Anlaß über sie zu weinen, ohne daß es grade nötig schien, sich über ein konkretes Warum dafür klar zu werden.

Ich stand an der Pforte, die in unsern Garten führte. Das Bett war doch unfraglich eine der vollkommensten Erfindungen, auf welche die Menschheit in ihrem fortschreitenden Entwicklungsgange verfallen war. Wenn Einer vor zweitausend Jahren hier so gestanden hätte, wäre ihm nur die Wahl geblieben, unter welchem Baume er sich hinlegen und mit Laub zuscharren wolle.

Ja, die Menschheit ging vorwärts, wenn sie auch ab und zu einmal etwas zur Seite oder gar wieder zurück sto – stolperte.

Freilich, Er hätte vor zweitausend Jahren vermutlich keinen Bordeaux, Hochheimer, Röderer und Cliquot getrunken und insofern –

»O Du lieber Gott, Herr Keßler, wie lang' sind Sie ausgeblieben! Ich dachte schon – und wie wunderlich sehen Sie aus den Augen, Reinold –«

»Ja, und insofern, Tante Dorthe, hätte Er das Bett ja auch nicht so nötig gehabt.«

Leuchter und Licht schwankten in dem Rahmen der auf mein Klopfen geöffneten Haustür in der Hand der grauhaarigen Trägerin bedenklich, wie erschreckt, hin und her. »O mein himmlischer Vater,« stieß sie aus, »ich glaube, das Bett ist für Sie sehr nötig und Sie sind – Sie haben –«

»Es ist das Licht, Tante Dorthe – das Licht hat zu viel Hochheimer getrunken – es hält sich nicht ganz grade –«

Die Alte hatte meinen Arm gefaßt und zog mich mit sich. »Um Gotteswillen, komm', Kind – der Herr Doktor ist noch auf, daß er Dich nicht hört und Dir nicht begegnet!«

»Kommt mir gar nicht drauf an, Tante Dorthe –« Doch im selben Augenblick wirkte das Knarren einer Türangel merkwürdig ernüchternd auf mich ein. Doktor Pomarius tauchte im Schlafrock, Hauskäppchen und mit der langen Pfeife in der Hand vor mir im Gange auf, und mir war es plötzlich, als schrumpfe ich jetzt zu winziger Quintanergestalt zusammen, die im Vollbewußtsein ihrer Verstocktheit, Verderbtheit und Strafbarkeit dem vernichtenden Richterspruch entgegensähe oder vielmehr scheu die Augen von ihm abwende. Doch mit lächelnder Miene trat Doktor Pomarius auf mich zu, warf einen kurzen Blick über mich hin und sagte:

»Haben Ihre Studien mit einem vergnügten Abend begonnen, mein lieber Herr Keßler? Recht so, man muß das Leben genießen, so lange man jung ist. Nur kein Duckmäuser sein, leben und leben lassen! Freut mich, habe es von Ihnen auch nicht anders erwartet. Unter Freunden allein gewesen oder waren kleine Freundinnen dabei? Haha, Jugend hat keine Tugend! Wird etwas kostspielig werden, aber nachher öffnen Ihre Talente Ihnen ja auch ohne Vermögen eine glänzende Bahn. Lassen Sie nur stets alle Rechnungen an mich eingehen, ohne Scheu, wenn sie auch nicht immer für Her-renbedürfnisse sind, und schlafen Sie noch einmal recht angenehm unter meinem Dache aus!«

Die Welt war offenbar in stärkerer Drehung denn je begriffen, und da mein Bett zweifellos mit zu der Welt gehörte, konnte ich es ihm nicht zum Vorwurf machen, daß es sich mit ihr runddrehte.

Zweites Kapitel

Ein Jahr –

Hatte der Kalender Recht, wenn er besagte, daß heut' grade ein Jahr vergangen war, seitdem ich als Student und Hausgenosse Fritz Hornungs in meiner Wohnung in der Hafenstraße eingezogen? Und wenn, oder vielmehr da es sich so verhielt, erschien mir bei'm Zurückblicken dies Jahr als ein kurzes oder als ein langes?

Das Datum bezeichnete gewissermaßen auch einen Jahrestag, der nicht ungeeignet schien, einigen Betrachtungen über Vergangenheit und Zukunft obzuliegen. Vorzüglich über die erstere; ich saß mit einer blau-weiß-goldenen Cerevismütze, die Magda mir gestickt, auf dem Kopf und einem gleichfarbigen Bande über der Brust in Hemdsärmeln am offnen Fenster und blies den Rauch einer Zigarre auf die Straße hinaus. Es fing an zu dämmern und die Leute schlenderten draußen langsam vorüber. Die Luft war für das Ende des September sommerlich und auf den steinernen Haustreppen drüben spielten die Kinder.

Ein Jahr läßt sich nicht wohl, gleich einem Buche von 365 Seiten, genau durchblättern, doch den allgemeinen Inhalt und die Einteilung der einzelnen Kapitel kann man sich mit einigem Nachdenken ziemlich vergegenwärtigen. Es befanden sich recht amüsante darunter, wenigstens solche, die viel lautes Gelächter, witzige Redensarten, Klang von Gläsern und stolze Empfindung ruhmvoll durchgeführter Mensuren enthielten. Aber bei'm Wiederlesen wehte etwas von der Atmosphäre daraus, mit welcher die nicht fortgeräumten Utensilien eines Gelages den im Frühlicht Eintretenden anhauchen. Auch an komischen Episoden litt der Inhalt keinen Mangel, an manchem Spaß über hochgewichtigen Ernst, manchem Vergnügen an der Gipfelung des feingebildeten Ton's, in welchem die ›gute Gesellschaft‹ meiner Vaterstadt sich in bewundrungswürdig-unermüdlichem Wetteifer überbot. Diner's, Thee's, Assemblee's – Bälle, Kränzchen, Picknicks – die Freuden des Winters, des Sommers und ihrer Uebergangszeiten – die unmittelbare Nähe bestaunter Koryphäen und besternter Würdenträger, die Belehrung durch ehrfurchtumgebene altersgraue Erfahrung – Alles, was dem Schüler unerreichbar vor zaghaft-neidischen Blicken in der Ferne geschwebt, hatte sich dem Studenten wie durch ein magisches Sesamwort erschlossen, ja ihn fast in die Arme geschlossen, wenigstens was die an Zahl nicht geringfügigen Häuser mit zahlreichen jungen und jüngeren Mitgliedern weiblichen Geschlechtes anbetraf.

Doch nur zwei immer erfreuliche Abschnitte oder besser rote Fäden zogen sich durch das eigentümliche Buch. Sie führten den Titel: Magda und Erich Billrod, und bildeten die einzigen, die des Wiederlesens wert waren.

Vor Allem die erste der beiden Überschriften. Wechselnd aus ihr hervor wehte leiser Rosenduft, der frische Seehauch, manchmal rann köstliche Morgenfrühe mit goldumsäumtem Abendgewölk ineinander. Dann wieder summte traulich die altmodische Theemaschine, der Wind rauschte wie Meeresbrandung draußen in den Tannenwipfeln, die ihre Schneelast auf das Dach herabrüttelten, drinnen mit dem hellen Stimmchen schlug die alte Uhr. Zwischen Allem hervor aber blickte, wie aus grauen Kindertagen herüber, Magda's schmächtig blasses Gesicht mit den sammetweichen Veilchenaugen unter der durchsichtigen Stirn, deren silbernes Haar noch immer fein ausgesponnenem Metall glich und seine Farbe nicht um die leiseste Schattierung verändert hatte, so daß sie mich jedesmal wieder an einen weißen Finken – auf den der Schnee des Nordens gefallen – erinnerte. Sie war völlig erwachsen jetzt und in gleicher Weise ihr körperliches Gebrechen mit ihr heraufgewachsen. Ihr Mund redete nie davon und selten ihre Augen, ja, es schien mir dann und wann, als suche sie selbst vor mir ihre Unbehülflichkeit möglichst zu verbergen. Sie hielt sich in meiner Gegenwart zumeist still auf ihrem Sitz, und wenn ich sie am Arm führte, strengte sie sich unverkennbar an, das Schwankende ihres Auftretens nach Kräften zu beherrschen, daß es mir nicht fühlbar werde. »Warum tust Du Dir Zwang an?« fragte ich manchmal, »bei mir hast Du es doch gewiß nicht nötig.« Dann lächelte sie: »Du irrst Dich, Reinold, ich brauche mich nicht zu zwingen. Es geht schon besser als früher, und in einigen Jahren, glaube ich, wird es völlig gut werden.« Ich schwieg, denn sie freute sich offenbar ihrer Täuschung; doch wenn sie sich unbeobachtet meinte und ich sie so einmal gehen gewahrte, erkannte ich deutlich, daß die Jahre ihr keinerlei Besserung gebracht. Sie war auch am Heitersten, wenn sie in einem Bilderwerk blätternd oder auf mein Vorlesen hörend, dicht neben mir auf dem

Sofa des kleinen, unverändert gebliebenen Wohnstübchens saß. Dann legte sie, auch unverändert wie von je, ihre Hand auf die meinige, und es kam mir immer zweifelloser zur Erkenntnis, daß sie die eigenartigsten Hände unter allen Frauen und Mädchen in der Stadt, vielleicht in der ganzen Welt besaß. Das Wort ›schön‹ bezeichnete sie nicht, denn andere konnten darauf ebenfalls Anspruch erheben; sie waren edel geformt wie aus schneeigem Marmor und doch lieblich, wie mit lebendiger Sprache begabt. Mir kam's allmählich, als müsse man ebensowohl auf ihnen zu lesen vermögen, wie in den Augen; vor Allem, wenn das Herzklopfen Magda Helmuth befiel, konnten die Hände es keine Sekunde lang verhehlen, denn ein bläulicher Schimmer tauchte dann aus dem Weiß herauf und durchfloß mit leiser Kunde das feine Geäder der Hände. Sie wußte es selbst, so schien's, und zog manchmal plötzlich die Hand zurück, das Herzklopfen zu verbergen, wie sie mich über die Besserungslosigkeit ihres Ganges zu täuschen suchte. Doch auch jenes hatte im Laufe der Jahre nicht abgenommen, im Gegenteil wollte mich bedünken, als trete es in der letzten Zeit fast häufiger als früher auf, wenigstens insofern, als es oftmals nicht allein Folge einer raschen Bewegung oder Anstrengung war, sondern ab und zu sich in völliger Ruhe, wenn wir lange nebeneinander gesessen, ohne erklärlichen Grund erhob. Dann, wenn ich es wahrnahm und sie es nicht zu hehlen vermochte, zog's mit leisem Rot um ihre Schläfen und sie sagte wohl: »Es ist ja töricht von Kinderzeit auf, Bruder Reinold, schilt es nicht, denn es kann nicht für sein Klopfen.«

Das waren trauliche, freundliche Kapitel des Jahresbuches und eng mit ihnen verflochten, verwachsen diejenigen, in welchen Erich Billrod den Hauptinhalt bildete. Nur hatten die letzteren zuweilen etwas Unklares, wunderlich Widerspruchvolles, das zu der sonst so sichern Denkweise des mir an Jahren ungefähr doppelt überlegenen Freundes in nicht verständlichen Gegensatz trat. Er leitete mich, wie er's fast seit einem Jahrzehnt getan, in Allem nach seiner Art und hatte mir am Beginn meiner Universitätszeit als Mitgift lachend den Rat erteilt: »Begnüge Dich in Deinen ersten Semestern mit einem Defizit, Reinold Keßler. Wer ein guter Zuckerbäcker werden will, muß sich als Lehrjunge erst an Süßigkeiten den Magen verderben; machst Du über's Jahr Deine Rechnung auf, so erschrick nicht vor dem Minus. Nur wer sich dann von seiner Addierung voll befriedigt fühlt, kommt überhaupt nicht dazu, ein Plus in seinem Konto zu verzeichnen.«

Und wenn ich kam und ein roter, frischer Terz- oder Quartstrich von meiner Stirn herunter redete, oder die Fama eines törichten Streiches, den ich mitbegangen, die Stadt durchlief, da lachte er ebenso: »Ich ehre die Helden, die für Freiheit und Vaterland Kuchen verzehren, daß man es ihnen aus dem Kopf und im Gesicht ansieht. Bist Du bald wie der Zuckerhut aus dem Kinderrätsel durch und durch voll Süßigkeit, Reinold Keßler?«

Nur wenn Erich Billrod mich im Hause der Frau Helmuth antraf, trat fast ausnahmslos das Widerspruchsvolle in seiner Ansicht und seinem Verhalten mir gegenüber zu Tage. Er tadelte mich dann, nicht selten mit fast heftigen Worten, daß ich nutzlos meine Zeit versäume, die uneinbringlich für den angehenden Jünger naturwissenschaftlicher Studien sei; ja er wußte mir mit genauer Sachkunde vorzurechnen, es wäre meine Pflicht, mich gegenwärtig in dem und dem Colleg zu befinden, oder physikalischen und chemischen Uebungen beizuwohnen. Auch Magda wußte es bei seinem Eintreten im voraus, daß er mit meiner Anwesenheit unzufrieden sein werde, stand, wenn sie sein Kommen durch's Fenster gewahrte, unruhig von meiner Seite auf und sagte: »Da kommt Onkel Billrod, Reinold; geh' durch die Hintertür, damit er Dich nicht hier findet und verdrießlich ist.« Denn er vermochte dies in der Tat – und allein hier – in solchem Grade zu werden, daß ihm eines Tages sogar gegen Frau Helmuth, die er in beinah kindlicher Weise verehrte, eine unmutige Antwort entflog. Sie bemerkte auf den gegen mich gerichteten Tadel in ihrer sanften Art, daß es ihr besser gefalle und auch für mich dienlicher scheine, wenn ich ihr und Magda vorläse, als nach Brauch der andern Studenten die Zeit auf dem Fechtboden, in der Kneipe und zu tollen Streichen verbringe, doch Erich Billrod fiel ihr fast beleidigend in's Wort: »Das sind Fragen, für die Ihnen das Verständnis abgeht, Frau Helmuth; Reinold Keßler ist selbständig, zu tun und zu lassen, was er will, aber wenn ich ihn auf törichten Abwegen betreffe, fühle ich mich berufen, ihm meine Meinung nicht zu verhehlen. Und Du, Magda, solltest nicht dazu beitragen, ihn in derartigem zeitvergeuderischen Nichtstun zu bestärken.«

Ich erinnere mich, daß Magda von der Seite her stumm die Augen zu mir aufschlug und daß ich deutlich in ihnen die Frage las: »Ist es wirklich Zeitvergeudung für Dich, Reinold, wenn Du bei mir bist?«

Die Dämmerung war immer tiefer geworden und der frühe Mond über meinem Durchblättern des wunderlichen Buches aufgegangen. Aber die weiche Luft hatte sich nicht gekühlt, die Leute schlenderten, nur lässiger noch als vorher, an meinem Fenster vorüber und die Kinder spielten auf den Haustreppen fort.

Im Grunde enthielten die 365 Seiten nichts, was sie, wenn sie ein wirkliches Buch dargestellt hätten, lesenswert gemacht haben würde. Es fehlte ihnen etwas dazu, etwas Besonderes, ein eigentlicher Kern. –

Welcher Art? Ich war gewissermaßen der Autor dieses speziellen Erdumlaufs um die Sonne, aber es glückte meinem Nachdenken nicht, herauszubringen, welchen Fehler ich in dem Jahrbüchlein gemacht, welchen befriedigenden Inhalt ich nicht drin hineinzulegen vermocht. Erich Billrod hatte richtig vorausgesagt; in meiner Rechnung nach Ablauf der ersten Jahre befand sich ein Defizit. Oder vielmehr nicht in der Rechnung, sondern in meinem – in mir selbst.

In meinem –? Natürlich das war's, in meinem Kopfe. Er enthielt nicht, was er hätte besitzen können und sollen. Nicht das tägliche Verweilen im Helmuth'schen Hause, aber die Kameradschaft, der studentische Brauch, der Comment der Verbindung und die Gesellschaft, in einem Worte die nutzlose und genußlose Torheit der Gewöhnung hatte mir das Minus rückblickender Empfindung eingetragen, indem sie mich von dem zufriedenstellenden Plus, das Fleiß, Tätigkeit, Kenntniserwerb begründete, abgehalten. Doch ich hatte die Einsicht der Wertlosigkeit meines bisherigen Treibens erlangt und Erich Billrod's Wort klang mir beruhigend in's Ohr, es sei das ein Gewinn, nicht zu teuer mit dem Verlust des ersten Jahres erkauft.

Vivat sequens, das der Arbeit, der sicheren Befriedigung!

Ich hatte halb unbewußt die Hand ausgestreckt, nahm das dreifarbige Band von der Brust und verschloß es mit der Cerevismütze zusammen in einem mit nicht mehr benutzten Sachen angefüllten Schubfach. Dann warf ich einen Blick auf die Uhr; ich hatte eine Einladung für den Abend zu einer großen Gesellschaft bei'm Professor Liesegang angenommen. »Die letzte ihrer zwecklosen Sippe«, sagte ich mit lächelnder Bestimmtheit vor mich hin, kleidete mich an und verließ, einen alten Filzhut aus dem Winkel hervorsuchend, mein Zimmer.

*

Unfern dem Treppenaufgang des Liesegang'schen Hauses traf ich auf Erich Billrod. »Gehst Du auch in die Komödie, Reinold?« fragte er, seinen Arm in meinen legend. Zugleich musterte er in dem kärglichen Mondreflexlicht der Straße meine ungewohnte Kopfbedeckung und fügte hinzu: »Mir scheint fast, Du kommst aus einem Possenspiel, um in das andre zu gehn.«

»Ich habe nach Deinem Rat vor einem Jahr heut' meine Rechnung aufgemacht,« versetzte ich zögernd. Er fiel ein:

»Und ein Filzhut ist das Fazit? Eine hübsche Alliteration, die Deinem Geschmack Ehre macht. Die jungen Huldgöttinnen des Hauses werden freilich etwas sauer dreinblicken, wenn sie Dich ohne die leuchtende Symbole Deiner akademischen Herrlichkeit vor sich gewahren. Du wirst sehr obskur sein, Reinold Keßler, ein Stern, der sich in eine Schnuppe verwandelt hat, und der hoffnungsvolle Ruhm Deiner Vergangenheit wird hinter dieser Schwelle, dem des Patroklos ähnlich, in ein frühzeitiges Grab sinken.«

Er sagte es in bester Laune und ich fühlte unter den scherzenden Worten seine Anerkennung und volle Befriedigung heraus. »Mich wundert's nur, auch Dich – ich glaube, zum erstenmal – auf diesem troischen Wege anzutreffen,« erwiderte ich. »Was hat Dich dazu bewogen, Dein myrmidonisches Zelt zu verlassen?«

Erich Billrod lachte: »Keine Briseïs, noch die Ratsversammlung der Lenker im völkermordenden Streite. Aber Poseidon hat einen neuen Lästrygonen in unsern Areopag hierher verschlagen, den ich gestern von fern gesehen und der das unwiderstehliche Verlangen in mir geweckt, ihn mit beglückten Augen auch einmal in der Nähe zu betrachten. Er bildet einen Pfeiler der Wissenschaft, denn er hat trotz seiner Jugend schon ein, die neueste archäologische Periode begründendes Werk über das Kniegelenk eines attischen Torso ediert und ist dabei so apollinisch schön als düster, daß ich ihn im Verdacht habe, er ist Mahadöh selber, der zum siebenten Mal herabgekommen; ich höre, wo er erscheint, kommt er nicht nur vom siebenten Himmel, sondern dieser zugleich mit ihm über jedes weibliche Herz herab. Mein christliches Begehren ist, ihm als Folie zu dienen, ihn durch den Gegensatz noch göttlicher hervortreten zu lassen. Meinst Du nicht, daß ich mich dazu eigne, Reinold Keßler? Aber ich kann die Originalität des Gedankens nicht beanspruchen, ich glaube Magda Helmuth war's, die mich in jüngster Zeit einmal darauf gebracht. Im Uebrigen bin ich kollegialisch, wenn auch nur als *deus minorum gentium*, eingeladen, wie Du, und *volenti non fit injuria*. Da Du die Zuckerbäckerei unter Deinem Filzhut aufgegeben, fühle ich etwas wie Verpflichtung, für diesen sauren Ausfall durch einige Süßigkeit von meiner Seite zu entschädigen, und bin heut' Abend just in der Gebelaune dazu, ohne mich Richard dem Dritten in etwas Anderem vergleichen zu wollen, als in der Häßlichkeit.«

*

Ich traf in der Tat mit Erich Billrod zum erstenmal in einer Gesellschaft zusammen, und nicht zu leugnen war's, daß er sich in der Gebelaune befand und daß diese mir ziemlich unzweideutig erhellte, weshalb er nicht zu den gesellschaftlich beliebtesten Persönlichkeiten in meiner Vaterstadt gezählt wurde. Es ist schwer, eine derartige größere Vereinigung von Menschen, die wechselseitiger Unterhaltung, oder vielmehr gegenseitiger Hervorhebung ihres Wertes nachtrachten, darzustellen, sowohl auf der Bühne, als in Worten. Hier wie dort müssen sie in Einzelgruppen zerfallen, die einige Augenblicke in den Vordergrund treten und reden, um wieder in den beweglichen Rahmen der umherwandernden, unverständlich summenden Masse zurückzutauchen und andern Individuen kurzen Vortritt zu ermöglichen. Die Gesellschaft war bei unserer Ankunft bereits der Mehrzahl nach versammelt, einige Dutzend Herren standen im Frack und weißer Halsbinde mit einer Theetasse in der Hand, und ebensoviel Damen verschiedenster Generationen bildeten einen seßhaften Kranz um den Theetisch, in welchem die Sophaplätze unverkennbar die botanisch auserlesensten, wenn auch nicht grade durch Blütenreiz hervorragendsten Spezies der anwesenden Flora repräsentierten. Die sommerliche Vegetationsfolge war in vollständiger Abstufung von der Butterblume bis zur Herbstzeitlose und vom Frost schwärzlich verschrumpften Georgine vertreten; Veilchen, Rosen und Reseden befanden sich jedoch nicht darunter. Aus der Art der Kopfneigung der älteren und ältesten Damen ließ sich genau die Stellung ihrer Ehemänner in der Rangliste ablesen; die jüngeren lachten in schicklicher Weise fast unausgesetzt, weniger über einen speziellen Gegenstand, als aus allgemeinem Bedürfnis und weil sie die Aeußerungsmethode als die vorteilhafteste Beschäftigung ihrer Lippen und Augen ansehen mochten. Aus der gleichen Empfindung heraus redeten die Herren in kleinen Gruppen so eifrig miteinander, als habe seit geraumer Zeit jedem nichts wesentlicher am Herzen gelegen, als die Meinung des Andern über das berührte Thema in Erfahrung zu bringen. Jeder sagte allerdings nur, was der Andere ebensowohl wußte, aber jeder nahm es trotzdem verbindlich als eine schätzenswerte Bereicherung seiner Kenntnisse auf und zog daraus die Rechts- und Pflichtfolgerung, seinerseits wieder zur Belehrung des Andern beizutragen, so daß alle sich in köstlichster und nutzreichster Weise unterhielten. Jegliche Fakultät und jeglicher landesbräuchliche Titel besaßen Vertreter, aus den Knopflöchern leuchtete hie und da ein buntfarbiges Band, doch wo es mangelte, ließ der Gesichtsausdruck über dem Rock an dem nicht vorhandenen Mangel gleich hervorragender Verdienste keinen Zweifel. Die unbestrittenen Autoritätsspitzen der Gesellschaft bildeten der Präsident des höchsten Instanzgerichtes der Provinz, der sich vom Stiefelputzer zu dieser imposanten Würdenstellung heraufgearbeitet, und ein Geheimer Medizinalrat, dessen Geheimnis insofern einen öffentlichen Charakter trug, als hinter seinem Rücken niemand anzweifelte, daß er grade so dumm sei, wie er sich für klug hielt. Der Erstere war fettleibig, was ihm das Sprechen etwas erschwerte, und regte den Eindruck eines Atavismus, über dessen Richtung man sich nicht klar zu werden vermochte, da die verschiedenen Körperteile verschiedenartiger Abstammung entsprungen schienen; der Andere, von kleiner, magerer, beweglicher Figur, strich sich gewohnheitsmäßig den weißen Vollbart mit der in ganz Europa berühmten weißen Operationshand, an der ein Solitaire den Glanz der Armleuchterkerzen des Zimmers sammelte und in blendenden Strahlen zurückwarf. Sie standen, zwei Höchstkommandierenden bei einer Armeeparade ähnlich, im Gespräch nebeneinander und ein ehrfurchtsvoller Kreis von Zuhörern umgab sie in weiterem Subalternbogen, als die Tür sich noch einmal öffnete und Erich Billrod mir: »Der neue Lästrygone«, zuraunte. Ein hochgewachsener noch junger Mann trat herein und schritt, ohne die übrigen Anwesenden zu beachten, majestätischen Ganges auf den Theetisch zu, an welchem die Hausfrau, Frau Professor Liesegang sich halb aus ihrem Sessel erhob. »Ah, unser neuer Vasari, Aristoteles und Apoll in *einer* liebenswürdigen Person – Herr Professor *ordinarius* Rodenstein,« sagte sie mit einer darstellenden Handbewegung gegen die um den Tisch versammelten Damen. »Jettchen, eine Tasse für den Herrn Professor.« Fräulein Henriette Liesegang flog in holder Verwirrung leicht errötend aus dem Kranz ihrer Freundinnen – »Eine zu klassische Namensanhäufung für meine geringe Persönlichkeit, meine Gnädige,« versetzte Professor Rodenstein, sich verbeugend, mit tief sonorer, etwas geheimnisvoll umschleierter Stimme – »Sie sind sehr gütig, mein Fräulein« – und er nahm die Tasse aus Fräulein Henriette Liesegang's leise zitternder Hand. »Was ist Dir, mein Kind?« fragte die Mutter besorgt, »Du zeichnest Dich sonst vor Deinen Schwestern durch Deine natürliche Unbefangenheit aus; fürchtest Du Dich etwa vor dem Herrn Professor?« – »O, nichts, Mama,« erwiderte die halb Gelobte und halb Getadelte, den Blick zu Boden senkend, während ihre andere Hand einen Kristallteller mit Backwerk darreichte. »Sie sind sehr gütig, mein Fräulein; hoffentlich nur eine momentane Indisposition,« sagte Professor Rodenstein. »O, woran erinnern Sie mich,« rief Frau Professor Liesegang, »wir können es jetzt von der unfehlbarsten Autorität entscheiden lassen. Es behauptete nämlich jemand, Jettchen besitze ganz die Figur der Antike, und ich sagte nein. Zeig' einmal, mein Kind – bitte, geben Sie mir Recht, Herr Professor!«

»Aber Mama –« erwiderte Fräulein Henriette Liesegang, verschämt ihre Hand halb vorstreckend. »Hm, ja – Sie sind sehr gütig, mein Fräulein – Einiges ja und Einiges weniger. Zum Beispiel, die Hände der neuentdeckten, leider bis jetzt kopflosen Dryade – unzweifelhaft eine der höchstvollendeten Arbeiten von Phidias selbst, wie ich aus der Bildung des Ellenbogens nachzuweisen im Begriff stehe – Sie wissen, aus der Gegend von –«

»Wie interessant – fast unglaublich, aus einem Ellenbogen!« fielen mehrere Damen mit andächtig vorgebeugten Köpfen ein. »Ein an's Mythenhafte grenzender, genialer Scharfblick,« fügte Frau Professor Liesegang abschließend hinzu.

»Studien, Vertiefung, Gewöhnung, hm, ja –« Der Sprecher setzte sich, während Fräulein Henriette Liesegang ihm mit begeistert-erwartungsvoll aufleuchtenden Augen lauschend gegenüber saß, und aus dem Verlauf des belehrenden Vortrags tönte nur ab und zu noch ein tiefes »Hm, ja – nicht unzutreffend bemerkt – allerdings –« zu mir herüber. Dann sagte Erich Billrod hinter mir:

» *Love's labour lost*, der Fisch beißt doch nicht mehr auf den Hamen. Er ist selbst schon ein Hecht und hat's nicht mehr nötig.«

»Was nicht mehr nötig?«

»Einen Backfisch zu verschlucken, um aus einem Gründling zu einem Hecht anzuschwellen. Es ist eine sonderbare ichthyologische Metamorphose, Reinold Keßler, aber sie hält die Probe und ich kann Dir nur raten, wenn Du, eh' Dein Backenbart Deinem Schnurrbart ebenbürtig nachgekommen ist, Deinen Namen als den eines ordentlichen Professors in irgend einem Universitätskatalog zu sehen wünschst, Dich als Paris zwischen den drei Grazien dieses Hauses, die noch übrig geblieben, für Eine zu entscheiden. Wem von ihnen Du den Apfel reichst, bleibt völlig gleichgültig; es ist nur ein Tauschgeschäft, bei dem jede Dir als Mitgift eine Professur zurückgibt und eine Reihe schon vorhandener ordentlicher Schwäger obendrein. Eine gütige Fee hat ihnen allen diese köstlichen Angebinde bereits in die Wiege gelegt, und liebreiche Großväter, Oheime, Mutterbrüder wachen sorgsam darüber, daß die Wundergabe nicht verrostet, sondern stets mit märchenhafter Schnelligkeit ihre Zauberwirkung bewährt. Glaubtest Du, die Sache gehe anders zu in der Republik der Kathederwissenschaft? *Res publica*, Freund – vorwärts, die Dir am wenigsten zusagt, wird Dir das beste Katheder zutragen. Verträume nicht Dein Glück – pah, der praktische Corse hatte Recht, Du bist auch ein Ideolog.«

In der Tat, Erich Billrod war heut' Abend in einer Gebelaune, wie ich sie noch nicht bei ihm kennen gelernt, und ich sann fruchtlos darüber nach, was ihn, der zumeist in Anwesenheit einer größeren Zahl von Personen wortkarg und still zu sein pflegte, in so eigentümliche Stimmung und Lust, diese zu äußern, versetzt haben möge. Dann und wann traf ich ihn mit einem Mitgliede der Gesellschaft im Gespräch und fing ein kurzes Stück der Unterhaltung auf. Er stand neben Fräulein Henriette Liesegang, die ihm in kindlicher Begeisterung von dem Entzücken erzählte, in welches das letzte Konzert eines durchreisenden Klaviervirtuosen sie versetzt habe und mit welchen himmlischen Gefühlen sie täglich das Haus ihres Musiklehrers betrete, das sie jedesmal mit der Empfindung, der Beseligendsten der Künste wieder um eine Stufe näher entgegengehoben zu sein, verlasse. »Stehen Sie auch in einem so innigen Verhältnis zu ihr, Herr Doktor?« fragte sie, ihr leicht an einer Schläfe gelöstes Haar anmutig mit den Fingern der Antike zurückordnend. »Gewiß,« versetzte Erich Billrod mit artiger Miene, »unser Verhältnis zur Tonkunst in dieser Stadt ist bis auf einen unbedeutenden Partikelunterschied fast das nämliche, Fräulein. Sie haben auf Ihrem täglichen Entzückungsweg, wie ich das Vergnügen gehabt, wahrzunehmen, die Musik vor'm Magen und ich habe sie darin.« Er verbeugte sich und ging, ohne zurückzublicken, und ich fand ihn draußen wieder auf einem freien Platz vor der geöffneten Tür des Gartenzimmers, wo eine Anzahl der Gäste in der herrlichen Septembernachtluft auf- und abwanderte. Ein höherer Kommunalbeamter befand sich unter diesen, den vor einiger Zeit der unglückliche Zufall betroffen hatte, daß die unerwartete Revision einer ihm anvertrauten Kasse beträchtlichen Ausfall ergeben, den er im Augenblick selbst nicht zu decken im Stande gewesen, der jedoch von einem reichen Verwandten vollständig ersetzt worden war, so daß man allgemein in der Stadt mit Entrüstung von der unverzeihlichen Rücksichtslosigkeit der Revisoren gesprochen, die auf einen hochgeachteten und obendrein durch seltene Frömmigkeit ausgezeichneten Ehrenmann, wenn auch nur für kürzesten Moment den Verdacht einer Unterschlagung habe hinlenken können. Er trat an Erich Billrod heran, klopfte ihm jovial auf die Schulter und sagte:

»Man sieht Sie ja kaum irgendwo mehr, Herr Doktor. Immer in historischer Forschung vergraben?«

»Ja, in der Geschichte des alten grünen Kirchturms da, Herr Senator.«

Erich Billrod deutete vor sich hinaus, wo mein alter Freund im hellen Mondlicht aus ragender Nähe auf den Garten herabblickte; der Senator lachte kordial:

»Seit wann denn haben Sie sich auf das Gebiet der Kirchengeschichte verlegt, Herr Doktor?«

»Es läuft so ab und zu auch bei Kirchenpfeilern einmal etwas für mich verständliches Profanes mit unter, Herr Senator,« erwiderte Erich Billrod in verbindlichstem Ton, »und besonders kann das Verdienst dieses alten Turmes nicht preislich genug hervorgehoben werden, das er sich durch Mitteilung gewisser praktischer Methoden unserer allerdings noch nicht so durch und durch kultivierten Vorfahren erworben, wie wir uns dessen heut' zu rühmen vermögen. Ich stieß vor einigen Tagen bei'm Umhersuchen in unserem Stadtarchiv grade auf ein derartiges Beispiel aus dem 14. Jahrhundert, wo ein Ratsverwandter *hujus loci* sich am gemeinen Stadtsäckel vergriffen hatte. In Folge dessen brachte man ihn einfach in den Turm hinauf, bis dicht unter den großen Knauf – bei Tage können Sie mit guten Augen unterscheiden, Herr Senator, daß sich dort noch eine kleine Tür befindet – durch diese kleine Tür ward ein Balken herausgeschoben, der wohllöbliche Ratsverwandte in seiner Amtstracht darauf gesetzt, das Pförtlein hinter ihm verriegelt und ganz seinem Belieben anheimgestellt, in seiner Position am Hunger das Zeitliche zu segnen, oder dies etwas langsame Verfahren durch einen Sprung auf die Dächer seiner Mitbürger herunter abzukürzen. Eine originelle, doch empfehlenswerte Prozedur; für welche Alternative würden Sie sich entschieden haben, Herr Senator?«

Ich hörte eine Weile später nicht den Anfang, doch kam hinzu, als Erich Billrod an einem Kunstgespräche teilnahm, d. h. seine Anteilnahme beschränkte sich darauf, einer von Professor Rodenstein an einem Gemälde geübten Kritik zuzuhören. Das in Rede stehende Bild war seit einigen Tagen in der sogenannten Kunsthalle der Stadt ausgestellt und vergegenwärtigte fast in Lebensgröße Oliver Cromwell, wie er in seinem Arbeitszimmer im Ausdrucke seines Gesichtes die Wagschale König Karls I. zwischen Leben und Tod züngeln ließ. Der Maler hatte es mit ausnehmender Sorgfalt auch in den Einzelheiten der Umgebung des nachdenklich das Haupt auf einen mit Büchern beladenen Tisch Aufstützenden gearbeitet, und bei der Beschauung war mir ein welthistorischer Augenblick in lebendiger Verkörperung überwältigend entgegengetreten. Auch auf einige sonstige Teilnehmer der Gesellschaft schien es ähnlichen Eindruck geübt zu haben; als ich an den Kreis der Redenden hinangelangte, nahm grade Professor Rodenstein, der bisher dunklen Blicks geschwiegen, mit leichtem Achselzucken das Wort und sagte tieftönig:

»Hm, ja, für die Arbeit eines Neueren – es wäre nicht gerechtfertigt den Maßstab eines Zeuris oder Apelles an sie anlegen zu wollen. Doch selbst wenn wir auf Panänos und die Poikile zu Athen oder auf Polygnotes aus Thasos zurückgehen, müssen wir uns sagen, hm, ja, daß wir uns hier einem Falle der Typanographie, der Mißachtung des eigentlichen Zweckes künstlerischer Wiedergabe gegenüber befinden. Blicken Sie auf alle ausgezeichneten Meister des Altertums, so werden Sie auf ihren Gemälden niemals einen Anachronismus in der Behandlung der Gegenstände entdecken, welche redendes Zeugnis von dem Standpunkt der Kulturverhältnisse des entsprechenden Zeitabschnittes darbieten. Diese Vasen, diese Amphoren, diese Geräte profanen und heiligen Gebrauchs schufen die gleichzeitigen Meister der bildenden Kunst, und die Maler beeiferten sich, durch höchste Vollendung ihrer Technik vermittelst der Farben eine wahrheitsgetreue und annähernd sehr plastische Reproduktion solcher Vorbilder zu ermöglichen. Es scheint in entschuldbarer Weise Ihrem minder darauf hingerichteten Blick, meine verehrten Zuhörer, entgangen zu sein, daß dieser Cromwell auf dem in Frage gezogenen Bilde gar kein Cromwell ist. Denn was allein prägt ihm diesen Individualitätscharakter auf? Die Zeit, die Wahrheit der Umgebung, der Rahmen, der ihn umschließt. Ich bitte Sie nun, einen Blick auf den Tisch zu werfen, an welchem der angebliche Lordprotektor von England sich seinen in jener Zeitperiode beruhenden Erwägungen hingibt. Sein Arm stützt sich auf Bücher, gebundene Bücher. Ich kann Ihnen aber versichern, daß die kunstgewerbliche Forschung auf diesem Gebiete unwiderleglich ergeben, daß ein derartiger Büchereinband um die Mitte des siebzehnten Jahrhunderts noch nicht existierte, sondern zuerst vereinzelt im vorletzten Jahrzehnt desselben auftritt. Oliver Cromwell müßte demnach um dreißig Jahre älter, als etwa siebzigjähriger Greis nach der Krone getrachtet, die Hinrichtung des Königs Karls

I. ungefähr um die Zeit der Thronbesteigung des ersten Oraniers stattgefunden haben. Aber das nennen gewisse Leute heutzutage Kunst.«

Professor Rodenstein schloß seinen letzten Satz mit einem düsteren Blicke der Mißachtung gegen die apostrophierten, doch ungenannten traurigen Persönlichkeiten, warf sein schöngewelltes dunkles Haupthaar mit olympischer Anmut aus der weißen Stirn zurück und ließ die Augen wieder mit einem Ausdruck über die atemlos verstummte Runde hingehen, der inhaltsvoll besagte, daß er nur einen flüchtigen Strahl der Sonnenfülle seines Urteilsvermögens über das vernichtete Bild hingeworfen habe. Endlich wagten einige Damenzungen zuerst sich zu lösen. »Eine wahrhaft tief greifende Auseinandersetzung – wie der Erleuchtete dem Laien mit einem Worte die echte Kunst von schwächlicher Stümperei zu scheiden vermag. – Welch' ein Glück, solcher Erklärung beiwohnen zu dürfen!«

»Es ist eigentümlich,« sagte Frau Professor Liesegang, »aber ich erinnere mich, daß meine Tochter Henriette mit den Fingern auf den Tisch hindeutete und äußerte: »Findest Du nicht, Mama, daß ein –? wahrscheinlich wollte sie »Anachronismus« sagen, doch wir wurden unterbrochen –«

Auch Erich Billrod unterbrach jetzt plötzlich die Hausfrau. »Es freut mich, daß Herrn Professor Rodensteins geistvolle Erläuterung so volles Verständnis bei Ihnen angetroffen, denn ich kann sie von meinem, dem profan-historischen Standpunkt aus, nur durchweg bestätigen. Ja, ich vermag der kunstgewerblichen Versicherung des Herrn Professors die geschichtliche hinzuzufügen, daß, wenn Cromwell sich auf einen solchen Bucheinband damals gestützt hätte, er zu einem ganz andern Resultat gelangt wäre, da er dann den König nicht hätte köpfen lassen, sondern das Haus Stuart noch heute in England regieren würde. Das haben meine historischen Forschungen unwiderleglich ergeben. Sie sehen also, welche geschichtliche psychologische und moralische Fälschung aus dem Kleistertopf eines Buchbinders hervorgehen kann und die weiteren Schlußfolgerungen darf ich Ihrem in so unübertrefflicher Weise angeregten Scharfsinn überlassen.«

»Hm ja – ein mir nicht ganz verständlich gewordener Commentar meiner Explication,« erwiderte Professor Rodenstein sonor aber wohlwollend, und ich vernahm, daß er einem neben ihm Stehenden hinzufügte: »Offenbar eine Persönlichkeit, welcher es nicht gegeben, ihre Gedanken aus einer gewissen Unklarheit durch die Sprache zur wissenschaftlichen Gegenständlichkeit des Ausdruckes zu erheben.«

Erich Billrod ward für seine Persönlichkeit dieses von einem leisen Zähneknirschen accompagnierten Votums nicht teilhaftig, denn er lauschte bereits respektvoll auf eine Aeußerung des Gerichtspräsidenten, der, manchmal in der Mitte eines Wortes Atem schöpfend, bemerkte:

»Ich halte überhaupt von diesen brod-losen Künsten nicht viel, soweit sie nicht einen Gegen-stand wissenschaftlicher Registrierung und Klassifi-kation bilden. Leute, die sich solchem vagen Firlefanz in die Arme werfen, sind meistens solche, die ihren Beruf verfehlt haben und zu nichts Nütz-lichem sonst zu gebrauchen sind. Es geht damit wie mit der sogenannten allge-meinen Bildung, welche nur besagt, daß jemand im Spe-ziellen nichts Ordentliches gelernt hat. Ich war einmal Stiefel-putzer und bin stolz darauf, denn ich meine, nur die Juris-prudenz, meine Herren, ermöglicht einen solchen Fortschritt ohne die nichts-sagenden Redensarten von humaner und Gott weiß welcher in Mode geratener Grund-lage. Alle Menschen sollten zuerst einmal Juristen sein, und ich gebe jedem tüchtigen jungen Mann den Rat, werde Ju-rist, dann erfüllst Du am vollkommensten den Zweck deiner Existenz auf der Erde, im Staate und in der menschlichen Gesellschaft.«

»Wie anziehend ist es,« flüsterte eine Stimme neben mir, »eine so hochgestellte Persönlichkeit in so klarer und begeisterter Weise über ihren Beruf reden zu hören.« – »Welche Bescheidenheit, seiner unbedeutenden Herkunft in so ruhiger Ueberlegenheit Erwähnung zu tun,« entgegnete eine andre, und eine dritte fügte hinzu: »Und welche tiefbedeutungsvolle Wahrheit in dieser prägnanten Darstellung des höchsten Wertes und der höchsten Befriedigung durch die juristische Wirksamkeit.«

Dann hörte ich als vierte Stimme plötzlich die Erich Billrod's, der bescheidenen Tones sagte:

»Es drängt mich, Herr Präsident, Ihnen meinen aufrichtigsten Dank für die heut' Abend von Ihnen mir geweckte neue Welt- und Lebensanschauung auszusprechen. Ich hatte bis jetzt mich immer der irrigen Meinung hingegeben, der Zweck der Existenz des Menschen auf der Erde sei, ein möglichst glückliches und sorgenfreies Dasein zu führen und zu diesem Behuf seien der Staat, die Gesetze, die Ordner und Verwalter derselben – diese ganze unter Menschen, wie sie sein sollten, überflüssige Maschinerie – nur Mittel zu dem Zweck, daß die Erdenbewohner in friedlicher Gegenseitigkeit den Berufsarten, Pflichten und Freuden ihres Daseins, den Aufgaben und Wünschen des Kopfes und des Herzens, der traulichen Ruhe des Familienlebens, der Begeisterung für Dichtung, Künste, und Wissenschaften, dem mählichen Bildungs- und Erkenntnisfortschritt der Menschheit nachtrachten könnten. Von diesem irrigen Gesichtspunkt aus habe ich bisher die Jurisprudenz nur als ein Gerät zur Verhinderung der schlechten Triebe unseres Erdbodens, zur Ausrottung und Niederhaltung des Unkrautes angesehen, damit die wirklichen Saaten, Blumen und Früchte emporwachsen könnten, und ich danke Ihnen für die Berichtigung meiner fehlerhaften Anschauung, daß die Rechtsformeln und ihre Ausübung sich Selbstzweck sind und die Menschen sich für sie in der Welt befinden, statt wie ich bis heut' fälschlich angenommen, die Jurisprudenz nur als ein notwendiges Uebel für die Menschen.«

Wenn Erich Billrod die Absicht verfolgte, sich in der Abendgesellschaft des Professor Liesegang beliebt zu machen und seinen gesellschaftlichen Ruf in der Stadt zu rehabilitieren, so schlug er jedenfalls absonderliche Wege nach diesem Ziel ein, die dahin führten, daß sowohl die männlichen als weiblichen Konstituanten der Assemblee ihm mit einer unverkennbaren Beflissenheit aus dem Wege gingen. Doch er übersah mit der unbekümmertsten Miene jede Absichtlichkeit und nahm von keinem noch so ostensiblen Ausweichen Notiz. Er befand sich, wie er gesagt, in der Gebelaune; das Warum blieb mir ein Rätsel, wie seine hiesige Anwesenheit überhaupt. Nur das Eine lag klar vor, daß er hierhergekommen war, um in solcher Weise zu dem Amüsement der Gesellschaft beizutragen, und nur die erste Frage nach dem Antrieb, der ihn zum Kommen bewogen, blieb unerledigt. Zu meinem Erstaunen trank er sogar beim Souper – es war unfraglich seine Henkersmahlzeit in der

guten Gesellschaft – mehr, als ich seiner gewohnten Mäßigkeit nach
für glaublich gehalten, wenn ich's nicht mit eignen Augen gesehen,
und der genossene Wein trug nicht dazu bei, seine Lippen in einen
harmonischeren Akkord mit dem uns umgebenden Konzert zu
versetzen. Es ward an unserer Seite des Tisches von einer Persönlichkeit geredet, deren Name mir unter dem Geklapper von Gabeln,
Messern und gewechselten Tellern verloren gegangen war, und ich
erhielt nur im Allgemeinen die Aufklärung, daß sich das Gespräch
um einen außerordentlich liebenswürdigen jungen Mann drehte,
der sich in nächster Zeit, aus der benachbarten Handelsmetropole
hierher übersiedelnd, bei uns niederzulassen gedenke, um ein großes überseeisches Exportgeschäft in unserer Stadt zu begründen.
Man wußte nicht grade Bestimmtes über ihn, war jedoch in seinem
Lobe durchaus einmütig, und eine der älteren weiblichen Autoritä-
ten der Tafelrunde bemerkte remüsierend, daß, so wenig Erfahrun-
gen sie begreiflicher Weise in ihrem Leben sonst in Kaufmannskreisen gemacht habe, ihr doch einige Mal auf's Erfreulichste entgegengetreten sei, daß ein derartiger Vertreter des wirklichen Großhan-
dels nicht selten mit seinen wahrhaften Verdiensten um die Förde-
rung menschlicher Wohlfahrt die feinste, universelle Bildung ver-
binde und deshalb jedenfalls als Pflicht erscheine, dem Erwarteten
den Eintritt in die gute Gesellschaft der Stadt in jeder Richtung zu
erleichtern. Diese wohlwollende Erklärung fand allseitig bereiteste
Zustimmung, in die sich jedoch wieder Erich Billrod's Stimme mit
der Entgegnung einmischte: »Die Sache ließe sich auch etymolo-
gisch kürzer ausdrücken, Frau Konferenzrätin, daß Geltung von
Geld herstammt; er besitzt Geld, also gilt er selbstverständlich und
gehört nicht zu den sonstigen Kaufmannskreisen.« Die Eßbestecke
überklapperten indes die Worte des Sprechers, die, von einer Em-
porziehung der Nasenflügel einiger zunächst Sitzender abgesehen,
niemand beachtete, und das Gespräch der Tischgruppe ging auf
einen anderen Gegenstand über, zu dessen Berührung der anwesende Hauptpastor der Stadt Anlaß gegeben. Er tat etwas näselnden
Tones, doch in wohlgegliederter Syntax des Ausdruck's, eines heutigen Falles seiner Seelsorge Erwähnung, wo er einer Frau, die über
den erfolgten Tod ihres seit langer Zeit schwer erkrankten Kindes in
blinde und taube Verzweiflung geraten, ermahnend vorgehalten,
wie unchristlich sie sich durch ein solches Gebühren versündige, da
sie, statt dem Ratschlusse Gottes, der ihr Kind lieb gehabt und es

deshalb zu sich genommen, dankbar zu sein, sich den Einflüsterungen des sündigen Eigenwillens hingegeben habe, ihr verblendetes Gemüt gegen das Walten der himmlischen Liebe aufzulehnen. Da sei es dem Weibe wie Schuppen von den Augen gefallen, an welchem Abgrunde ewiger Verderbnis sie gestanden, und wundersam getröstet und gebessert habe er selbst sie in tiefer heiliger Ergriffenheit verlassen. Die Mitteilung, welche ihrem Urheber ein wenig Trockenheit in der Kehle verursacht hatte, so daß er dieser durch ein modestes Zu-sich-nehmen der lieben Gottesgabe aus dem vor ihm stehenden Glase abhalf, verfehlte naturgemäß nicht, besonders auf die Zuhörerinnen gleichfalls den ergreifendsten Eindruck zu erregen und sie in eine religiös-hingebende, weichherzig-bewegte, gefühlvoll-erfaßte Gemütsstimmung zu versetzen, die sogar über Erich Billrod's heut-abendlich-frühere Aeußerungen den Schleier der Nächstenliebe breitete und, als er jetzt dem Pastoren zugewendet das Wort ergriff, mit aufmerksamer Rührung seiner Einschaltung Beachtung angedeihen ließ. Er sagte, und zwar so laut, daß seine Stimme fast das surrende Gespräch am entgegengesetzten Ende des Tisches zum Schweigen veranlaßte:

»Ich habe etwas Aehnliches, doch mit schon früher eintretendem erfreulichem Ausgange heut' erlebt, denn ich traf einen vermutlich irrsinnigen Mann auf der Straße, der einen dicken Knüttel in der Hand trug und mit ihm einen kleinen, blondlockigen, allerliebsten Knaben über den Kopf schlug, so daß der Kleine auf das Steinpflaster niederstürzte. Dann trat der Mann das Kind mit dem Fuß, es schrie noch, aber lag schon mit gebrochenen Augen –«

»Unglaublich! Empörend! Himmelschreiend!« Es brach in stürmischem Durcheinander von den Lippen der Hörerinnen; der Pastor fügte bedeutsam hinterdrein: »Eine solche Bestialität einem unschuldigen Knäblein gegenüber ist wohl nur aus frühzeitigster, verstocktester Abwendung vom Gottes-Worte erklärlich.«

»In diesem Augenblick,« fuhr Erich Billrod fort, »kam der Vater des Knaben hinzu.«

»Und was tat er? – Riß die Vaterliebe ihn zu besinnungslosem Tun fort?« Die Spannung der vorgeneigten Gesichter hatte sich auf's Höchste gesteigert; eine der Damen sagte vernehmlich zu ihrer

Nachbarin: »Wäre es mein Kind gewesen, ich glaube, ich hätte den Unmenschen getötet.«

»Er ging auf den Mann zu, drückte ihm die Hand und dankte ihm,« schloß Erich Billrod ruhig seine Erzählung.

Es blieb einen Moment in der Zuhörerrunde lautlos still, nur alle Augen hefteten sich, wie an der Zurechnungsfähigkeit ihrer Ohren oder des Berichterstatters zweifelnd, auf den letzteren; endlich gab ein Mund der allgemeinen Ueberzeugung Ausdruck:

»Also war der Vater selbst auch ein Irrsinniger?« »Warum, gnädige Frau?« versetzte Erich Billrod mit artigster Miene. »Doch nicht weil er das nämliche tat, wohin die heiligen Bemühungen des Herrn Pastors die von ihm erwähnte Mutter geführt, die dem ›lieben Gott‹ dafür gedankt, daß er ihr Kind in langer Krankheitsmarter zu Tode gebracht? Dieser Mann, scheint mir, war viel dankenswerter, da er den Knaben kürzer leiden ließ, offenbar doch auch nach dem Ratschluß der himmlischen Liebe, denn es wäre unchristlich, anzunehmen, daß es ohne den Willen der letzteren zu geschehen vermocht hätte.«

Das Rollen der zurückgeschobenen Stühle vom anderen Ende des Tisches her übertönte den Schluß der Worte, das Souper war beendigt und aus einem saalartig geräumigen Nebenzimmer lockten schon die angeschlagenen Töne eines Flügels zur köstlichsten Fortsetzung des abendlichen Gesellschaftsprogramms. Die Damen und Herren ließen eilfertig ihre Fingerspitzen in der Hülle bereitgehaltener weißer Lederüberzüge verschwinden und strömten dem Raume zu, aus dem unter den einzig nicht behandschuhten, langsehnigen Fingern des genialen städtischen Musikheros, des Kapell- oder Konzert- oder sonstigen Meisters, Herrn Lackschuh's, die süßen Tonbilder einer Française entquollen. Ausrufe des Entzückens, der Ueberraschung, des Dankes begrüßten ihn. »Oh, es ist Herr Lackschuh selbst, der sich herabläßt, uns diesen Abend zu verherrlichen! – Hören Sie auf seinen Anschlag, ein Blinder müßte ihn unter Tausenden herauserkennen! – Ein anbetungswürdiger Künstler, dem keiner zu vergleichen! – Er wird den neuen Walzer spielen, den er kürzlich erst komponirt hat. – Ach, was auf Erden wäre überhaupt der himmlischen Wirkung solcher Musik vergleichbar? Mir hüpft der Fuß schon in Gedanken an den Walzer.«

»Gewiß ein anbetungswürdiger Gegenstand,« sagte Erich Billrod hinter mir. »Ganz Finger ohne Kopf, nur Ton, ohne daß je im Leben ein Gedanke ihn beeinträchtigt hätte. Es fehlt nur der äußere Strohwisch über der Erhabenheit seines Hohlschädels, etwa in Form einer symphonisch klingelnden Schellenkappe, um die Leute das volle Ebenbild ihres Gottes erkennen und ihm den geweihten Glanzlack von seinen Schuhen küssen zu lassen.«

Der Rundgang der Française erreichte sein Ende, die älteren Herren zogen sich an Spieltische in Seitengemächer zurück, die älteren Damen nahmen Wandsitze im Tanzsaal ein, Herr Lackschuh warf, die dunklen Augen zum Plafond aufschlagend, Kopf und Oberkörper nach rückwärts und ließ die weit vorgestreckten Hände mit einem jubelnd begrüßten Fortissimo in die Tasten greifen. Dann drehten die Paare sich wirbelnd an uns vorüber, die Kleider flogen, die Gesichter flammten – »Nun, willst Du Dir kein Verdienst um das weibliche Geschlecht mit erwerben, Reinold Keßler?« fragte Erich Billrod.

Ich schüttelte den Kopf. Wir standen abseits, unbeachtet vor dem offenen Türrahmen eines von der Gesellschaft verlassenen Zimmers und mir war's nicht mehr begreiflich, daß ich dieses Durcheinander, welches mir heut' lächerlich, fast Widerwillen regend, erschien, bis vor Kurzem selbst häufig mitgemacht hatte. Und gedankenlos dreinblickend erwiderte ich:

»Mich däucht nicht, daß man sich viel Verdienst damit erwirbt.«

»Da tust Du den löblichen Institutionen der feinen Gesellschaft Unrecht, Reinold Keßler. Versuch's doch einmal, fasse am Theetisch oder sonst in einem Hause, das Dich als Gast aufgenommen, die Hand der Tochter, lege ihr Deinen Arm um die Hüfte, drücke ihn sanft gegen ihre jungfräuliche Brust, und ich glaube. Du wirfst von seltenem Glück sagen können, wenn Du aus dem in seinen heiligsten Gefühlen entweihten Hause mit heilen Gliedmaßen und am andern Tage aus der Stadt ohne kriminalgerichtliche Verfolgung davonkommst. Aber zieh' ein paar weiße Handschuhe an, verbeuge Dich, wie Du's in der Tanzstunde gelernt hast, und Du kannst das alles, kannst das Zehnfache, ohne zu befürchten, auf Widerstand, sittliche Entrüstung und empörte Schamglut zu stoßen. Die junge Dame braucht dann nicht zu erröten, also tut sie's nicht; es ist Sitte geworden, daß Du sie wie eine Braut in die Arme faßt, daß Dein Atem, Dein Blick bis zu ihrem entblößten Busen hinabstreift, Deine Knie die ihrigen berühren und Du Dir das Verdienst erwirbst, sie auf erlaubte Weise in der sonst verbotenen Trunkenheit ihrer Sinne schwelgen zu lassen. Morgen wird sie wieder sittig erglühen, wenn Du überhaupt anzudeuten wagst, daß sie Knie besitze, und in heißer Entrüstung wird Dir die Mutter den Türausgang zeigen, die jetzt dort lächelnd herabsieht, wie ihre Tochter sich lechzend an die Brust ihres Tänzers festschmiegt. Heut' Abend Natur, Reinold Keßler, denn die Schicklichkeit erlaubt's, und morgen Anstand, denn die Schicklichkeit gebietet's. Zög'st Du ihnen die Larve ab, so wären sie auch morgen alle nackt wie heut' – aber hab' keine Furcht, daß sie ihre Natur am hellen Tage und ohne weiße Glacéhandschuhe herauskehren könnten. Dazu müßte etwas Ungewöhnliches kommen, etwa ein Sangesheld, der das hohe *Cis* aus einem sechs Fuß hohen Kehlkopf heraufhimmelt, oder ein paar schwarze Feuerbrände, die in einem Weiberkopf knisterten, auch die andere Hälfte dieser guten Gesellschaft einmal über Nacht auf den Kopf zu stellen: Willst Du mit? Ich habe den Ekel satt und will Mondsilber statt dieser tropfenden Unschlittlichter. Komm.«

Ich folgte der Aufforderung bereitwillig, wir empfahlen uns auf französische Weise und traten in die noch immer hellbestrahlte Gasse hinaus. Erich Billrod blickte noch einmal kaustisch lachend auf das Haus zurück und sagte: »Man könnte bei dem Volk von neronischen Gelüsten erfaßt werden, daß es nicht Einen Kopf, aber Einen *contra situm* hätte, um es darauf zu hauen.«

Nun gingen wir eine Weile schweigend; ich hatte immer eine Frage auf der Zunge, doch statt der, die ich beabsichtigte, brachte ich fast gedankenlos eine andere hervor. »Hörtest Du den Namen des jungen Großhändlers, der hierher kommen soll?«

Erich Billrod sah merkbar aus anderen Gedanken auf und erwiderte gleichgültig: »Einer aus dem großen Krämernest, in dem ein Rabe schwarz gelenkt wie der andre aussieht; ich glaube, er heißt Imhof.«

»Imhof? Philipp Imhof?« fiel ich höchlichst überrascht ein.

Das weiß ich nicht; meinetwegen Crassus oder Crösus. Ein goldenes Kalb ist's nach den Anbetungspräliminarien der feinen Gesellschaft jedenfalls.«

Er war einsilbig, als sei der sonderbare, wie von einem Gallengetränk herstammende Rausch, der den Abend hindurch aus ihm geredet, verflogen und habe einer plötzlichen Ernüchterung Raum gemacht. An der Ecke, wo sein Weg abbog, stand ich still und brachte die lang verhaltene Frage hervor:

»Weshalb bist Du eigentlich in die Gesellschaft gegangen?«

Auch Erich Billrod hielt inne und wandte die Augen im Mondlicht gegen mein Gesicht. Einige Sekunden schweigend, dann antwortete er:

»Ich hatte Dich seit gestern nicht gesehen, Reinold Keßler, und wollte Dir nach so langer Trennung zum erstenmal nicht allein, sondern in einem Kreise, wo feiner Ton herrscht, begegnen. Gute Nacht – es kommt einmal ein Tag im Leben, der die Gebelaune mit sich dringt. Wenn Du mich morgen besuchst, denke ich, wird sie vorüber sein.«

Drittes Kapitel

Sie war's, als ich am andern Spätnachmittag kam. Es war noch das nämliche Zimmer aus meiner frühen Knabenzeit, in dem die Sonnenstäubchen immer noch einsam und gleichsam anmaßlich auf und nieder tanzten, als seien sie eigentlich seit Menschengedenken die einzigen Rechtsinhaber dieser stillen Verlassenheit.

Ja, Alles bis in's Kleinste völlig unverändert. Es kam mir heut' wie durch Zufall zum erstenmal deutlich zum Bewußtsein, und mir war's, als sei auch für mich schon ein volles Menschengedenken darüber hingegangen. Dieselben aus zahlreichen kleinen Scheiben wie ein Gitterwerk zusammengesetzten breiten Fenster mit den gelben Vorhängen, die altväterischen Möbel, die schweigsam feierlichen Büchergestelle an den Wänden und zwischen ihnen in den schlichten, wurmdurchlöcherten Holzrahmen die Landschaften mit ihrem fremdartigen, braunrötlichen Ton, als falle unablässig ein Abglanz herbstlicher Abendsonne darüber hin. Nichts war von der Stelle gerückt worden, nichts umgemodelt und erneuert, nur das täglich wiederkehrende Licht, die Goldstäubchen, die Jahre hatten die Decken der Tische, die Ueberzüge der Sessel, die Einbände der Bücher etwas abgeblaßt. Sonst war Alles geblieben, saß Erich Billrod auch heut', als ich eintrat, ebenso am Schreibtisch, wie er's damals getan, als ich zum erstenmal zu ihm gekommen. Seit Menschengedenken – wenn dies für mich auch nur ein Jahrzehnt bedeutete – doch welche Unermeßlichkeit von langem Winterschnee und kehrendem Frühling, von Sonne und Sturm, Gedanken, Empfindungen und Wandlungen lag für mich in dem kurzen Wort. Erich Billrod aber hatte hier Tag um Tag ein Jahrzehnt lang immer in nämlicher Weise gesessen und in die tanzenden Sonnenstäubchen hineingesehen.

Man weiß oft nicht, warum Einem manchmal plötzlich eine solche Vorstellung kommt, die sich seit langer Zeit an jedem andern Tage der Empfindung schon ebensowohl hätte aufdrängen können und es trotzdem nie getan. Aber heut' hielt sie mich unwillkürlich in der Mitte des großen Zimmers an und ließ meine Augen auf der Rückseite des Schreibenden haften. Hatten das täglich kehrende Licht, die Goldstäubchen, die Jahre auch über den Scheitel Erich Billrod's einen bleicheren Schimmer gezogen?

Ganz leis, doch er war da, ich sah es auch zum erstenmal. Es schien nur wie der Anhauch eines Aschenregens, doch keine Zugluft blies ihn mehr hinweg. Das Jahrzehnt hatte das Verhältnis der Jahre zwischen ihm und mir ungeändert, aber immerhin bildeten meine zwanzig noch erst die Hälfte der seinigen.

Mich verwirrte etwas, wie er sich jetzt auf einmal rasch umwandte und die Augen scharf auf mich heftend, als ob er meine Gedanken erraten, fragte:

»Mißfallen Dir meine grauen Haare oder haben sie Deinen Beifall, Reinold Keßler? Verzeih' mir meine Unhöflichkeit, ich habe noch eine notwendige Arbeit und Dir eine Lektüre auf den Tisch gelegt, um Dich inzwischen zu amüsieren.«

Er deutete, das letzte Wort eigentümlich betonend, auf einige halb gelblich gewordene, beschriebene Blätter, die ich, als ich seine Handschrift erkannte, mit einiger Verwunderung aufnahm. Ich überflog die ersten Zeilen und antwortete:

»Gedichte habe ich öfter von Dir gelesen, doch ich wußte nicht, daß Du auch Novellen geschrieben –«

»Novelle – eine Neuigkeit, ein sonderbarer Vorfall, das ist das rechte Wort,« fiel er ein. »Du hast immer die richtige Nomenclatur für die Dinge, Reinold Keßler. In der Tat, ich habe auch einmal auf dem Gebiet einen nutzlosen Versuch gemacht; es ist lange her, und ich hoffe, die jugendliche Torheit wird mich nicht plagen, ihn zu wiederholen. Aber er fiel mir heut' grad' in die Hand und paßt vielleicht dazu, Dir eine Viertelstunde des Wartens auszufüllen. Wenn Du Lust hast, lies die Novelle und kritisiere das Machwerk scharf; Du bist ja in die Jahre gekommen, Verständnis dafür zu besitzen.«

Er drehte den ergrauenden Kopf zurück. »Hat sie keinen Titel?« fragte ich, mich in den Sessel setzend. Nun wandte Erich Billrod sich noch einmal: »Einen Titel? Du hast wieder Recht, ein ordentliches Kunstwerk will auch einen Kopf haben. Heiß' es »Nacht und Tag«, oder »Herz und Augen«; ein Doppeltitel ist das beste Aushängeschild, um rührungsbedürftige Leser anzulocken. Also gehab' Dich wohl, ich nehme eine Weile von Dir Abschied.«

Er schrieb weiter und ich las auf den halb vergilbten Blättern:

*

»Robert Lindström stand in verhältnismäßig frühen Jahren vor
der Beendigung seiner Studien, denn er trat eben über die Aus-
gangsschwelle seines zweiten Jahrzehnts, als sein gewählter Le-
bensberuf ihn veranlaßte, noch für ein Semester eine kleine deutsche Universitätsstadt zu besuchen, an der ihm der wünschenswer-
teste Abschluß seiner Lehrjahre geboten ward. Seine Familie
stammte, wie der Name kundtat, ursprünglich aus dem skandinavi-
schen Norden, doch schon seine Großeltern hatten ihre Heimat
verlassen und sich in Deutschland seßhaft gemacht. Er war, noch
bevor er sein Leben selbständig einzurichten vermocht, verwaist
und im Hause eines Vormundes aufgewachsen, der die gegen ihn
übernommenen Verpflichtungen erfüllte, ohne daß je ein engeres
Verhältnis, ein menschliches Nähertreten zwischen ihnen stattfand.
So ward er eine isolierte, mit Notwendigkeit gegen Andre und in
sich selbst widerspruchsvolle Natur. Was ihn bewegte, erfreute, mit
Hoffen oder Bangen regte, mußte er ohne Mitteilung im Innern
verschließen, und er gewöhnte sich dergestalt, sich als eine Ausnahme von den übrigen Menschen, weder nach einer guten noch
schlimmen Seite hin, doch schlechtweg als ein nicht Zugehöriger zu
seiner Umgebung zu betrachten. Mit der Erinnerung an schöne,
traumhafte Tage seines Elternhauses ging er einsam umher; die
Sonne war seine Freundin, sein Umgang der im Wind bewegte
Grashalm des Feldes, der braunrote Waldrand, auf dem das Abendlicht verglühte. Manchmal vom unwiderstehlichen Drang gefaßt,
sein volles Herz hinzugeben, stieß er auf die kalte Verstandesrich-
tung des Vormundes, der ihm sarkastisch zu verstehen gab, daß
seine Empfindungen einen Ausfluß wesenloser, lächerlicher und für
die Zwecke des Lebens durchaus schädlicher Sentimentalität bildeten, für die grade er ganz besonders eine möglichst ungeeignete
Persönlichkeit sei. Derartiges Behaben möge in der Jugend für Leute
Vorteil mit sich bringen, die dadurch in den Augen empfindsamer
Weibergemüter das Einnehmende äußeren Wesens erhöhen und auf
solche Weise vielleicht ihre Glücksumstände verbessern könnten.
Robert Lindström konnte daraufhin, obwohl er den Sinn der Worte
nicht deutlich faßte, die Frage nicht zurückhalten, weshalb er denn
grade eine so ungeeignete Persönlichkeit in dieser Hinsicht darstel-
le? »Der Spiegel kann Dir verständlichere Antwort darauf geben als

ich,« erwiderte sein Vormund kaltlachend, und der Abgefertigte befragte am Abend die schweigsame Glasfläche, auf die er hingewiesen worden. Doch der Spiegel erteilte keine andere Antwort, als er sie ihm des Morgens stets beim Ankleiden zu geben pflegte, warf das genau bekannte Gesichtsbild eines für seine Jahre ziemlich kleingewachsenen Knaben zurück, dessen Stirn die Narbe einer in frühester Kindheit erhaltenen Brandwunde aufwies. Als Lindström daraufhin unternahm, seinen Vormund noch einmal über die Erfolglosigkeit des erteilten Rates zu interpellieren, entgegnete der kurz: »So warte noch eine Weile und befrage dann irgend ein Mädchen, zu dem Du Vertrauen gefaßt hast, *notabene* wenn's kein Krüppel, keine Blinde oder höchstens keine Einäugige ist.«

Dazu bot sich jedoch Robert Lindström in seiner Vereinsamung keine Gelegenheit und er vergaß auch das Ganze bald. Aber er empfand mit den Jahren, daß er sich veränderte. Nicht in seinem eigentlichsten Innern, doch in seinem früheren Drang und Verlangen, dies hervortreten zu lassen. Er ward nicht scheu, sondern geizig mit dem, was Andere nicht wollten; sein Gefühl stumpfte sich nicht ab, nahm vielleicht in der Stille zu, aber seine Aeußerungen modelten sich nach der Denk- und Redeweise seines Vormundes um. So erreichte er das Jahr seiner Mündigkeit in einem Gemütszustände, der vom Leben nichts erwartete und nichts verlangte, als den Genuß, den die Vertiefung in seine Wissenschaft ihm gewährte, und im Besitz beträchtlichen Vermögens sah er sich voll selbständig und unabhängig in einer fremden Welt, mit der sein Herz keinerlei Zusammenhang besaß.

Als er zum erwähnten Zwecke des Abschlusses seiner Studien in die kleine Universitätsstadt gelangte, hatte die Abneigung gegen allen Verkehr mit Menschen sich in ihm bereits dergestalt zur Bedürfnislosigkeit ausgebildet, daß er jede andere als die oberflächlichste Bekanntschaft selbst mit seinen Altersgenossen mied und seine Zeit nur zwischen angestrengter Arbeit und der abendlichen Erholung auf einsamen Feldwegen teilte. Er war mit dem Beginn des Sommersemesters eingetroffen und gewahrte täglich den Fortschritt des Frühlings um sich her, dessen grün und farbenfreudig hervorsprießende Grüße ihm von Allem am Vertrautesten, mehr als irgend ein Mensch heimatlich in die Seele hinablächelten. Dann erkrankte er und vermochte wochenlang das Zimmer nicht zu verlassen. Der Arzt wollte es ihm auch einige Tage länger noch verweigern, doch eines Spätnachmittags hörte er durch das geöffnete Fenster aus einem Nachbargarten die Nachtigal herüberschlagen und eine unwiderstehliche, fast knabenhaft wieder erwachende Sehnsucht zog ihn in die milde Luft hinaus. Er verließ die Stadt und schlug draußen den ersten Weg ein, der sich ihm öffnete, gleichgültig, wohin der Zufall ihn führen möge. Der Himmel war bedeckt, so daß es früher als gewöhnlich dämmerte; es hatte geregnet und die Erde duftete. Erstaunt sah er, wie während seiner Krankheit die Blütenpracht des Vorsommers über die Welt hereingekommen, der Waldrand, zu dem die nur kurze Entfernung ihn hingeführt, stand dicht und geheimnisvoll im dunklen Laubschmuck, davor bogen sich über einen Gartenwall schwerwallend und duftend blaue Syringenblüten bis auf den Weg hinab. Er streckte die Hand und brach eine von ihnen, aus der noch die Regentropfen im Zwielicht wie glitzernde Perlen zur Erde träufelten; das Auge sah nicht deutlich mehr, doch alle anderen Sinne empfanden etwas, wie von süßtrunkener Schönheit umflüstert und umatmet. Und plötzlich rief hinter dem blauen Wogen des Walles die helle Stimme eines Mädchens laute Worte gegen das Häuschen zurück, dessen Giebel noch halb erkennbar über das Gebüsch heraufragte.

Es waren sehr gleichgültige, sehr gewöhnliche Worte ohne jede Bedeutung, denn sie sagten nur: »Hier bin ich, Mama, und die Bank hier ist trocken und schön, daß wir auf ihr sitzen können.« Aber trotzdem war's Robert Lindström in dem nächsten Augenblick, als würde er von den verklingenden Tonwellen des Rufes emporgehoben und weit durch Zeit und Raum dahingetragen, wo die Träume des Herzens in ihrer frühesten und einzigen Heimat weilten, denn die bedeutungslosen Worte drüben waren nicht in der Sprache des umgebenden Landes, sondern in der gerufen worden, welche seine Mutter ihn, als die der Großeltern, noch spielend in der Kindheit gelehrt. Zum erstenmal seit einer öden Unermeßlichkeit schlugen die mehr schon als halb vergessenen und doch in einem Nu den ganzen Zauber, den Reichtum, die Liebesfülle der Kinderheimat heraufbeschwörenden Laute ihm wieder an's Ohr, in's Herz hinein und weckten seiner eigenen Zunge das lang verlorene Vermögen, daß er in der nächsten Sekunde unwillkürlich, fast unbewußt, vom

Wege her gleichfalls auf Schwedisch laut erwiderte: »Und ich bin hier draußen und habe keine Bank, um mich darauf zu setzen.«

Ein verwunderter Ton, doch ein freudig-einstimmender antwortete ihm aus dem Garten, dann eine Frage: »Wer ist der Landsmann, der vorüberwandern wollte, ohne sich zu uns zu setzen?« und nach einer Minute befand Robert Lindström sich, ohne zu wissen, wie es so gekommen, drüben in dem Gärtchen auf der Bank, zwei weiblichen Gestalten gegenüber, denen er seinen Namen genannt, deren Namen er von ihnen erfahren und mit denen er redete, als ob er seit Jahren bereits ein Freund ihres Hauses gewesen, wiewohl die tiefe Dämmerung des späten Maiabends ihm nicht einmal verstattete, die Gesichter seiner beiden Gefährtinnen zu unterscheiden. Er wußte bis jetzt nur, daß die Aeltere, die Mutter des Mädchens Frau Ingermann, ihre Tochter Asta hieß und das Gespräch ergab, daß jene bereits bald nach der Vermählung mit ihrem seit längerer Zeit schon verstorbenen Gatten aus Schweden fortgezogen und sich in Deutschland niedergelassen habe. So war die Tochter, in Deutschland geboren und erwachsen, keine Ausländerin mehr, sondern ihre Heimatsprache die deutsche, und nur unter sich redeten die beiden Frauen noch manchmal schwedisch, Asta der Mutter zur Freude und Erinnerung, die dadurch in die Tage ihrer Jugend und ihres ehelichen Glückes zurückversetzt ward. Still und fast ohne Verkehr mit Menschen wohnten sie hier auf ihrem kleinen Besitztum am Waldrand; wie in der Abstammung, ergab sich bald auch in der Stellung zum Leben eine Aehnlichkeit zwischen den zufällig zusammen Gekommenen, und die doppelte Uebereinstimmung erzeugte ein schnelles Vertrauen, einen Anschluß, der sich, schon nach Ablauf kaum einer Viertelstunde, in unverhohlener Weise von beiden Seiten kundtat. Man sprach bald deutsch, bald schwedisch, Robert Lindström suchte aus seinem Kindergedächtnis eifrig die Bruchstücke des mütterlichen Unterrichts hervor, die Frauen lachten fröhlich über seine Fehler und verbesserten sie, es war ein für alle stimmungsvolles und liebliches Erinnerungs-Genießen in der köstlichen Sommernachtluft. Der Syringenduft umzog die von den Blütentrauben überlagerte Rundbank, dann trat der Mond kurz hervor, ließ die Hälfte der letzteren, auf der Lindström saß, im vollen Schatten, doch warf sein hellstes Silberlicht auf der andern Seite über Asta Ingermann's Antlitz. So tauchte sie wie ein Lichtbild vor

Robert Lindström auf, sommerlich in Weiß gekleidet, wohl noch kaum achtzehn Jahre alt, schlank, zart und mädchenhaft in der Anmut ihrer Formen und aller Bewegungen. Der Mondreflex glitt an dem schlicht von der Stirne herabgescheitelten, hellblonden Haar in ganz leichtem spielendem Schimmer herunter, die Augen mochten grau sein, allein in der eigenen Beleuchtung traten sie fast dunkel aus dem blassen und doch von frischester Jugend redenden Gesicht. Lieblichkeit war vor Allem der Eindruck, den Asta Ingermann erregte, ihre Züge und ihr Wesen ließen sich nicht besser, als durch die Empfindung auffassen, daß sie vollkommen dem glockenartigen Klang entsprachen, mit dem ihre Aussprache der hellen schwedischen Vocale vorher im Dunkel das Ohr berührt hatte. Das Auftauchen ihrer Lichtgestalt war jedoch, wie gesagt, nur ein kurzes, schweres Gewölk drängte sich an die Mondscheibe und überhüllte sie, die Dunkelheit verstärkte sich zur Finsterniß, und die Mutter gab das Zeichen zum Aufstehen, da offenbar ein schwerer Regensturz drohe. Sie ermahnte Lindström eilig den Heimweg anzutreten, reichte ihm die Hand und sagte: »Ich hoffe, wir sehen uns bald wieder, dann auch von Angesicht zu Angesicht, nicht als Fremde, sondern als Freunde, wie mich däucht, daß wir es heut' in einer Stunde geworden.« Auch Asta streckte ihre, nur an einem leichten Schimmer in der Lichtlosigkeit erkennbare Hand aus, und Robert Lindström umschloß, empfand sie in der seinigen so weich und warm und schmal, als ob er sie zugleich mit Augen sähe und genau durch eine Zeichnung wiederzugeben vermöge. Das Mädchen sagte ebenfalls, doch in schwedischer Sprache: »Leb' wohl! Ich denk' es auch, daß wir nicht nur Landsleute sind, sondern Freunde sein werden« – es war Robert Lindström, wie er nun allein auf dem finstern Weg nach Haus wanderte, als gehe er auf einem andern Stern, der keiner Sonne bedürfe, weil er sonnengleich durch sich selbst leuchte und bis in's Herz hinein wärme. Das Unwetter ereilte ihn, und der Regen strömte mit Frühlingswucht auf ihn nieder, doch ihm tönte nur ein Wort im Ohr, das seine Lippen immer vor sich hin wiederholten: » *Far väl!*« Er wußte wohl, daß die schwedische Sprache keinen anderen, konventionell auch in der dritten Person anredenden Imperativ besitze, wie die deutsche, aber ihm klang's trotzdem, als liege in diesem » *Far väl!*« auch ein deutsches »Leb' wohl!«, die Sprache der Vertraulichkeit, der nächsten Zugehörigkeit, wie kein anderer Mund auf Erden, vor Allem der eines

Weibes sie ihm je entgegengetragen. Durchnäßt traf er m seinem Hause ein, aber er fühlte sich so gesund, so lebensvoll, so jugendstark, daß er in lautem Monolog des Arztes spottete, der ihn noch länger als krank betrachten und an's Zimmer fesseln gewollt. Vom Frührot überstrahlt wachte er auf und sah gegen das Himmelsblau Träume vor sich gaukeln, die ihm die Nacht gebracht und genommen und ihm nur als ein namenloses, süßes Sehnen und klopfenden Herzschlag hinterlassen. War das die nämliche, freudlose Welt, die gestern um ihn gelegen, von der er nichts erwartete, nichts verlangte – und was hatte sie mit einem Zauberschlage verwandelt? Er sprang auf und wollte seine Arbeit beginnen; aber aus den Blättern der alten Bücher dufteten Syringen zu ihm auf, und er warf sie zur Seite. Er mußte hinaus, es erdrückte ihn, wo der goldene Frühlingshimmel nicht über ihm war; er lief in den Wald und hörte die Vögel jauchzen, und er zürnte der Sonne, daß sie so unsagbar langsam zu ihrer Mittagsheimat hinaufstieg. Dann endlich – seine Uhr sagte, die Schicklichkeit erlaube es jetzt – und er stand wieder unter den blauen Syringenwogen und klinkte mit zitternder Hand das kleine Gartenpförtchen auf. Zwischen dem grünen Laub sah er Asta's weißes Kleid schimmern, sie wandte ihm halb den Rücken und hielt einen frisch gebrochenen Blütenstrauß in der feinen durchsichtigen Hand, die genau von der Farbe und Gestaltung war, wie sein Gefühl sie gestern abend erschaut, wie – er wußte es jetzt plötzlich am stockenden Herzen – wie einer der Träume zur Nacht sie ihm auf die Stirn gelegt hatte. Sie sah und hörte ihn nicht, bis sein Fuß dicht hinter ihr im Weg aufknirschte, da wandte sie sich um und fuhr wie erschreckt zurück und blickte ihm halb ängstlich ins Gesicht. Auch er grüßte nur stumm, denn ihm versagten vor ihrer lieblichen, sonnumflossenen Anmut die Worte, bis sie zögernd fragte: »Zu wem, mein Herr –? ich glaube. Sie täuschen sich –«. – »Ich weiß, daß ich es nicht tue, doch Sie scheinen den halben Landsmann über Nacht schon ganz vergessen zu haben, Fräulein Asta,« fiel er nun heiter ein. Sie schrak diesmal bei dem ersten Klang seiner Worte unverkennbar leicht zusammen, denn die Blumen glitten ihr aus der Hand, und die Stirn, unter der ein unsicherer Blick beinah scheu über sein Gesicht streifte, etwas zurückbiegend, antwortete sie langsam: »Sie sind Robert Lindström –?«

Doch er verstand die Frage nicht – o, noch lange nicht. Er lachte: »Ich vergaß, daß unsere Bekanntschaft sich gestern Abend nur auf das Gehör erstreckt hat, doch wenn der Mond mir auch nicht eine Minute lang geholfen, hatte für mich das Ohr fast hingereicht, mir Ihr Bild auch so vor die Augen hinzustellen, wie ich es jetzt sehe.« Asta Ingermann errötete leicht und erwiderte ungewiß: »Die Einbildungskraft ist bei dem Einen fähiger als bei dem Andern – mein Ohr hätte Sie auch aus Tausenden erkannt, Lindström –«

Die Mutter kam vom Haus her und Asta eilte ihr entgegen und sprach leise einige, es schien bittende Worte mit ihr. Dann trat Frau Ingermann auf den Wiedergekehrten zu, bot ihm die Hand und sagte: »Es freut mich herzlich, Sie so bald wieder bei uns zu sehen. Sie überhaupt mit meinen Augen zu sehen,« und auf ihre Aufforderung ging der Gast mit ihnen in das freundliche Häuschen, sah die anheimelnden Räume, in denen die beiden Frauen ihr stilles Dasein verbrachten, und dann saßen sie wieder zusammen auf der Bank unter den Syringen, wie alte Freunde nach dem vertraulichen Ton ihres Gesprächs, der freimütigen Rückhaltslosigkeit, mit der sie sich gegenseitig den bisherigen Verlauf ihres Lebens, seiner Ereignisse und Empfindungen aufschlossen. Asta saß auf der nämlichen Stelle wie am Abend zuvor, nur fiel statt des Mondes jetzt die Sonne über sie, nicht auf ihr Gesicht, nur auf einen Teil ihres weißen Kleides, doch trotzdem mußte der Widerschein sie blenden, denn sie hielt zumeist die langen, dunklen Wimpern tief herabgesenkt, und besonders immer wenn Robert Lindström in längerem Zusammenhange sprach, hörte sie mit geschlossenen Augen zu. Dann nickte ihr Kopf wohl leise für sich hin und es ging ein Lächeln über die seinen Linien ihres Mundes, das hastig zerrann, wenn sie die Lider wieder öffnete und fast schwermütigen Ausdrucks dann einen flüchtigen Blick über den Verstummenden hinschweifen ließ. Mehr als eine Stunde ging so wie im Fluge vorüber, sie verschlang mit zehnfachem Einschlag der Sympathie das seltsam geknüpfte Band zwischen den sich gestern noch unbekannten Menschen; als Robert Lindström Abschied nahm, sagte Frau Ingermann herzlich: »Wir hoffen nun nicht mehr Freunde zu werden, wir sind es schon, wie denn die beste Freundschaft sich zumeist in kürzester Zeit findet und erkennt, und ich denke, so lange Sie in unserer Stadt bleiben, Lindström, werden Sie keinen Tag zu Ende gehen lassen, ohne daß wir Sie auch hier bei uns gesehen.« Er stimmte freudig zu und versetzte, auf das Mädchen blickend: »Wenn auch Sie einwilligen, mich täglich hier zu haben, Fräulein Asta –«. Sie sah an ihm vorüber, schloß dann, indem sie ihm ihre Hand darreichte, plötzlich wieder wie von der Sonne geblendet, die Augen und entgegnete mit unverhehlter Wärme: »Gewiß, dem Freunde gilt auch meine Bitte.« – »Und zu welcher Zeit des Tages?« fragte er, »darf ich am Besten –?« Nun fiel das Mädchen ihm rasch in's Wort: Meine Mutter hat gebeten, Sie möchten keinen Tag zu Ende gehen lassen – lassen Sie uns immer das Ende des Tages zusammen verbringen, wenn Ihre Zeit es so erlaubt. Die Sommernächte sind so köstlich, und es hört und spricht sich so traulich schön in der Dunkelheit.« –

Ja, die Sommernächte waren köstlich. Wenn nur die Sterne funkelten oder der Mond, kaum Licht ausgießend, wie ein Kahn über dem schwarzen Schattenriß des Waldes in der Unermeßlichkeit schwebte. Wenn der Wind in den unsichtbaren Baumwipfeln säuselte, ein Wetterschein bleich und bläulich manchmal am fernen Horizont dahinging. Die Syringen waren verschwunden, und Rosenduft zog allabendlich durch die Dunkelheit des Gartens. Asta Ingermann hatte wohl Recht gehabt, es sprach und hörte sich gut so im tiefen, weichen Schatten der Sommernacht. Sie zog die Stimmen und die Seelen zueinander; sie schloß die Herzen auf, deutete den Wert des Geistes und des Gemütes. Wie eine Blume, die erst nach dem Untergang der Sonne ihren duftenden Blütenkelch ausbreitet, entfaltete Asta in dem schleierüberwebten Dämmerlicht der täglich-abendlichen Zusammenkunft den stillen Reichtum ihres Denkens, ihrer Empfindung, aber ihrer Stimme Klang redete deutlich, daß sie nicht kam, um zu sprechen, sondern um zu hören, nicht um zu geben, sondern um beglückt zu nehmen. Und traumhaft zog allmählich die Sommernacht nicht nur die Gedanken, sie zog heimlich auch die Hände zueinander, daß sie sich in holder Vertraulichkeit umschlossen und stumme Sprache in die Worte der Lippen dreinredeten.

Es war zu dunkel, als daß die Augen der Mutter es zu sehen vermocht hätten, doch sie empfand es ungesehen, den verschlungenen Händen konnte kein Zweifel darüber bleiben, aber sie erhob keinen Einspruch dagegen, suchte nicht die beiden Hände zu trennen. Mit mütterlicher Zärtlichkeit hing sie selbst an Robert Lindström, sie blieb zurück, wenn die Tochter den Gast bis an die Pforte des Gärt-chens begleitete und erst dort von ihm Abschied nahm.

Dann, eines Abends so an der Pforte, ihre Hand in der seinen hal-tend, sagte er mit bebender Lippe:»Ich komme morgen nicht, wenn der Tag endet, Asta, sondern zum erstenmal früh, wenn er begon-nen, und gehe erst zu Deiner Mutter und dann zu Dir – weißt Du weshalb? Soll ich kommen?«

Ihre Hand zitterte, ein Schauer rann durch sie hin und ihr Mund schwieg. »Du antwortest mir nicht – soll ich kommen, oder gehen, um nicht wieder zu kehren, Asta?« wiederholte er.

Er hatte einen Schritt durch die Pforte getan, nun griff sie er-schreckt nach seinem Arm und flüsterte hastig, wie mit ängstlicher Bitte:»Nein, bleib', – komm morgen – doch wie heut', wie immer –«

»Um Dir zu sagen –?«

»Ja – doch sag's mir dort auf der Bank – im Dunkel, Robert –«

Sie ließ ihn los und ging eilig zurück, und er hörte einen schluch-zenden Ton, den sie zurückdrängte. »Warum im Dunkel, was man sich für den ganzen hellen Tag des Lebens sagen will?« dachte er. Doch erklärend fügte er sich hinzu:»Ein Mädchen ist ein wunderli-ches Rätsel, sie will nicht gewahren lassen, daß die Wange glüht, wenn die Lippe ja spricht.«

Aber die Umstände fügten, forderten es anders. Als Lindström in seine Wohnung kam, fand er einen Brief vor, der ihn zur Ordnung wichtigster Angelegenheiten dringend und unaufschiebbar nach einem ziemlich entfernten Ort abberief. Er schwankte, ob er am Frühmorgen Asta mündlich noch Mitteilung von seiner Reise ma-chen oder sie schriftlich benachrichtigen solle; nach einigem Zau-dern tat er das letztere. Doch wie er die Feder in der Hand hielt, wollte sie sich nicht mit der kurzen Anzeige begnügen, sie fügte Alles hinzu, was sein Herz erfüllte, was der Mund am andern Tage zu sprechen beabsichtigt; auf einem zweiten, an die Mutter gerichte-ten Blatte warb er in förmlicher Weise, doch herzlichen Wort's um die Hand ihrer Tochter. Dann reiste er ab, und in dem Ort, wo seine Angelegenheit ihn zu verweilen zwang, erhielt er die Doppelant-wort auf seinen Brief. Ein doppeltes Ja – freudig schrieb die Mutter, daß sie es lang geahnt und keinem Manne das Glück ihres Kindes so ruhig vertraue. Asta's Brief war von zehnfacher Länge, doch ihre zierliche Handschrift unebenmäßig, als ob sie oft abgebrochen und wieder begonnen. Auch der Grund dafür leuchtete aus den Zeilen hervor. Mit jedem Neubeginn der Worte fand sie neuen Wert und Vorzug des Geliebten; er war ihr einem gelesenen Buche gleich, aus dem sie sich alle Einzelheiten bis in's Kleinste zurücklief und sich mit jeder Vermehrung der Summe beglückter von dem Glück, es als Eigentum zu besitzen, überzeugte. Sie schrieb, daß sie ihn schon an jenem ersten Abend geliebt, wo der Zufall ihn fremd zu ihnen unter die blühenden Springen geführt und seine Stimme ihr, wie keine, heimatlich in's Herz hinabgeklungen. Daß sie keinen Mann auf der Welt lieben könne und werde, als ihn. Daß sich für sie nichts Höheres, Köstlicheres erträumen lasse, als immerdar im Dunkel neben ihm zu sitzen und auf den warmen, herzvertrauten Klang seiner Worte zu lauschen. »O komm' so, Robert,« schloß sie, »wenn wir uns zuerst wieder sehen« – sie hatte das letzte Wort durchstrichen und »begegnen« an die Stelle gesetzt – »und Deine Asta wird so glücklich sein, wie je eine Braut es auf Erden war.«

Es war der erste, doch nicht der letzte Brief, den Robert Lindström empfing, denn seine Abwesenheit verlängerte sich weiter hinaus, als er gedacht, und fast jeder Tag brachte ihm ein neues Zeugnis stets erhöhter Liebe und Sehnsucht, mit der Asta Ingermann seine Heimkehr erwartete. Dann traf er eines Abends spät, in seiner Wohnung ein, vermochte nicht zu schlafen und schlief doch gegen den Morgen ein, um erst im Volllicht des Vormittags zu erwachen. Eilig flog er den bekannten Weg hinab, der Wald stand jetzt leicht mit gelbem Schimmer untermischt, denn der Sommer wollte scheiden und hinter dem Gartenpförtchen wiegten bunte Astern ihre Sterngesichter im milden Sonnenlicht. Er war um einen Tag früher gekommen, als er's für möglich gehalten, so daß ihn niemand erwartete; er wollte, freute sich auch zu überraschen. Und da gingen die beiden Frauen auch, ohne ihn wahrzunehmen, ahnungslos drüben auf einem Gartenwege, Asta im hellen Morgenkleide, anmutiger denn je, denn sie trug ihr goldlichtes Haar unbefangen in der Einsamkeit gelöst, daß es ihr Gesicht gleich dem eines Madonnenbildes umrahmte und lang leuchtend auf den Rücken und die Schultern herabfiel. Robert Lindström konnte seine Lippen nicht bändigen, er mußte ihren geliebten Namen ausrufen: »Asta!«

und sie hörte es und fuhr zusammen, und er vernahm, daß im nächsten Moment die Mutter halblaut, doch in einem eigentümlichen Tone sagte: »Mut, mein Kind, es muß einmal sein, dann ist's vorüber.« Nun wandte Asta Ingermann sich und kam auf ihn zu, aber obwohl die Sonne hinter ihr stand, wieder wie von den Strahlen geblendet, mit geschlossenen Augen. Sie streckte beide Hände vor und lächelte glückselig: Robert – –«. »Du weißt ja gar nicht, ob er es wirklich ist, Kind; so sieh ihn doch an,« ermahnte die Mutter mit dem sonderbar muteinflößenden Tone von zuvor. »O, mein Herz kennt seine Stimme,« erwiderte sie, aber sie gehorchte, öffnete langsam die Lider und sah ihm zwei Sekunden lang in's Gesicht. Dann lief ein Schauer tödlicher Blässe wie der Bote einer Ohnmacht über ihr Antlitz, sie stieß einen jammernden Schrei aus: »O Gott, Mutter, ich kann's nicht – nimm mir meine Augen!« und die Hände über ihre Stirn schlagend, warf sie sich besinnungslos vor einer Rasenbank zu Boden.

» *Far väl* – –!« Es war noch ein anderes Wort, das durch Robert Lindströms im Irrsinn hämmerndes Gehirn zuckte, als er zum letztenmal unter dem verblühten Syringenwall hin den Weg zur Stadt hinabschwankte. Aus seinem Gedächtnis kam es ihm herauf, von kaltlächelnder Lippe gesprochen, Wort für Wort, wie Tropfenfall auf weißglühendes Metall: Willst Du das Warum wissen, so befrage irgend ein Mädchen, zu dem Du Vertrauen gefaßt hast, *notabene* wenn es kein Krüppel, keine Blinde oder höchstens keine Einäugige ist.«

Es vergingen einige Tage, dann erhielt Robert Lindström die Anzeige, daß Asta Ingermann einem redlichen, achtungswerten Manne, der ihr Vater zu sein vermocht hätte, und dessen Werbung sie schon einmal abgewiesen, ihre Hand gereicht habe, sie heiratete ihn bald darauf und –«

*

Das Novellenmanuskript Erich Billrods brach plötzlich am Ende des letzten Blattes mitten im Satze ab, ich schlug den Bogen nochmals um, doch es war nichts mehr vorhanden. Nachdenklich sah ich über den Rand des vergilbten Papiers vor mich hinaus, die Goldstäubchen tanzten nicht mehr auf und nieder im Zimmer, denn die Septembersonne war bereits untergegangen, und nur eine einsamliche Abendhelle lag noch über den Wänden, Büchern und Bildern des großen Gemachs. Auch über Erich Billrods leicht ergrauendem Scheitel – nun drehte er den Kopf und ich wich mit einer mir selbst nicht recht erklärlichen Befangenheit seinem auf mich gerichteten Blicke aus. Dann sagte er gleichgültig:

»Ich bin fertig. Hat das Machwerk Dich amüsiert, Reinold Keßler?«

»Du weißt selbst, das Wort ist kein Ausdruck dafür,« entgegnete ich unschlüssig. »Mir ist's eher, als hätte ich eine Tragödie gelesen.«

Er lachte: »Welche den Menschen erhebt, wenn sie den Menschen zermalmt. Du kommst erst kurz von der Schule und hast Deine Klassiker noch für den nötigen Gebrauch im Kopf.«

Ich mußte halb verwirrt etwas erwidert haben, daß der Schluß der Erzählung fehle, denn Erich Billrod stand auf, ging einigemal im Zimmer hin und wieder, blieb vor mir stehen und versetzte:

»So will ich Dir ein Anrecht auf Mitarbeiterschaft gönnen, ich bin nicht eitel auf meinen Autorenruhm. Schreib' an den Rand: Robert Lindström ging in die Welt hinaus, ein Jahrzehnt lang oder so, und als er zurückkam, war Asta Ingermann einige Jahre, nachdem sie ihrem braven Manne ein Kind geschenkt hatte, gestorben. Da setzte er sich hin und schrieb gelehrte Bücher, um sich auch ein Verdienst an der Menschheit zu erwerben. Mich däucht, der Schluß wäre so künstlerisch abgerundet genug – aber schreib' ihn auf den Rand von den alten Blättern da, nicht auf ein neues!«

Er ging wieder auf und ab, und mir gingen ebenso wunderlich, fast wie in einem Traum die Gedanken. War es Erich Billrod oder Robert Lindström, der da stumm vor mir hin und wieder schritt. Ohne es zu wissen, sprach ich nicht wie von dem Gebild einer Dichtung, sondern wie von etwas wirklich Gewesenem, indem ich sagte:

»Asta Ingermann muß schön – ich meine in eigener Art lieblich gewesen sein.«

»Du kannst Dich überzeugen.« Erich Billrod stand still und öffnete ein geheimes Schubfach seines Schreibtisches. »Jeder Künstler arbeitet nach einem Modell, ich hab's deshalb auch getan, wenn ich auch nicht hoffen kann, daß meine Darstellung der Wirklichkeit sich würdig erweist.«

Er legte ein kleines, in Pastellfarben gemaltes Medaillonbrustbild eines wundersam lieblichen Mädchengesichtes vor mich hin. Das goldene Haar flockte sich leicht auf der weißen Stirn, und die hellen, grauperlenden Augen blickten wie lebend den Beschauer an. Ja, das waren die Züge, das Antlitz, das dem hellen Tonklang ihrer schönen Heimatssprache geglichen.

»Asta Ingermann –« sagte ich, und ich sah mit einem Blick, der mein Verständnis aussprach, zu Robert Lindström auf. »Und doch fasse ich nicht, daß das Herz unter diesem weißen Brusttuch die Augen nicht zu beherrschen vermochte –«

»Die Ausnahmen bestätigen die Regel,« fiel er mit bittrem Klang ein, »und Liebe ist eben nicht immer blind.«

»Doch echte, wahre Liebe –?« erwiderte ich – »dies Mädchenantlitz muß täuschen – die Sprache seiner Augen ein trügerischer Schein gewesen sein.«

Erich Billrod riß heftig das kleine Bild aus meiner Hand. Er zauderte einen Moment und schloß die halb geöffneten Lippen wieder zusammen; dann versetzte er kurz:

»Du solltest von dem Bilde mit etwas mehr Pietät reden, Reinold Keßler, denn es war Deine Mutter.«

*

Ich schloß die Tür Erich Billrods hinter mir und trat in den von leiser Dämmerung überwebten Garten hinaus. Hochaufatmend; die Luft drinnen hatte mir heut die Brust beengt, und wie vor halber Bewußtlosigkeit der Sinne und Gedanken kreisten die Dinge um mich her durcheinander.

Das also war die Lösung des Rätsels eines Jahrzehnts, der unbegriffenen Liebe Erich Billrods für mich, für Asta Ingermanns Sohn, der nur um zweier Augen willen nicht Reinold Lindström hieß, sondern Reinold Keßler. Deshalb hatte er mich nach seiner Rückkehr aus fremden Landen aufgesucht, über meinem Leben gewacht, war mir Lehrer und Erzieher gewesen, wie nur ein Vater es dem eigenen Kinde zu sein vermag. Ja, rückempfindend war's mir jetzt, als ob er zu mancher Stunde, in träumerische Vergessenheit gewiegt, mich wirklich als sein Kind betrachtet habe.

Doch warum besaß in den letzten Jahren sein Mund, sein Blick manchmal plötzlich etwas Herbes für mich? War es die Erinnerung, die ihm bei manchem Anblick zurückkam, ihm den bitteren Schmerzensstachel neu ins Herz drückte? Weshalb aber hatte sie früher seine Zärtlichkeit für mich nicht unterbrochen, als das Gedächtnis der qualvollen Vergangenheit noch lebendiger, ungestümer in ihm gewesen? Es regte das Gefühl, als liege ein Teil des Rätsels trotzdem noch überschleiert und weigere seine Lösung.

Ein heißer, neuer, bis zu dieser Stunde unbekannter Wunsch war plötzlich in mir erwacht, das Bild meiner Mutter zu besitzen. Aber ich empfand zugleich, Robert Lindström würde es für nichts auf der Welt fortgeben, und ich dürfe ihn nicht einmal darum bitten, denn er habe mehr Anrecht darauf, als der Sohn Asta Ingermanns selbst.

Ich wollte mich durch die Gartenpforte auf die Straße hinauswenden, als aus dem Zwielicht der Ruf meines Namens ertönte. Es war Magda's Stimme, und sie kam, so eilig sie's vermochte, heran, legte ihren Arm in den meinen und zog mich mit sich den Gartenweg hinunter. »Du warst hier und wolltest so fortgehen?« sagte sie vorwurfsvoll, »das wäre doch zum erstenmal gewesen. Jetzt hast Du's noch leicht, im nächsten Jahr wird's Dir schon mehr Mühe machen.«

»Warum, Magda?« fragte ich fast gedankenlos.

»Weil der Arzt gestern hier war – Du dachtest für den Abend wohl nur an Deine große Gesellschaft und kamst deshalb nicht, sonst hätt' ich Dir's gestern schon erzählt – und der sagte, wir müßten, wenn der Frühling wiederkomme, um meiner Gesundheit willen, auf die Insel hinausziehen. Es ist ganz töricht, denn ich bin ja so gesund wie ein Mensch es nur sein kann, und eigentlich meinte es der Doktor auch gar nicht so sehr, sondern der Onkel Billrod brachte ihn erst durch allerhand Vorstellungen und griechische Namen, glaub' ich, dahin, daß er zuletzt sagte, es sei unumgänglich notwendig. Da war die Großmama in ihrer Sorglosigkeit natürlich auch überzeugt, aber ich hätte mich mit dem Onkel Billrod, wenn er nicht in die Gesellschaft fortgemußt hatte, beinah erzürnt, so ärgerlich war ich.«

»Ich hätte mein sanftes Schwesterchen erzürnt sehen mögen – und was sagtest Du ihm, Magda?«

»Er sei recht häßlich – sag' mir, Reinold, es fiel mir bei dem Wort zum erstenmal auf« – sie hielt einen Augenblick inne und sah' mir in's Gesicht – »findest Du nicht auch, daß der Onkel Billrod in Wirklichkeit ungewöhnlich, beinah abschreckend häßlich ist?«

Viertes Kapitel

War es schon Winter geworden, oder noch Spätherbst? Der Morgen zeigte die Gossen, die Gräben und kleinen Teiche mit dünner Eiskruste überzogen, auf den Dächern lag der wuchtigen Schneelast leichter Vorläufer, der Reif, und im Ofen knatterten die Scheite. Aber in der Mittagsstunde löschte die Sonne täglich noch den weißen Ueberzug von Haus und Gewässer fort, aus dem Braun und Gelb der Gärten nickte hie und da über schwärzlich eingeschrumpften Blättern noch eine rote Rose, und an Wänden, hinter denen der Wind sich summend verfing, wo die schrägen Strahlen sich zu Glanz und Wärme sammeln konnten, flatterte dann und wann noch ein halb farbloser Schmetterling, huschte wie ein Schatten durch die Lichtblendung und saß plötzlich, die verblaßten Flügelaugen voll aufschlagend, als ein melancholischer Anachronismus auf dem weißgetünchten Gemäuer. Es zog um diese Mittagszeit unwiderstehlich den Fuß von der Arbeit hinaus, durch das letzte, knisternde Laub zu wandern, das hier aufgehäuft am Wegesrand lag, dort schwebend durch den tändelnden Luftzug aus fast gelichteten Wipfeln herab. Die Augen folgten träumerisch dem immer gleichen und immer neuen Daseinsschluß einer kleinen altersüberdrüssigen Lebensexistenz, die lichtgrün einst im Frühling begonnen, und die Gedanken wanderten hinterdrein.

Auch immer die nämlichen, der große, eintönige Akkord, dessen Klang der Herbst im Menschenherzen regt. Was soll's? Wozu? Warum sind sie aus der Knospe geschlüpft, haben sich aufgerollt, einige Monde lang Sonne, Regen und Sturm über sich hingehen lassen, wechselnd den Atem lauer Mondnächte eingezogen und vom Blitz des Unwetters umfunkelt aufschauernd gerauscht? Um jetzt zu fallen, dies wie das andre, zu verwehen und vergehen, Neukommenden, schon in der Tiefe Nachdrängenden für gleiches Schicksal, gleichen wunderlichen Endzweck Raum zu schaffen.

Ja, der große, eintönige Akkord, wie in den Tagen Homers –

> *»Gleich wie Blätter im Wind, so sind die Geschlechter der Menschen;*
> *Jenes verwehet der Wind nun flatternd, wiederum jenes hebt er empor –«*

So war es von jeher gewesen, seitdem Menschen auf der Erde sonnig-melancholischen Spätherbsttag durchschritten. Das welke Laub umraschelte den Fuß, nach einer Spanne Zeit seines Daseins überdrüssig, zwecklos, wie –

Was bedurfte es der fernen, grauen Zeit für ein Gleichnis? Ein anderes, genau entsprechendes, lag mir so nah, schwebte mit den gelben Blättern mir greifbar gegen die Augen und Gedanken heran. Des Lebens überdrüssig, freud- und zwecklos wie Robert Lindström hier vor zwanzig Jahren in einer Welt gegangen, mit der er keinen Zusammenhang besaß, von der er nichts erwartete und nichts verlangte.

Oder gab es einen Vergleich, der mir noch näher lag? Der noch passender sich der herbstlichen Natur anschmiegte?

Robert Lindström war kein Zweck, kein Ziel seines Daseins geblieben, als die Arbeit. Aber während er Tag um Tag saß, tanzten in dem einsamen Zimmer um ihn die Goldstäubchen der Erinnerung; aus den alten Blättern seiner Bücher strömte sie plötzlich Syringenduft zu ihm auf, den sein Herz eine holde Sommerzeit lang wenigstens einmal geatmet; vor seinen geschlossenen Lidern zitterte das flockige Goldhaar um eine weiße Stirn, in seinem Ohr klang eine helle Stimme, und die Gegenwart versank, und zerronnener Traum vermochte mit süßem Gaukelspiel sein Herz zu täuschen.

Doch meine Arbeit besaß keine Erinnerung, keine Vergangenheit. Sie richtete sich in die Zukunft hinaus – in welche? Wozu? Wofür? Mir auch »Verdienste an der Menschheit zu erwerben,« wie Robert Lindström bitter gesagt?

Eine andre Antwort raschelte verständlicher, weniger hochtönend und wahrheitsgemäßer um mich her. Um gleich diesen Blättern mit mir zu verwehen und vergehen, gleichgültig, ob ich und sie je gewesen.

Wie herbstlich konnte der Mai sein, nicht der Mai der Natur, doch der des Menschen! Wie zwecklos war das Vollgefühl seiner Lebenskraft, arm, leer, ohne Ziel. Verhehlten die Andern den nämlichen Ueberdruß nur unter den konventionell lachenden, nickenden, plaudernden Gesichtern des guten Tones, unter den schillernden

Seifenblasen, mit denen sie fremde Augen über das hohle Nichts ihrer Dünkelhaftigkeit zu täuschen bemüht waren?

Da kam mir etwas durch die laublose, mittägige Allee entgegen, was ich in der Entfernung wider die schräg vor mir aufstehende Sonne nicht zu erkennen vermochte. Zwei Menschengestalten waren es, eine schwarz wie die Schatten, die sie vorauswarfen, die andre buntflimmernd, eine weibliche Figur mit nickendem Hut und beweglichem Sonnenschirm. Sie gingen Arm in Arm, redeten, lachten; nun unterschied ich einen ganz in Schwarz gekleideten, schmächtig langen Mann, dessen Größe ein Cylinderhut von modernster Fasson noch erhöhte, und eine elegant, nach der neuesten Mode aufgebauschte und umfalbelte junge Dame, wie ich sie in unsrer kleinen Stadt nicht kannte und noch nie wahrgenommen. Es mußten Fremde, auf der Durchreise Begriffene sein; ich war im Vorüberschreiten, als aus dem Gesicht des Fremden, der nicht nach meiner Seite blickte, mir ein bekannter Zug in's Auge sprang, mich anhalten und die Hand mit der Frage ausstrecken ließ: »Imhof? Wahrhaftig – ich täusche mich nicht.«

Das Wort enthielt keine Phrase, denn durchaus sicher war ich auch jetzt noch nicht. Die Züge des vor mir Stehenden hatten etwas Eingetrocknetes, das über ihr Alter keinerlei Vermutung zuließ, wenigstens einen Irrtum um ein Jahrzehnt ermöglichte. Die Augen lagen zurückgetreten unter den Knochenrändern der Stirn, das sorgfältig glattrasierte Gesicht war in den Wangen ausgehöhlt, Alles an ihm trug vollständig auf's Genaueste den Stempel der Erscheinung, wie meine Erinnerung sie von fast allen den jungen Kaufleuten seiner Vaterstadt bewahrt hatte. Aber er war es, denn auch er streckte die Hand aus und versetzte: »Keßler, meiner Treu – unverändert wie von Kindertagen auf. Es freut mich, Dich zu sehen.«

Die Stimme klang ebenfalls trocken und – ich weiß kein besseres Wort dafür – kaufmännisch-usancemäßig, als ob es sich um die unerwartete Ankunft eines Waarenballens gehandelt hätte. Aber trotzdem lag eine Art überdorrter Herzlichkeit in dem Tone und besagte, daß die ausgedrückte Freude nicht vollständig konventionelle Phrase sei. Ich blickte, meinen Hut ziehend, auf Imhof's Begleiterin, und auch in Bezug auf diese erhellte eine alte Reminiscenz plötzlich meine Augen. Es war zwar nicht Cerise mehr, wovon sich das zierlich gebildete, schmale Gesicht abhob, aber rotseidene Unterseite des Sonnenschirmes goß noch das nämliche rosige Licht über die von glänzend braunen Löckchen umkräuselte Stirn, und die Finger in amaranthfarbigen Handschuhen tändelten ebenso, wie einst, mit dem elfenbeinernen Griff des Schirmes, daß ich, halb mich verbeugend, halb der jungen Dame die Hand entgegenreichend, unwillkürlich lebhaft zurückversetzt sagte: »Miß Lydia Brandstätter –?«

Philipp Imhof fiel mir mit einer darstellenden Handbewegung ins Wort: »Vielmehr mistress – meine Frau.« Er sprach es so selbstverständlich, gleichmütig, als ob es nichts Natürlicheres auf der Welt gäbe, und im Grunde mochte es das auch sein, allein ich war so verdutzt, daß ich Frau Imhof wohl eine Weile schweigend-einfältig in's Gesicht starrte, denn sie brach in ein Lachen aus und sagte: »Ich scheine Deinem Freunde nicht recht wie eine glaubhafte Wirklichkeit vorzukommen, mein Teurer. Du hast mich ihm vorgestellt, doch mir noch nicht das Vergnügen gemacht, mich mit ihm bekannt werden zu lassen.«

»Ich dachte Du erinnertest Dich Herrn Reinold Keßler's, liebe Freundin,« versetzte Philipp Imhof. »Er stattete Dir einmal mit mir einen Besuch im Garten Deines elterlichen Hauses ab.«

»Ah, in der Tat, ich glaube,« erwiderte Frau Lydia Imhof. Sie erinnerte sich offenbar nicht, doch einer der amaranthfarbenen Handschuhe streckte sich nach mir aus und berührte leicht meine Fingerspitzen. Imhof sagte: »Du wirst verwundert sein, mich hier zu sehen, aber die geschäftlichen Konjunkturen sind augenblicklich auf dem hiesigen Boden außerordentlich günstige –«

»Ich hatte bereits in einer Gesellschaft vor einiger Zeit erfahren,« entgegnete ich, »daß Deine Hierherkunft bevorstehe.«

Frau Lydia fiel ein: »Ah, die Gesellschaft einer Universitätsstadt, ich freue mich auf sie. Besonders für meinen Mann, dessen gelehrte Bildung sich für einen fast ausschließlich auf Kaufmannskreisen beschränkten Verkehr durchaus nicht eignet.«

Philipp Imhof sah auf seine Uhr. »Du wirst unsere momentane Beeilung entschuldigen, lieber Freund, wir stehen im Begriffe, noch einige unaufschiebbare Besuche abzustatten. Ich bitte, Dich als alten

Freund unseres Hauses zu betrachten und von einer förmlichen Antrittsvisite bei uns abzusehen. Wir geben am nächsten Mittwoch unsere erste hiesige Soiree – ich habe das in gothischem Stil neuerbaute Eckhaus am Markt, gekauft – und hoffen, an dem Abend auf Dich rechnen zu können.«

Er nahm grüßend seinen Cylinder von den Schläfen, die mir noch stärker eingewölbt als früher erschienen, Frau Lydia legte, mit dem Blumenbouquet auf dem Kopf leicht nickend, den Amaranth-Handschuh graziös wieder in seinen Arm – ich erwiderte stumm den Gruß und blickte ihnen nach, wie sie von den Sonnenlichtern umspielt ihren Weg durch die entblätterte, menschenleere Allee fortsetzten. So selbstverständlich, gleichmütig – war es wirklich keine Mittagsvision meiner Augen und Ohren gewesen? Nein, da wandelten sie noch immer leibhaftig zwischen den alten Stämmen, kleiner und ferner – Frau Lydia Imhof hatte trotzdem das richtige Wort gesprochen – es war keine glaubhafte Wirklichkeit. Philipp Imhof befand sich genau in meinem eigenen Alter, ich sah ihn auf's Lebhafteste, wie er mit den Schulbüchern unter'm Arm zwischen diesen selben Bäumen neben mir dem Gymnasium zulief, es war mir wie gestern, daß wir, als halbe Knaben noch, den Abschied von einander getrunken – und nun ging er dort mit einer Frau, mit seiner Frau am Arm, als gehöre das zum Allerbegreiflichsten und es sei kein Wort noch Gedanke darüber zu verlieren. In meinen Jahren hatte er Alles erreicht, was ein Mensch überhaupt erstreben konnte – nicht als ob ich ihn um Dasjenige, was er sich erwählt, beneidete – aber es wirbelte mir im Kopf, denn vor mir in der Sonne flimmerte die Vorstellung, daß ich auch so mit einer Frau, mit meiner Frau am Arm hier dahingehen könne. Ein unausdenkbarer und undenkbarer Gedanke – doch ich fühlte vor den geschlossenen Augen, daß er die knisternden Herbstblätter unter meinen Füßen in grünes Maienlaub verwandeln müsse, daß sein Anhauch die zwecklose Arbeit der Zukunft zu köstlichster Freudigkeit verkläre, daß jeder Daseinsüberdruß einem Wolkenschatten gleich vor der Sonne dieser Einbildung absinke.

Dieser Einbildung – ich öffnete die Augen und kam zu dem Bewußtsein, daß ich mit einem Begriffe einer wesenlosen Gestalt am Arm durch die Allee weiter gewandert war. Mit einem Gebild der Phantasie, einer Frau, die nicht in der Welt existierte – nein, auch das nicht – nur mit einem unfaßbaren Gebild des Herzschlags, der sich nach einer Entgegnung sehnte und verzehnfacht das öde Rascheln des kühlen, leeren Herbstes unter sich empfand.

*

Der Mittwoch abend kam, doch er sah mich nicht in Philipp Imhof's Soiree. Ich hatte am Tage vorher einen Boten hingeschickt und mich mit Unwohlsein entschuldigen lassen. Es lag nicht einmal eine bräuchliche Unwahrheit des guten Tons darin, denn ich fühlte mich wirklich müde und gesellschaftsunfähig und zugleich, daß es die schlechteste Arznei für mich sein würde, das Haus Imhof's zu besuchen und ihn mit seiner Frau die Honneurs desselben machen zu sehn. Als die Dämmrung sich mir über die Bücher legte, ließ ich meine Arbeit fahren und setzte mich ans Fenster. Das Abendlicht hatte sich früh eingestellt, denn schweres, blauschwärzliches Wolkengetriebe kam mit ihm und setzte oder streute vielmehr einen großen weißen Grenzstein an das Ende des Spätherbstes. Einige Augenblicke stäubte es wie seines, hie und da nur mit einem Pünktchen umirrendes Mehl in der Luft, dann verdichtete es sich zu gleichmäßig rieselndem Schneefall, wandelte sich allmählich in schwerflockiges Gestöber, das mit Millionen Sternen die kahlen Baumwinkel, die Dächer, die Menschen auf der Straße umtanzte, hier schwer herabwallte, dort in kreisendem Umschwung wirbelnd zwischen Himmel und Erbe umhertrieb, den grünen Kirchturm völlig meinem Blick entzog und in kurzer Zeit sich auf dem Boden der Gasse, Dach, Haussims, Traufe und Geäst höher und phantastischer auftürmte. Der Winter war's, der wieder einmal begann; wie vor einigen Tagen noch das gelbe Laub, so flatterten jetzt die weißen Flocken, ebenso zwecklos, gleichgültig, den dreinschauenden Augen überdrüssig. Auch dieser heut' begonnene Winter wird gehen, ein Sommer darauf folgen und nach ihm wieder der nächste Winter kommen. Was dann? Nichts, oder vielmehr grad' das Nämliche wie jetzt; die Flocken werden grad' so vor den Augen wirbeln, ohne daß ihre kreisenden Sterne ein ersehntes Ziel in der Zukunft deuten, ohne daß eine Erinnerung der Vergangenheit herzbetörend aus ihrem Reigen heraufgaukelt.

War es mir etwa im Lauf des letzten Jahres ergangen wie Robert Lindström, der empfunden, daß er sich allmählich verändert, seine

Denk- und Redeweise nach der des Vormundes umgewandelt hatte? Hatte gleicherweise Art und Anschauung Erich Billrods auf mich ihren Tropfenfall-ähnlichen Einfluß geübt, daß der frühere Drang, die Empfindungen meines Innern hervortreten zu lassen, erloschen, mein vereinsamtes Gefühl geizig mit dem geworden war, was niemand sonst in der fremden Welt wollte, mit der mein Herz keinerlei Zusammenhang besaß?

Da löste sich doch eine Erinnerung aus dem tanzenden Geflatter draußen und kam halb freundlich, halb wehmütig zu mir herein. So waren plötzlich auch die dichten weißen Flocken vom Frühlingshimmel herabgewirbelt, hatten sich auf Blumen und Blätter gelegt, als ich Magda zum erstenmal gesehn. Ein Schauer knabenhafter Empfindung hatte mich damals überlaufen; wie auf dem jungen Grün, den Erstlingsblüten des Gartens, so lag der Schnee auch auf ihrer armen, traurigen Jugend, nur nicht um unter dem Sonnenlächeln der nächsten Stunde wieder zu zergehen, sondern mit steter Winterlast sommerlang ihr schönes Blumengesichtchen an die Erde hinabzudrücken. Ein weißer, frostiger Kerkerwall, schloß er sie von den freudigen Spielen der Altersgenossinnen ab und schränkte sie auf eine trübe Welt der Sehnsucht ein, die keine Schwingen besaß, ihre Ziele zu erreichen. Keine Schwingen des Körpers, doch dafür seltsame, über ihre Kinderjahre hinausgewachsene der Seele, der Phantasie – lebendig kam es mir zurück, wie ich an jenem ersten Abend auf dem Sopha des kleinen Stübchens neben ihr saß, sie mir ihre fremdländischen Schätze zeigte, deutete, benannte und in wundersamem Flug der Einbildung ihr eigenes Dasein eng mit ihnen allen verband, daß ich anfänglich wirklich geglaubt, sie selbst habe an jenen fernen Gestaden im Sonnenschein gesessen, dem Murmeln der Wellen gelauscht und ihre bunten Märchen mit Augen gesehn. Rückblickend jetzt verstand ich's: ihre Sehnsucht war es, welche die Seele der Armen, die den Fuß zu keinem schnellen Schritt zu regen vermochte, beflügelt in die schimmernden Märchenweiten hinaustrug. Die Nähe um sie war so leer und traurig, und ein heißer Drang trieb sie doch auch von dem Reichtum des Lebens mit zu genießen; da regte ihre Phantasie, dem nach Süden ziehenden Vogel gleich, ihre Schwingen, sie, die kein mahnend pochendes Herz vom windschnellen Fluge zurückhielt. Und so war Magda Helmuth mit ihrer Armut und ihrem Reichtum aufgewachsen, war sie heut. Wie viel Leid mochte ihr Herz in einem schweigsamen Grabe zusammengehäuft haben, wie mochte still, schwer und traurig der Schnee jetzt auf ihr lasten, wo sie ein Anrecht auf den vollen Mai des Lebens gehabt, der die sorglosen Stirnen ihrer Altersgenossinnen umleuchtete.

Arme Magda –

Ein Gefühl der Beschämung überschlich mich plötzlich. Wenn jemand ein Recht besaß, mit Bitterkeit in das Leben hineinzublicken, so war sie es. Und doch, wer hatte ein immer heiteres Wort, freudigeren Aufglanz des Auges, ein glücklicheres Lächeln auf den Lippen, als Magda Helmuth, wo und wann ich zu ihr trat?

Die Flocken fielen durch immer tiefere Dämmerung. Eine andere Erinnerung, ein schattenhaftes Bild schwebte durch sie hin. Sie reihten sich zu einem langen weißen Bart aneinander und darüber sah das magere, müde Gesicht des alten Kähler einen Augenblick hervor. Er lag nun wirklich unter dem Schnee, seit einer Stunde wieder – ob es ihm wohltat? Oder war er nicht eigentlich am Besten daran, da er weder Sonne noch Kälte mehr empfand, es ihn gleichgültig ließ, ob grüne Blätter sich über ihm aufrollten, ob gelbes Laub oder weiße Flocken wirbelnden Rundtanz um sein Bett begingen?

Das Gesicht des alten Kähler zerrann und andere tauchten wie farbloses Schattenspiel hie und da auf. Die Köpfe, welche das Gedächtnis neben dem seinigen in seinen Fächerschränken bewahrt hatte. Sie sahen mich wie in Spiritushäfen aufbewahrte Curiositäten, pathologische Präparate an – meine tägliche Beschäftigung mochte den Anlaß zu dem Vergleich bilden – gläsern, blutlos-widerlich, unendlich gleichgültig. Verächtliche Heuchler oder Narren – ich sah sie am grünen Tisch des Schulkonferenzzimmers mit ernstgewichtigen pädagogischen Mienen sitzen, aber von den Meisten suchte ich vergeblich die Namen. Der Schnee fiel über ihre Schattenbilder hin – wie lange war er schon darüber gefallen und hatte sie wesenlos begraben!

Zwecklose Dämmerungsphantasien, ohne Freude, Wert und Wärme für das Herz – an die Arbeit!

Ich zündete mir meine kleine Studierlampe an und rückte den Stuhl vor das aufgeschlagene Buch. Meine Augen lasen, doch als sie an's Ende der Seite herabgelangt, kam mir zum Bewußtsein, daß mein Verständnis nicht mitgelesen. Ich wußte nichts von dem, worauf der Blick gehaftet, und begann wieder von vorn.

Nein, töricht war's, denn es war umsonst. Das Herz unter den Augen klopfte unausgesetzt und ich verstand deutlich, daß sein Schlag ein Wort, immer das nämliche Wort wiederholte: »Zwecklos! Zweck-los!«

Aber was sollte ich Anderes tun, das nicht ebenso zwecklos gewesen wäre? Ich konnte zu Magda gehen, ihr vorlesen, mit ihr von alten Tagen plaudern, mich an ihrer Freude miterfreuen. Doch ich wußte, daß um diese Stunde Erich Billrod sich in dem Stübchen Frau Helmuth's befand und mich mentorhaft fragen würde, ob ich keine wichtigere Verwendung für meine Zeit habe.

Ueber mir ertönte jetzt das Geräusch eines auf- und abwandernden Schrittes. Ich horchte einen Moment, es war Fritz Hornung's Fußtritt, der in seinem Zimmer hin und wieder ging.

Nur aus der Einsamkeit meiner eigenen Gesellschaft, aus der Zwecklosigkeit ihres Denkens fort! Ich sprang auf, stieg die Treppe hinan, klopfte und trat in die Tür meines Hausgenossen.

Fritz Hornung hatte zwei Lichter vor einen etwas erblindeten Spiegel gestellt, stand in Hemdsärmeln mit einem breiten blauweiß-goldenen Bande über einer schwarzen Gesellschaftsweste davor und knüpfte sich eine weiße Halsbinde um, so daß mir sein volles, in roter Gesundheit leuchtendes Gesicht zuerst aus dem Spiegel entgegenblickte. Er nickte mir damit zu, ohne sich umzudrehen, und fragte: »Hast Du Dich noch nicht in Wichs geworfen, Reinold?«

Ich entgegnete halb gedankenlos: »Wozu?«

»Zur Kneiperei bei Imhof. Hast Du's über Deinem blödsinnigen Büffeln vollständig ausgeschwitzt?«

»Nein, ich habe abgesagt, schon gestern.«

Nun wandte Fritz Hornung sich um und sah mir in's Gesicht. »Daß Du ein gottvergessener Philister geworden bist, Keßler, weiß ich leider schon lange, und seitdem Du obendrein ohne alle Raison aus der Verbindung ausgetreten, weiß ich überhaupt nicht, wozu Du noch in der Welt herumläufst.«

»Ich würde Dir dankbar sein, wenn Du es mir sagen könntest, Fritz.«

Er trat auf mich zu und tippte mir mit dem Zeigefinger gegen die Stirn. »Du, mir wird bange, das ist nicht mehr Simpelei, sondern – wie nannte Tix – abera – es noch?« – *alienata mens, insania, vesania, vecordia.* Wozu lebst und woran freust Du Dich denn eigentlich?«

»Sag' mir, wozu und woran Du es tust, Fritz. Vielleicht kann ich aus Deiner Antwort auch etwas für mich nehmen. Ich bin wißbegierig.«

»Als wärest Du ein krasser Fuchs, der direkt von der Pennalbank anstelzt, und ich komme mir Dir gegenüber trotz unserer Gleichsemestrigkeit auch wahrhaftig wie ein uralt bemoostes Haupt vor, das ich im übrigen Gott sei Dank noch nicht bin, sondern ich bin gestern dritter Chargierter bei uns geworden.« Fritz Hornung knüpfte sich ein paar riesige Broncknöpfe mit gekreuzten Schlägern in seine Manchetten und fuhr lachend fort:

»Woran ich mich freue? Du hättest die Frage umgekehrt stellen sollen, woran ein Bursch im dritten Semester sich nicht freuen kann, dann wär' die Antwort klar gewesen! An den Nachtwächtern in *natura et figura*, die, wenn's anfängt fidel zu werden, in die Tür brechen und mit ihrem alten Bratspieß »Kneipabend ex!« tuten – und an den figürlichen Nachtwächtern, die aber noch drunter sind, den verfluchten Kameelen, welche statt in der Kneipe zu lernen, sich die Nacht durch an ihren Schmökern dumm wächtern und, weil sie sich auch Studenten heißen und ihren Namen in's Matrikelbuch eingekratzt haben, das ordentliche Burschentum in Verruf bringen! Ich will Dich aus alter Freundschaft nicht unter die obscure Bande mitrechnen, Reinold – aber woran man sich sonst nicht freuen sollte, wüßt' ich wahrhaftig, und wenn's um ein Faß ginge, nicht zu sagen. Ist nicht jeder Philisterpump und jeder Kreidestrich an der Kneiptafel eine Freude, die andre Leute nicht haben? Ist der Durst am Abend keine Freude und der Häring am Morgen? Wenn man hungrig ist, am Mittagstisch sich auszuzeichnen, daß der Wirt vor Aerger grün im Gesicht wird, und sich Abends oder vielmehr Nachts in's Bett zu legen, als steckten in den Kissen lauter lebendige Flederwische, die mit Einem auf den Kirchturm hinausflögen, und zu träumen, daß man da droben auf dem Goldknauf, hoch über der Kanzel einem künftigen eventuellen Summarträger die Tentamenspredigt verhaut? Na, und ich denke, sich Morgens, so gegen neun Uhr in den Federn zu dehnen und sich vorzustellen, wie jetzt die Kameele sich an das Kathederwasser in der Collegpfütze drängen und die langen albernen Hälse schlürfend zusammenstecken, ist auch kein übler Genuß!«

Hatte Philipp Imhof gesagt, ich sei unverändert geblieben? Hier hätte er Recht gehabt – es war der nämliche, unverwüstlich-fröhliche Gesell aus Kinderzeit, von dem ich wußte, daß sich unter seiner gegenwärtigen Burschenvermummung das alte, treue, ehrliche Herz barg, von dem ich auch wußte, daß er trotz seiner burschikosen Manier und Redeweise im Stillen mit dem nämlichen tüchtigen Fleiß seiner Wissenschaft oblag, wie er als Knabe sich zu einem vollbefriedigenden Abiturientenexamen durchgearbeitet hatte. Alles an ihm war unverändert seit einem Jahrzehnt, wie sein Gesicht, und man konnte ihn deutlich seinen Weg durch die Zukunft mit lachenden Augen weiter wandern sehen. »Kopf und Herz vielleicht zu ehrlich für die Welt, wie sie ist –« hatte Philipp Imhof von ihm gesagt.

Hatte er nachher bei'm letzten Glase des schäumenden Wein's hinzugefügt, Fritz Hornung könne, wenn plötzlich einmal ein Feuer vor oder in ihm auflodere, wie ein Schaf gradeswegs hineinrennen?

Es kam mir in's Gedächtnis, und ich mußte über Imhof's altkluge Lebensweisheit und psychologische Erfahrungs-Prognose von damals lächeln. Die Freuden Fritz Hornung's enthielten keine Gefahr, sich an ihnen zu verbrennen.

Er hatte seinen Gesellschaftsanzug vollendet, warf noch einen Blick in den Spiegel und stand zum Gehen fertig. »Nun, besinnst Du Dich nicht noch und gehst mit? Daß Imhof sich auf Wein versteht und es ihm auf das Blechen dafür nicht ankommt, brauche ich Dir wohl nicht in Erinnerung zu rufen?«

Ich antwortete mechanisch: »Gewiß, aber zu welchem Zweck soll man ihn trinken?«

Nun faßte Fritz Hornung meine Schulter und starrte mich groß an. »Mensch, ich glaube, Du bist nicht verrückt, sondern mehr als das – Du bist verliebt. Da soll eine solche Tollheit vorkommen.«

»Ich würde Dir noch dankbarer sein, Fritz, als vorhin, wenn Du mich dazu machen könntest, und verspräche Dir, Dich dann nicht wieder mit der Frage aufzuhalten, wozu man lebt und woran man sich freuen soll.«

*

Der volle Winter war ins Land gekommen, draußen standen Baum und Strauch mit glänzender Silberkruste überzogen, die Amseln hatten, von dem großen Lehrmeister Hunger in die Schule genommen, ihre angeborene Scheu überwunden und huschten mit dem nachtschwarzen Gefieder bis an die Türen der ländlichen Vorstadtwohnungen hinan. Auch die innere Stadt hatte von schwarzgeflügelten Gästen zahlreicheren Besuch erhalten, der besonders um Turm und Dach der Kirche flatterte und lärmte. Krähen und Dohlen verließen ihre unwirtlichen Nester im winterlichen Wald; die verschneite Saat bot keine einladend grüne Spitzen und der Pflug warf keine Larven und Würmer auf. So gedachten sie, wie auch der Mensch mitunter in der Not sich plötzlich mit großer Herzlichkeit früher von ihm durchaus gleichgültig übersehener Persönlichkeiten erinnert, des löblichen Brauchs der Stadtbewohner, den Abfall ihres gastronomischen Ueberflusses in Kehrichttonnen an der Rückseite der Häuser anzusammeln, hockten sich, unzweifelhaft nach den Vorschriften des bei ihnen gültigen seinen gesellschaftlichen Tones auf Dächern, First und Giebel zusammen, brachen dann, wie auf ein gegebenes Signal mit gierigem Ungestüm und lautem Gezanke rottenweise in einen Hofraum hinunter, balgten sich im dranstoßenden Garten um eine verstreute Kartoffelschale und beförderten ab und zu ihre Verdauung durch ein vielstimmiges schadenfrohhohnlachendes Gekrächze, wenn sie gewahrten, daß drunten unter ihnen einer ihrer Wohltäter oder ihrer Wohltäterinnen sich unfreiwillig auf die Nase legte.

Dies ereignete sich aber ziemlich häufig und konnte den Umständen nach auch nicht wohl anders geschehn. Die Natur ließ den Schnee in der Stadt grad' so gleichmäßig fallen, wie draußen, und bediente sich keinerlei Verschiedenheit bei ihrer satzungsmäßigen

Umwandlung der Wasserflächen in Eisdecken. Doch die Kultur mischte sich auf den Straßen in diesen einfachen Betrieb, und trotzdem sie unläugbar das zivilisatorische Element vertrat, ließ sich ebenfalls nicht läugnen, daß es nicht zur Reizerhöhung des in verschiedener Dichtigkeit-Gestaltung angesammelten feuchten Elementes in den Gassen geschah. Sie drängte mit Stiefelsohlen und Wagenrädern den Schnee von der einen Stelle fort und an der anderen zusammen; sie zermulschte ihn zu einem Brei, der weder dick noch dünn, weder weiß noch schwarz, weder Schlamm noch Wasser war, strich ihn wie in der Sommersonne ranzig zerschmolzene Butter über die Trottoirsteine und stimmte die rauhe Graniteigenschaft derselben zu der glatten Außenseite eines mit grüner Seife bestrichenen Zimmerbodens um. Sie erwies damit dem Stein vielleicht einen freundlichen Gefallen, der sich indeß für die darauf einherwandelnden Füße regelmäßig in eine andere Art des Gehfallens umsetzte. Außerdem ließ die Kultur unermüdlich von den Dachtraufen und aus den Küchengossen Flüssigkeiten unterschiedlichster Sorte in die Straßengossen hinunterrinnen, welche die Natur drunten in Eis umwandelte. Dies spornte vermutlich den Eifer der ersteren zu stets neuen Nachschüben, und die letztere ließ sich ebensowenig in ihrem Beruf irre machen, um diese Jahreszeit nichts Tropfbar-Flüssiges im Freien zu dulden. Das Resultat dieses tagelangen Wettstreites kam aber wiederum den Beinen und Nasen der Straßenpassanten nicht grade zu Statten, da es an den meisten Stellen die ganze Breite der Gassen mit einer kompakten, fußhohen Masse anfüllte, die mit der gleichnamigen beliebten Konditorware nicht viel andre Ähnlichkeit als den beiden innewohnenden Temperaturgrad aufwies. Die einzige freudige Regung, welche dieser Gesamtzustand der städtischen Verkehrswege erweckte, fand in den Köpfen der wohllöblichen Magistrats- und Polizei-Organe statt, die im Sommer edelmütig wetteiferten, durch Bußen für jedes vor der Tür eines Hauseigentümers nicht rechtzeitig weggekehrte Staubkorn den Stadtsäckel zu vergnügen. Sie betrachteten sich von Tag zu Tage die Steigerung des Kultur- und Natur-Wettringens mit dem Gefühl, wie innig dankbar das ihrer väterlichen Obhut unterstellte Publikum ihnen für die Sicherung seiner Gliedmaßen durch Forträumung des wachsenden Eisstoßes sein würde, und mit männlichstoischer Selbstbeherrschung einigten sie sich dahin, man müsse sich auch einmal ein Vergnügen, sogar das höchste der Dankbarkeit seiner Mitmenschen versagen können, zumal, da die Erfahrung gar keinen Zweifel darüber belasse, daß sämtliche Straßen im Juli, wenn es nicht grade regne, von selbst wieder vollständig eisfrei, trocken und rein sein würden. Einstweilen indeß, da vorderhand nicht Juli, sondern Januar war, bildete es in der Tat eine gewisse Kunst, vermittelst richtiger Körpergewichtsverteilung und zweckdienlicher Fußstellung sich in dem Wechsel von Härte und Weichheit, doch stäter unbeeinträchtigter Glätte des Bodens aufrecht zu halten, und besonders bot das einschlägige Verfahren des weiblichen Geschlechts, in Notlagen quer über die Straße von einem Trottoir zum andern zu gelangen, manchen interessanten, auf Charakterverschiedenheit deutenden Anblick. Einige suchten lange nach einem möglichen Uebergang umher, andere schritten rasch entschlossen hindurch; diese hoben vorsichtig die Kleider über den Fuß, jene fegten mit seidenen Schleppen durch den Schmutz. Zogen die letzteren es vielleicht vor, lieber die Schleppe zu verderben, als ihre Füße zu zeigen? Hier trippelte ängstlich ein Backfisch mit der Musikmappe vor dem Magen, wie Erich Billrod gesagt, über den Eisstrom, dort wagte kühner eine Kollegin, der Gefahr trotzend, zu glitschen und das Schicksal noch durch vergnügungssüchtigen Uebermut herauszufordern. Aber – zur höheren Genugtuung der Väter der Stadt, wenn sie es gesehen hätten – ereilte das Verhängnis die Eine wie die Andre. Schließlich – wie sie es am allerletzten Schluß alle auch einmal müssen – lagen sie alle einmal da und bestätigten die hohe Weisheit des alten Sängers, daß Freude immer

» *leide ze aller jungeste git.*«

Ich mußte das letzte Verscitat mit lauter Stimme vor mich hingesprochen haben, denn eine junge Dame, und zwar Diejenige, der es galt, drehte unwillkürlich den Kopf nach mir um, und zwar abermals tat sie dies unter Verhältnissen, die mir eine gewisse Hochachtung vor ihrer Unerschrockenheit einflößen mußten.

Es war um die Nachmittagsstunde, die je nach der Himmelsbeschaffenheit zwischen letztem Licht und erstem Dunkel variirt, und in der betreffenden Straße befand sich augenblicklich niemand, als die erwähnte weibliche Gestalt und ich. Ich ging hinter ihr und erkannte, daß sie eine geschickte Eistouristin sei, denn der Weg, den sie kreuz und quer, herüber und hinüber zwischen den Gletschern, Moräinen und Schneebreigebirgen einschlug, erwies sich jedesmal auch für meine Nachfolge als der einzig mögliche. So ward ich ihr dankbar, und aus dem Dank entwickelte sich ein gewisses momentanes Interesse. Hauptsächlich weil ihr Wesen sich in einigen, durch die Umstände in wörtlichem Sinn aufgeworfenen Fragen in unverkennbarer Weise aussprach. Sie trug unter einem, schlank ihren Wuchs hebenden pelzbesetzten Mantel ein schleppenloses, doch bis an die Erde reichendes Kleid, aber sie ließ es trotzdem nirgendwo in die Nässe eintauchen, sondern hob's mit der linken Hand leicht empor, offenbar ohne jegliche Scheu, ihre Füße bis an den schmalen Knöchel sichtbar werden zu lassen. Unfraglich besaß sie auch nicht den geringsten Grund, sich auf Kosten ihres Kleidsaumes oder des allerliebst fingerbreit darunter hervorblickenden roten Röckchens anders zu behaben – ein paar mal drehte sie mir bei ihrem Luv- und Leekreuzen halb die Seite zu, dann gewahrte ich, daß ihr ein Goldkreuzchen auf der Brust hing, das sich auch hartnäckig drehte, indem es immer wieder die nur versilberte Rückseite nach außen kehrte. Doch ebenso hartnäckig schlüpfte die kleine, hübsch behandschuhte Rechte in die Höh' und wendete, wie spielend, das rebellische Dingelchen zur Repräsentation seines vollen Glanzes zurück. »Nimm Dich in Acht, daß Dir nicht doch das Kreuz trotz seinem Heilszeichen einen Possen spielt,« dachte ich; »augenblicklich ist es auch für das frommste Menschenkind jedenfalls geratener, sich an die Erde, als an das Symbol des Himmels zu halten, und ich glaube, selbst der Hauptpastor der Nicolaikirche würde, so lange er dieses Weges wandeln müßte, einen tüchtigen Eichenknüttel seinem Gebetbuch vorziehen.« Ich gelangte in meinen theologisch-teleologischen Betrachtungen nicht weiter, denn meine Vorgängerin hielt in diesem Moment an einer besonders schwierigen Stelle eine Sekunde lang zum erstenmal inne und suchte mit den Augen nach einem *modus transeundi* umher. Dabei aber wandte sie mir die nämliche Spanne Zeit hindurch drei Vierteile ihres von einem feinwolligen weißen Shawl umknüpften, rosenartig überdufteten Gesichtes zu, daß es mir war, als ob ich von ihren Lippen einen Anhauch wie die klare Winterkälte und zugleich frisch und köstlich wie Waldestannenduft empfände. Dann trat sie mit einem sorglos raschen Schritt vorwärts, und im selben Augenblick entflog auch meinem Munde mechanisch das obige Nibelungencitat. Sie glitt nämlich aus, zog die kleinen Füße zusammen, balancirte, konnte sich dabei aber nicht enthalten, mitten in ihrem Schwanken einen halb erstaunten, halb verneinenden Blick auf mich zurückzuwerfen, und wäre dergestalt durch meine Verschuldung unzweifelhaft in das wenig einladende Gemisch von Natur und Kultur unter ihren Füßen gefallen, wenn Schuldbewußtsein und Cavalierspflicht mich nicht eilfertig getrieben, hinzuzuspringen, ihre Hand zu fassen und sie dran aufrecht zu halten. Sie hielt sich an mir, sagte helltönig: »Ich danke,« und fügte in der nächsten Sekunde unerschrocken über den abgewendeten Fall und unbefangen, wie ein Kind, leichtauflachend, hinzu:

»Aber es heißt: *Wie je die liebe leide ze aller jungeste git.* Das weiß ich von meinen Brüdern, und deshalb, scheint mir, paßte es möglichst wenig hierher.«

»Herr Gott!« – Ich sah ihr in's fröhliche Gesicht – noch einen Augenblick, und mein Mund stieß ohne Vorwissen seiner von Brauch, Anstand und gutem Ton bestellten Vormünder aus: »Aennchen –!«

Ueber ihre Lippen zog halbe Spottlust und halber mädchenhaft zürnender Unwille: »Ich habe nicht die Ehre, Sie zu kennen, mein Herr, sehne mich auch nicht danach und wüßte nicht, daß jemand das Recht hätte, mich so zu benennen, als meine Brüder.«

Sie knixte niedlich-ironisch, indem sie sich halb abdrehte; ich fühlte, daß ich mit heißrotem Gesicht an den Hut griff und stotternd erwiderte:

»Verzeihen Sie, Fräulein Anna Wende – vielleicht erinnern Sie sich und – es kann zur Entschuldigung meiner Ueberraschung dienen – daß Sie selbst noch einem Andern einmal das Recht dieser Namensanrede zuerteilt haben – in einer Eschenlaube war es – im Garten Miß Lydia Brandstätters –«

Nun flog der Kopf der jungen Dame ohne den zürnenden Ausdruck rasch wieder herum. »Ah, Miß Lydia –« es war noch das nämliche Lachen das wie der Anschlag an eine silberne Glocke klang – »die Sonntagscour – ich sehe all die albernen Jungen und Puppen wieder vor mir – aber wer Sie sind –?«

»Es war ein sehr unbeholfener Bursche unter allen den feinen jungen Herren,« fiel ich ein, »und er redete eine von den jungen

Damen an, die ihm antwortete: Ich bin kein Fräulein, sondern heiße Anna Wende, aber ich dachte, Du wärest vernünftiger und verständest Dich nicht auf die albernen Faxen hier –«

Anna Wende lachte. »Habe ich das gesagt? Ich weiß kein Wort mehr davon, aber aus dem Herzen ist's mir sicher gesprochen gewesen! Und Sie waren der unbeholfene Junge – nehmen Sie's nicht übel – und haben das Alles behalten? Ja, richtig, in der Laube, wo die beiden nebenan so klug miteinander redeten, daß ich kein Wort davon verstand. Wir amüsirten uns köstlich darüber – aber wie war doch Ihr Name –?«

»Wissen Sie – nein, Sie wissen's nicht mehr – daß ich Ihnen bei'm Weggehen ohne alle Etiquette und feine Lebensart die Hand reichte und sagte: »Leb' wohl, Aennchen, vielleicht sehen wir uns doch noch einmal im Leben wieder. Und Sie antworteten: Ich glaub's nicht, hierher komme ich nicht zum zweitenmal.«

»Mein Gott, was für ein Gedächtnis Sie haben! Ja, ich weiß jetzt, mir ist's fast, als ob ich Sie an dem vergoldeten Gitter noch dastehen sähe, und daß Sie mir ein Trost unter all' den Zieraffen waren. Aber Ihren Namen kann ich doch nicht –«

»Reinold Keßler.«

Sie schüttelte den Kopf. »Ich lüge nicht aus Höflichkeit, daß ich mich seiner erinnere. Aber darum freut es mich nicht weniger, daß wir hier so curios wieder zusammentreffen. Wenn man jemand als Kind gekannt hat, meine ich, bleibt trotz aller Vergeßlichkeit immer etwas von Freundschaft übrig – das Gedächtnis wird mir auch schon noch mehr wiederkommen – und es ist wirklich hübsch, daß damals Ihre Prophezeiung Recht gehabt hat und nicht meine. Ich habe auch noch durchaus keine Angst vor der entsetzlichen Unschicklichkeit gelernt – da ist meine Hand darauf, wie ich sie Ihnen damals gegeben – ich denke, daß wir uns noch manchmal bei Imhof's zusammen an den spaßigen Morgen erinnern und darüber lachen werden.«

Sie streckte mir die klein aus den Pelzärmeln hervorblickende Hand entgegen und ich fühlte die Wärme derselben durch den dünnen Handschuh in meine herüberfließen, vermutlich weil ich sie länger hielt, als der gute Ton es vorgeschrieben hätte. Doch sie zog sich ebenfalls nicht zurück, während ich mit freudig-ungelenker Zunge dazu fragte: »Bei Imhof's? Sind Sie zum Besuch in unserer Stadt bei Imhof's –?«

»Halb und halb, eigentlich bei einer alten Tante, die aber in ihren Zimmern keinen Platz für mich hat und deshalb wohne ich bei Mistreß Lydia. Als sie von meiner Cousine erfahren, daß ich hierher komme, hat sie mich eingeladen und so lange zu bleiben, wie ich wolle. Es ist zu komisch, was für eine Rolle jetzt bei ihr die höhere wissenschaftliche Bildung spielt, ihr Mann muß auch mit Gewalt Gelehrter sein, mit Kaufleuten, glaube ich, hat sie überhaupt keinen Umgang und keine Anknüpfung mehr. Aber Sie könnten auch Ihre so hübsch begonnene Ritterpflicht etwas weiter ausdehnen, Keßler, und mir aus altem oder neuem Freundschaftsdienst behülflich sein, ohne abermalige Lebensgefahr durch Ihre vaterstädtischen Abgründe hindurch zu kommen.«

Anna Wende legte zugleich mit den Worten ihren Arm in den meinigen, ihr Fuß glitt im nämlichen Augenblick wieder aus und sie hielt sich fest an mir, daß es mir mit einem Schauer aus dem Arm bis in die Schläfen hinauslief. »Nehmen Sie sich in Acht,« lachte sie, mich seitwärts ziehend, »Sie treten ja grade in einen Abgrund hinein. Sehen Sie nicht gut, oder Sie sind wohl nicht gewöhnt, eine solche Bürde am Arm zu haben?«

»Nein – ja – ich meine, daß ich sehr gut sehe,« entgegnete ich stotternd. »Es ist nur, was die Leute sich denken können – sie sind nicht gewöhnt –«

»Fürchten Sie sich davor? Ich habe nie Angst, was sich die Leute denken, und was sollten sie denn eigentlich denken?«

Ich konnte nicht erwidern, was ich selbst dachte. Daß wir ebenso miteinander durch die Straße jetzt gingen, wie Philipp Imhof mir mit einer Frau, mit seiner Frau am Arm begegnet war. »Geht's nicht da um die Ecke?« fragte mich meine Begleiterin.

»Nein, hier.« Ich bog fast nach der entgegengesetzten Seite ab. »Wie man sich in einem fremden Ort in den ersten Tagen doch irren kann,« meinte sie, ich hätte beinahe darauf geschworen, das da müsse der grade Weg nach dem Markt sein.«

Ich erwiderte verwirrt: »Die Straßen sehen sich ähnlich, daher täuscht es.« Sie hätte richtig geschworen und ich redete und führte falsch, aber ich hatte vollwichtigen Grund dafür, denn ich rief mir deutlich in Erinnerung, der grade Weg, auf den sie gedeutet, sei für ein paar so niedliche kleine Füße völlig unpassierbar. Es stellte sich allerdings heraus, daß der Umweg keineswegs besser, ja gradezu der schlimmste war, den wir einzuschlagen vermochten, doch ich trug keine Schuld daran, ich hatte das Beste gewollt und nur die Verpflichtung dafür, jetzt doppelt Acht zu geben und an allen schwierigen Stellen eh' noch eine Gefahr eintrat, dieser dadurch vorzubeugen, daß ich Anna Wende's Arm fester an mich heranzog. Das tat ich schweigend, während sie mir munter dies und das erzählte; die Dämmerung legte sich über den Boden der Gassen und legte mir stets erhöhte Sorgsamkeit auf. »Warum sind Sie denn so still?« fragte Anna Wende plötzlich einmal. »Ich erinnere mich jetzt ganz gut, daß Sie damals in dem Garten fast ebensolche geschwätzige Plaudertasche waren, wie ich. Tut das Alles die Gelehrsamkeit, wie Lydia sagt, welche die Menschen so bedeutsam macht? Ich werde jedenfalls mein Lebelang dasselbe ungelehrige und unbedeutende Geschöpf bleiben, wie damals.«

»Da sind wir,« antwortete ich stehen bleibend und auf Imhof's Haus weisend.

»Und Sie sind froh, mich los zu sein,« fiel sie ein; »aber ich bin ein Quälgeist, der sich so leicht nicht abschütteln läßt, vor Allem, wenn es sich um Erinnerungen aus der Kinderzeit handelt. Also, haben Sie für heute Dank – und nächstens auf fröhliches Wiedersehen, Herr Ritter, da droben, ich hoffe, nicht mit dem Trappistenmund. Wie Sie mich heut' durch diese Abgründe so geschickt und artig hindurchgebracht, müssen Sie auch aus dem Abgrund Ihrer wissenschaftlichen Gelehrsamkeit herauf ein bischen Mitleid mit einer armen Lachtaube haben, denn – unter uns alten Pfarrerskindern gesagt –« sie legte einen Augenblick ihre Lippen an mein Ohr – »es ist manchmal ein wenig langweilig in Mister und Mistress Imhof's Hause. – Gute Nacht, Reinold Keßler; nun will ich den Namen nicht wieder vergessen.«

Sie reichte mir nochmals die Hand und flog die Steintreppe hinan durch die offene Haustür in den dunkelnden Flur. Mein Mund rief ihr ohne Besinnen nach: »Gute Nacht, Aennchen.« Drehte sie sich noch einmal und winkte lächelnd mit der Hand zurück, oder war es Täuschung? Mir schien's, als hätten meine Augen es deutlich gewahrt, aber es konnte auch die lebhafteste Vorstellung der Phantasie gewesen sein, wie sie's getan haben würde, wenn sie den Ruf noch vernommen hätte.

*

Ich schlug den Weg nach meiner Wohnung ein, die Väter der Stadt hätten ihre Freude an mir haben müssen, denn ich ging entschieden nicht, als ob der Januar, sondern als ob der vollste Juli auf den Straßen liege. Die Folgen dieser Kalenderverwechselung blieben selbstverständlich nicht aus, ich glitt, fiel und sprang wieder auf, oder vielmehr meine Kleider erzählten mir zu Hause, daß dies zu wiederholten Malen geschehen sein müsse, denn mein Gedächtnis hatte nichts davon bewahrt; so wenig wie wohl Fritz Hornung's Kopf von der Heimwanderung jener Nacht, als Philipp Imhof uns den Abschiedstrunk kredenzt. Gut war's, daß auch heut' die Straßen dunkel gewesen und die ehrsamen Bürger nichts von meinem Gange und Zustande wahrgenommen. Oder hatte doch Einer zu seiner Eheliebsten gesagt: »Wir wollen auf die andre Seite hinübergehen, da kommt ein Betrunkener?« Hatte ich gesungen, gelacht, in die Hände geklatscht, daß die schwarzgefiederten Wintergäste meiner Vaterstadt, die sich unter dem traulichen Schutz der einbrechenden Nacht hie und da bis auf die Gassen hinuntergewagt, mit krächzendem Unwillen aufstoben und laut durcheinander-lärmende Anklage gegen polizeiwidrige Störung ihres friedlichen Schutzbürger-Nahrungsbetriebes erhoben?

Was hatte Anna Wende gesagt? Ich sei still? Mein Herz klopfte und lachte und jauchzte über die mehr als komische Grundlosigkeit dieses Vorwurfs. War es still, wenn man seine Bücher nahm und sie jubelnd mit Hand und Fuß wie altes Gerümpel hierhin und dorthin warf, stieß, in die Ecken schleuderte, daß sie polternd und staubaufwirbelnd umherflogen? Wenn man im Zimmer rundtanzte, sang, lachte, zusammenhangslose Verse vor sich hin sprach?

Nein, gewiß war es nicht still. Es war toll, widersinnig, das Gebahren eines Trunkenen.

Aber war's nicht auch sinnverrückend, wenn aus dem Januar mit Eis, Schnee, Schmutz, Wolken, Sturm und Finsternis mit einem Schlage plötzlich ohne Uebergang Juli wurde? Juli, zugleich mit Veilchen, Syringen, Rosen, mit rauschendem Waldeslaub, Sonne, Himmelsblau und Himmelswärme? Behielt denn der Gefangene seinen Kopf aufrecht, dessen Kerkertür plötzlich geöffnet, dem gesagt wurde: Geh' in die Welt hinaus, wohin, so weit Du willst, Du bist frei? Oder besser noch der Gerichtete, der den Block auf den Kopf gelegt und dem statt des Pfeifens des Schwerthiebes der Ruf in's Ohr schlug: Du sollst leben, und ich schenke Dir ein Königreich obendarein!?

Meine Zimmertür tat sich unerwartet auf – es hatte wohl zuvor geklopft, ohne daß ich's gehört – und über der Schwelle tauchte Fritz Hornung's volles treuherziges Gesicht auf. Er blieb, verwundert hereinblickend, im Türrahmen stehen und fragte:

»Bist Du jetzt wirklich verrückt geworden, Reinold, oder was für einen heillosen Spectakel stellst Du hier an, daß meine Bude oben mit davon wackelt?«

»Herzensfritz!« Ich flog auf ihn zu und drückte ihn in die Arme. »Ja so – nein, ich nicht, aber meine Bücher sind toll geworden, haben ein Complott gemacht und marschieren und rebellieren im Zimmer herum. Hilf mir einmal, Fritz, die närrischen Pappdeckel wieder zur Raison und in ihre Pferche zurückzubringen! Es ist wahrhaftig wahr, Alter schützt vor Torheit nicht – steh, das ist ein Bursche, der mehr als ein Jahrhundert auf dem Lederrücken hat, und springt mir in der Stube herum, wie eine Maikatze.«

Fritz Hornung hatte sich mechanisch mitgebückt und gesammelt, richtete sich jetzt aber auf und betrachtete mich mit noch verblüffterem Gesicht als vorher. »Du, wenn Du nur nicht einen Maikater hast, so einen andertägigen, der wie ein Drehwurm im Kopf und ärger als die solideste Dunität selber ist. Ich habe nur einmal bis heut einen im Besitz gehabt – hast Du vielleicht eine Kanne schwedischen Punsch getrunken und gemeint, es sei Zuckerwasser? Symptomenkomplex: Unlust zur Arbeit, Lebensüberdruß, Händelsucht, Abscheu vor jedem geistigen Getränk –«

»Es ist gut, Fritz, daß Du kein Pillendreher, sondern ein Rechtsverdreher geworden bist!« lachte ich auf, »denn eine falschere Diagnose hat noch kein heilbeflissener Barbierjüngling vor einem Kolleg andächtiger Maulsperrer gestellt. Lebensüberdruß? Ueberfluß wollt'st Du wohl sagen – und Händelsucht? Ich möchte die ganze Welt umarmen und Wein möchte ich trinken, eine ganze Flasche auf einen Zug. Nur mit der Unlust zur Arbeit hast Du's getroffen – o, ich könnte ein Jahr sitzen und zwei, immer auf dem nämlichen Fleck Tag und Nacht hindurch und arbeiten, wenn es sein müßte und wenn ich dann – ich will's auch, es ist der köstlichste Gedanke auf der Welt, mir kommt's förmlich so vor, als blühte und duftete es aus den Büchern von Oleandern, Rhododendren und Orangen hervor. Aber heut will ich's noch nicht, sondern will mit Dir zum Wein gehen, ich lade Dich auf eine Flasche Röderer ein – oder gibst Du Cliquot den Vorzug? haha, weißt Du noch, wie Philipp Imhof es frug? *Apropos*, Du hast mir noch gar nichts von seinem Wein erzählt, Du bist neulich doch wieder dagewesen? Wie war's und wie war die Gesellschaft? Ich habe gehört, es soll eine junge Dame dort zum Besuch sein, eine Verwandte oder Bekannte, Fräulein – ich weiß den Namen nicht. Hast Du Dich mit ihr unterhalten? Du bist so mundfaul geworden, Fritz!«

»Na, den Fehler hat mir auch zum ersten Mal jemand nachgesagt!« brach Fritz Hornung mit staunenden Augen heraus, indem er die letzten Bücher auf den Tisch legte. »Im übrigen ging's so, der Wein schmeckte mir auch nicht wie früher, denn die Gesellschaft war verdammt langweilig mit ihrem gelehrten Geschwätz. Imhof hat's im Grunde gar nicht drauf stehen und ödet sich selbst ebenso bei dem Zeug, aber seine Frau – hol der Teufel die Weiber allesamt – fängt immer wieder von neuem von irgend einem Artikel, den sie im Konversationslexikon nachgelesen, an. Die Kleine – eigentlich ist sie ziemlich groß und heißt Wende – lachte auch manchmal laut in den Unsinn drein, und das gefiel mir im Anfang an ihr, so daß ich sie etwas poussierte. Aber dann hatte sie ein so loses Mundwerk und fing an, bald dies, bald das an mir selbst herumzuschulmeistern, daß ich sie, als ich mich eine zeitlang mit ihr herumgebissen, sitzen ließ – alle Frauenzimmer sollen mir hundert Schritt vom Leibe bleiben!«

»Das freut mich,« antwortete ich –

»Was?«

»Daß es so hübsch bei Imhofs gewesen ist, und da Du es so lobst, Fritz, will ich mich doch auch überwinden und nächstens einmal hingehen. Er kann es eigentlich der alten Freundschaft halber verlangen und hätte ein Recht beleidigt zu sein, nicht wahr?«

Fritz Hornung sah mich mit offnem Munde an; dann schüttelte er den Kopf und dann versetzte er:

»Daß es in Deinen Ohren und Deinem Gehirn nicht richtig ist, Reinold, weiß ich lange. Ich habe einmal geglaubt, Du wärest verliebt; daß ich mit der Diagnose gründlich auf dem Holzweg war, erkenn' ich jetzt auch. So bleibt mir nachgrabe keine andre Konjektur übrig – würde Tix – abera – sagen – als daß Du einen Sonnenstich im Januar oder das große Los gewonnen hast.«

»Nimm beides an, Fritz,« lachte ich, »daß der Wein, den ich Dir heut abend zutrinken will, aus dem Glücksrade herstammt, und daß die Sonne Stich hält, die ihn vor manchen Jahren – ich trinke heut keinen, der nicht mindestens acht Jahrgänge zählt – so süß und köstlich als Traube zu reifen angefangen hat. Aber komm', ich war noch nie so durstig in meinem Leben.«

Was ging es mich an, daß ich Fritz Hornung und Anna Wende in ihrer übereinstimmenden Anschauung, es sei ein bischen langweilig im Imhof'schen Hause, nicht Unrecht geben konnte? Für mich traf es jedenfalls nicht zu, und Philipp Imhof konnte ebenso wenig auf den Verdacht geraten, daß ich's derartig fände; mindestens erlaubte die allgemein menschliche Neigung, langweilige Gesellschaft zu meiden, eine solche Schlußfolgerung durchaus nicht. Es verging selten jetzt ein Tag, an dem ich nicht kürzer oder dauernder in dem Eckhause am Markt vorsprach, nie eine Woche, die mich nicht wenigstens zwei volle Abende hindurch dorthin brachte. Zumeist und zu meiner Freude traf ich eine kleinere oder zahlreichere Gesellschaft von Professoren, höheren Beamten und Würdenträgern dort an, welche das Imhof'sche Haus vollständig unter die ›auserlesenen‹ der Stadt aufgenommen und es mir ermöglichten, halb abseits in vertraulicher Unterhaltung mit Anna Wende fröhliche Bemerkungen über die Anwesenden auszutauschen und uns oftmals wieder auf's neue in unserer, wenn auch stundenkurzen gemeinsamen Erinnerung zu ergehen. Das Haus, erst vor einigen Jahren neu erbaut, glich keinem der übrigen meiner Vaterstadt; es war mit jedem großstädtischen Komfort und Reichtum eingerichtet, die in ihm gebotenen materiellen Genüsse so ausgesuchter Art, daß seine Re-zipierung von Seiten der feinen Gesellschaft im vollsten Maße be-greiflich und selbstverständlich, ja daß ein direkter Verstoß gegen den Takt drin lag, es als ein ›Kaufmannshaus‹ zu bezeichnen, da man übereinstimmend herausgefunden, daß der Kern und Schwer-punkt des Besitzers nicht in seiner geschäftlichen Tätigkeit, sondern in seiner klassischen, humanen und bewundederungswürdigen allgemeinen Bildung beruhe. »Die Leute haben eben feinere Ge-ruchsorgane oder vielleicht auch Geschmacksnerven, als wir, Keß-ler,« lachte Anna Wende, »denn, nicht wahr, ich hab's einmal gehört und das fällt ja in Ihre Wissenschaft, Geruch und Geschmack sind nie ganz von einander zu trennen und der eine wirkt immer auf den andern mit?«

Wie schimmerten ihre kleinen weißen Zähne durch die blühen-den Lippen, wenn sie mir oftmals in vertraulicher Hast eine derarti-ge lustige Wahrnehmung zuflüsterte. Ich konnte es stets vorher schon im schalkhaften Glanz ihrer blauen Augen lesen, wußte ge-nau, wann sie mich, meinen Rockärmel zupfend, bei Seite ziehn würde, um ihr Herz und ihren Frohsinn über Menschen und Dinge auszuschütten. Sie hehlte mir nichts und ich empfand, daß sie mich mehr denn ihre Wirte als einen vertrauten Freund, ihr zugehörig, als Stütze und Trost im Imhof'schen Hause betrachtete. Oft, wenn wir in einem Nebenzimmer allein beisammen saßen, vergaß ich mich und hieß sie ›Aennchen‹; aber sie schien dies nur natürlich zu finden, als das einst mir eingeräumte Recht anzusehen, und es kam bald dahin, daß sie mich unter uns wie althergebracht ebenfalls mit meinem Vornamen anredete. Einen völligen Gegensatz dieses Ver-hältnisses zu mir aber bildete die unablässige Reibung, welche zwi-schen ihr und Fritz Hornung bestand, der weit seltener als ich, doch ab und zu das Haus unseres gemeinsamen alten Kameraden be-suchte. Kaum zu verkennen war's, daß Fritz Hornung Anna Wende mit einer gewissen Beflissenheit aus dem Wege ging, als ob er in ihr eine Art Uebelstand des gastfreien Hauses gewahre, und sie fragte mich eines Tags mit diesen Worten, ob dem so sei? Ich konnte nicht verneinen und antwortete, er wäre ärgerlich darüber, daß sie immer an ihm herumschulmeistere, bald dies, bald das an ihm lächerlich finde und es ihm spöttisch stets grad' ins Gesicht sage. Mir sei ihre halbe Feindschaft eigentlich nicht begreiflich, da sie im Grunde die ähnlichsten Naturen von der Welt besäßen und nur durch ihre gegenseitigen Häkeleien abgehalten würden, dies zu erkennen. Doch Anna Wende zuckte lachend die Schulter: »Ach was, er ist so oft ungeschickt wie ein Bär und sollte dankbar sein, daß man ihn ein bischen zurechtstutzt. Wenn er das nicht vertragen kann, soll er wegbleiben; mir macht's wahrhaftig kein Vergnügen, ihn immer dressieren und auslachen zu müssen.«

Manchmal, wenn die Gelegenheit es so ergab und die Jugend grade zahlreicher vertreten war, ward abends auch eine Stunde lang getanzt. Philipp Imhof nahm nicht daran teil, erwarb sich jedoch das Verdienst, die Melodien dazu aufzuspielen, saß unermüdlich und unbeweglich, wie tagsüber in seinem Komptoir, am Flügel und ließ, mit den tiefliegenden Augen ins Leere hinausblickend, seine mageren, langfingrigen Hände über die Tasten hingehen. Doch ich war ihm dankbar dafür, wie für nichts andres, was er zu tun vermocht hätte. Ich gedachte nicht mehr an Erich Billrods kaustische Aeußerung über, noch an meinen eignen damaligen Widerwillen gegen das Tanzen, sondern flog nach den Takten der Musik mit Aennchen hin und wieder, daß ihr Gesicht rosig blühte und glühte und ihr Atem doch wie frische Winterluft und Waldestannenduft mir dicht entgegenwehte. Sie tanzte gern und unverkennbar am liebsten mit mir – »die andern sind so langweilig mit ihrem albernen Geschwätz, einer wie der andre,« sagte sie – aber es vertrug sich trotzdem nicht mit dem gesellschaftlichen Brauch, daß wir ausschließlich – »wie ein paar Kletten,« lachte sie – zusammenhingen, und ich mußte ab und zu stehen und sehn, wie ein andrer sie in den Armen hielt und runddrehte, daß es mir unruhig in der Brust klopfte – war's Aerger, Sehnsucht oder die überflüssige und doch nicht zu beherrschende Eifersucht? – bis die Schicklichkeit erlaubte, daß wir wieder miteinander, immer hastiger, wirbelnder und köstlicher dahinflogen. Nur, wenn ihrer List und zähen Hartnäckigkeit dann und wann gelang, Fritz Hornung widerwillig zum Tänzer zu erobern, klopfte mein Herz nicht, sondern mein Zwerchfell erschütterte sich gemeiniglich vor innerlichem Lachen über sein mißvergnügt-atemloses Gesicht und die Kunstgriffe, mit denen sie, wie ein Tanzlehrer, seine ungelehrigen Füße im Takt zu halten und ihn mit sich fortzudrehen suchte, bis sie zuweilen mit halb verzweifelnden, dunkelroten Zügen sich mit ihm aus den Reihen an die Wand flüchtete und ärgerlich halblaut ausrief: »Sie sind und bleiben doch wirklich ein Bär, mit dem nichts anzufangen ist.«

Dann entgegnete Fritz Hornung, wenig galant und halb nach dem ihm beigelegten zoologischen Prädikat zwischen den Zähnen brummend: »Das haben Sie mir schon öfter gesagt, Fräulein Wende, so daß mich däucht, Sie könnten's nachgrade wissen und den Bären, der kein Tanzbär sein will, in Ruhe lassen.«

Nun lachte sie: »Ich hab's gewiß auch zum letztenmal getan – Gott behüte mich vor solchem Brummbären;« doch der Uebermut mußte sie vergeßlich machen und immer auf's neue prickeln, denn es verging kein Abend, an dem Philipp Imhof die Tasten anschlug, daß ihre närrische Laune nicht einen neuen verunglückenden Versuch, aus Fritz Hornung einen Vestris zu machen, angestellt hätte.

So klangen – der Winter ging fast schon zu Ende, denn die gelben Crocos blühten in den Garten – eines Abends Walzer und Polka unter Imhof's geduldig ausharrenden Fingern hervor, und durch zahlreichere Paare als gewöhnlich hindurch flog, nein, schwebte ich mit Anna Wende, es war ein Gefühl des körperlosen Fliegens durch die Unendlichkeit, aus der die Kerzen an den Wänden gleich vorüberirrenden Sternen aufleuchteten und versanken, zurückkehrten und in himmlischem Reigen durcheinanderblitzten. Aennchens Antlitz blühte maienfrischer denn je, ein Lenzeshauch und Lenzesduft umwebte sie mit einer Atmosphäre, die gleich erstem Frühlingssonnenschein süßtrunken machte bis in's tiefste Herz hinein; wenn ihr Haar mir an die Schläfe flog, ihre Hand im Tanz zufällig über die meine glitt, war's mir, als müsse ihre Berührung die pochenden Adern meines Kopfes aufsprengen, daß rosenrotes Blut, gleich dem Ueberschuß der Lenzeskraft und Herrlichkeit jauchzend aus ihnen ausströme. Atemlos sagte sie endlich: »Ich kann nicht mehr«; wir verließen mitten im Tanz das Gewoge und setzten uns in einen Winkel. Die Musik ging fort, der Boden zitterte unter den hüpfenden Füßen, Gelächter und Geschwirr füllte den Saal. Wir sahen eine Weile stumm drein, Anna Wende's Blick schweifte manchmal hinauf und hinab, mir kam plötzlich auf die Lippen, entflog mir: »Wonach suchst Du, Aennchen? – Verzeihen Sie mir – ich weiß nicht, wie –« stotterte ich hinterdrein.

Sie drehte mir den Kopf zu und ihre blauen Augen nickten. »Was soll ich verzeihen? Mich dünkt nur, daß Du zuerst der Vernünftigere von uns gewesen bist, Reinold. Ich habe Dich im Stillen immer so genannt, denn sind wir nicht grade noch dieselben wie damals, als wir's so albern fanden, daß all' die schwarzen Cylinder und Blumenhütchen sich so narrenhaft betitelten und becomplimentirten? Meine Brüder heiße ich auch Du, wie von jeher, und es läßt sich viel besser zusammen über all' die Possen der gelehrten und feinen Leute lachen, finde ich, wenn man's tut. Also laß uns nach alter Weise dabei bleiben, wenn wir unter uns sind; mir klingt's wirklich herzerquicklich in's Ohr. Sag' einmal –«

Bedurfte es, noch mehr zu sagen? Nicht herzerquickend – berauschend, ohne Gleichnis, als ein Ton, den die Erde nur einmal heraufzaubern konnte, klang es mir in's Ohr. Alles Denkens, der Besinnung beraubt, stammelte ich nur:

»Was soll ich Dir sagen, Aennchen?«

»Es fällt mir auf, wir haben fast Ende März, wo bleibt Dein Februar eigentlich?«

»Wer, Aennchen?«

Sie lachte. »Oder Hornung, der Name paßt allerdings besser für ihn, er erinnert so etwas an den hörnernen Siegfried. Mich deucht, es ist eine Ewigkeit, daß ich ihn nicht mehr gesehen.«

»Der Arme – vielmehr übersehen, ohne ihn zu sehn, Aennchen. Die Ewigkeit ist Dir sehr kurz geworden, denn er war gestern Abend noch hier. Hast Du etwa sehnsüchtiges Verlangen nach ihm, daß ich hinüber laufen soll, ihn zu holen?«

»Nein« – sie drehte rasch den Kopf nach einem vorübertanzenden Paar zur Seite und sah eine Weile hinterdrein – »was sagtest Du? Wovon sprachen wir doch eben?«

»Vom Februar,« lächelte ich.

»Ach, richtig! und Du wolltest ihn herüberholen, Reinold. Ist es weit? Ich möchte nur – das letztemal brachte ich ihm mit Mühe und Not eine Polka bei – es war zu komisch – aber er wird natürlich Alles wieder vergessen haben –«

Es rauschte, sie unterbrechend, aus den Reihen der Tanzenden von einem Apfelblüte-farbigen seidenen Kleide auf uns zu, über dem das braune Lockengeringel Frau Imhof's in die Stirn nickte. »Wenn man einmal der Auszeichnung teilhaftig werden will, von Ihnen geführt zu werden,« sagte sie, mit einem ironischen Knix sich vor mir verneigend, »so muß man einen Tanz abwarten, der es den Damen vorschreibt, einen Herrn zu engagiren.«

Die gesellschaftliche Pflicht gegen die Hausfrau nötigte mich, der Aufforderung, und obendrein mit einer Miene, die meiner Empfindung keineswegs entsprach, nachzukommen. Ich warf einen unbemerkten, wehmütig Abschied nehmenden Blick auf Aennchen zurück, den diese mit einem vertraulich-lachenden Augenaufschlag erwiderte, und mischte mich mit meiner neuen Tänzerin unter die Paare. Lydia Imhof tanzte vortrefflich, doch ich hatte keine Gedanken dafür, mir erschien plötzlich dies gemeinsame Umdrehen wieder so sinnlos und langweilig, wie Erich Billrod es dargestellt. Dazu erschien's mir jetzt auch so in wirklichem Sinne unschicklich – bei Aennchen war mir dieser Gedanke noch nie für einen Moment gekommen – aber ich mußte Erich Billrod völlig Recht geben, wie ich bald den leisen Druck der Knie meiner augenblicklichen Tänzerin gegen die meinen, bald deutlich das Auf- und Abwogen ihres dicht an mich geschmiegten Oberkörpers durch die leichte Hülle hindurch empfand. Lydia Imhof besaß eben eine durchaus andere Art des Tanzens, als Anna Wende – hätte die mir an der letzteren auch so mißfallen?

Ich fühlte, daß mir das Blut bei der Frage in die Schläfen stieg, daß sich die Wände noch hastiger als zuvor um mich zu drehen begannen. Dann kam plötzlich ein Paar an uns vorüber, nach dem ich im Tanz überrascht den Kopf umwandte, denn es war Fritz Hornung, der erst spät noch gekommen sein mußte, und Aennchen. Wie war's ihr möglich geworden, ihrer spaßhaften Laune nachzuhängen und ihn zu veranlassen, zu zeigen, ob er seine letzte Lection schon vollständig wieder vergessen habe oder nicht?

Ja so, es war ein Tanz, zu dem die Damen sich einen Herrn engagirten, das hatte Anna Wende offenbar für ihre Schalkhaftigkeit ausgenutzt. Und ebenso unverkennbar belohnte Fritz Hornung sie für ihre List mit einem unverhohlen mißmutigsten Gesicht und passivster Ungelenkigkeit, denn ihr dunkelglühendes Antlitz verriet, daß sie ihn nur mit der größten Anstrengung im Tact erhielt, ja, sie mußte sichtlich ihren Kopf fest an seine Brust legen, um ihn nur überhaupt sicher aufrecht zu halten und sie beide vor dem Straucheln zu bewahren.

Einen Augenblick nur, dann waren sie vorüber, doch zugleich sagte Lydia Imhof: »Ich muß etwas Atem schöpfen – ist es nicht erstickend heiß hier?« Sie legte ihren Arm in den meinigen und ließ sich in ein Nebenzimmer führen: »Hier ist's schon besser, aber dort noch mehr; in dem Boudoir ist ein Fenster geöffnet und wird es uns wohl werden.«

Es war ihre Hand, die mich jetzt mit in den kleinen, reich ausgestatteten und von seinem Wohlgeruch durchdufteten Raum zog. Eine rosigen Schimmer ausstreuende Ampel schwebte in der Luft, hohe, grüne Blattgewächse verdeckten eine niedrige Sammetcauseuse, auf die Lydia Imhof sich ermüdet niederließ. Von drüben kamen gedämpft die Töne, welche unter den immer gleichmäßig fortspielenden Händen ihres Mannes hervorquollen, sie ordnete flüchtig ihre Kleider, daß einige Augenblicke ihr Atlasschuh mit dem kreuzweiß über den seidenen Strumpf verschlungenen Bändern unter dem Apfelblütensaum hervorschlüpfte, dann sagte sie:

»Sie müssen auch erschöpft sein, Keßler, wollen Sie sich nicht ebenfalls etwas erholen? Sie tanzen wirklich so vortrefflich, daß es ein unvergleichlicher Genuß ist, aber man wird so heiß und erregt dabei.«

Leicht an dem seidenen Tuch um ihren Nacken lockernd, sah sie mich dabei mit halb geschlossenen, ermüdeten Augen an und fügte hinzu:

»Sagen Sie – ich habe Sie schon lange einmal fragen wollen und hier findet sich grade der Ort dazu, man redet sonst ja immer nur unter einem Dutzend Augen mit einander. Sie sind der älteste Freund meines Mannes und sollten deshalb auch der seiner Frau sein, zumal da ich mich erinnere, wie außerordentlich gut Sie mir gleich, als ich Sie noch als Knaben zum erstenmal sah, gefielen – warum sind Sie eigentlich in den ersten Monaten, als wir hierhergezogen, nie in unser Haus gekommen? Wenn mein Mann auch mit seinen Geschäften überhäuft und vielleicht nicht sehr interessant für einen jungen Mann von wirklicher gelehrter, höherer Bildung ist – besaß denn sonst gar nichts bei uns Anziehung für Sie? Ich kann Ihnen versichern – ach, können Sie mir helfen, ich bringe das Tuch nicht herab, es hat sich vollständig verknüpft –«

Ich mußte der direkten Aufforderung Folge leisten, bog mich vor und suchte mit den Fingerspitzen den Knoten zu entwirren. Doch während ich damit beschäftigt war, legte sich Lydia Imhofs Hand auf die meinige und ihre Lippen wiederholten: »Ich kann Ihnen versichern, Reinold – mich däucht, die Frau darf den Freund wohl ebenso nennen, wie der Mann – daß Sie mehr in diesem Hause zu finden vermögen, als Sie bis jetzt gesucht,« und ich fühlte zur Bekräftigung einen Augenblick meine Hand leicht gegen Lydia Imhofs Brust gedrückt.

Fünftes Kapitel

Es arbeitet sich gut, wenn im weißen Blütengezweig die Bienen summen, die Hummeln mit tiefem Gebrumm durch die Sonnenluft ziehen, wenn Tag's alle Gedanken beflügelt, wie klangvoll an der Regimentsspitze einherziehende Musik die Füße vom Marsch ermüdeter Krieger. Es arbeitet sich gut, wenn es in Wahrheit › *vitae, non scholae*‹ geschieht, nicht in dumpfer Gewohnheit ohne Zweck und Ziel, sondern für das eigne, innerste Selbst, herrlichstem Preis entgegen, dem jeder in tapfrem Ringen verbrachte Tag, jedes herangewachte Frührot näher bringt. Dann ist der Arbeitende auch ein Krieger für eine heilige Sache, der, alle Verlockung abweisend, treu auf seinem Posten ausharrt, unaufhaltsam vorwärts dringt in der Richtung, die sein Führer ihm gedeutet und für alle Anstrengung des Tages tausendfachen Lohn in einer Minute findet, die ihn träumerisch vorausträgt, jener Stunde zu, wo das höchste, sichere Siegesglück seiner wartet.

Freilich, eine plötzliche Kugel vermochte den Soldaten vor die Stirn, in's Herz hinein zu treffen, ihn in einer Sekunde aus dem freudigen Licht der Hoffnung, der Zuversicht in Nacht und Nichts hinunter zu reißen –

Ich sah lächelnd von meinem Buch auf: Hier endete das Gleichnis, wie jedes nur bis an eine gewisse Grenze Gültigkeit besitzt. Für den fröhlichen Kampf der Arbeit war der endliche Sieg, der Preis, das Glück gewiß.

Wie wonnevoll-herzpochend selbst die Mühsal dieses Marsches, durch ein Gefild, wo kein welkes Laub um die Füße raschelte, kein vorjährig braunes Blatt mehr unter dem dichten, Alles überleuchtenden Maiengrün hervorsah!

> O Herbsteswelt, Du arme –
> O Frühlingswelt, Du reiche
> An Schönheit sonder Gleiche,
> Du helle, süße, warme – –?
>
> Wie mit weißen Fäden
> Die Flur sich umspinnt,

Wie ein weißes Gewölke
Im Aether zerrinnt,

So wiegen, umwoben
Von perlendem Tau,
Goldfäden die Seele
In's göttliche Blau –

Ich glaube, es waren die ersten Reime meines Lebens, welche die
Hand da träumerisch an den Rand meines Excerptenheftes hinein-
kritzelte. Durch das Fenster stahl sich die Sonne über die Buchstaben herein, daß sie auf goldenem Grund zu leuchten und zu tanzen
anfingen, als – als flöge Aennchens blondes Gelock um sie hin.
Nein, auch der Krieger vor dem Feinde durfte einmal eine Stunde
lang die Waffe neben sich zur Seite legen, den Nacken in's duftende
Gras zurückstrecken und mit den Augen hinter dem weißen Wol-
kenglanz am Himmelsblau dreinwandern.

Ich warf die Feder zur Seite und schob das Buch zurück. Hatte ich
nicht die Pflicht sogar, meine Gedanken auch auf andre, gleichfalls
sehr ernste Gegenstände zu verwenden? Wenn man die Absicht
besaß, in – ja, in wie langer Zeit? – wie Philipp Imhof mit einer Frau,
mit seiner Frau unter dem grünen Baldachin einer Allee daherzu-
gehen –

Philipp Imhof's Frau! Ein wunderlicher Schatten, der plötzlich
dazwischen hineinfiel. War es eine Vorbedeutung gewesen, daß er
mir unter dem gelben fallenden Laub zuerst mit seiner Frau begegnet? So müd' und welk, wie die Natur damals, waren auch seine
Augen heut'; wenn er je einen Frühling erlebt hatte, war der hastig
an kurzem Märztage abgeblüht, und jetzt lag schon der staubige
Sommer um ihn, reizlos, ohne Blüten, nur mit ermattender Schwüle,
fast dem Herbst schon vergleichbar.

War es seine Schuld? War es ihre? Oder keines Schuld, sondern
die des Grundes, der sie zusammengeführt, eine Ehe vor der Welt
zwischen ihnen geschlossen? Nicht Liebe hatte es getan – Kinder-
tändelei aus Eitelkeit, Komödie, Nachahmung der großen Welt der
Erwachsenen, dann Brauch, Gedankengewöhnung, Familienbezüge,
die Empfindung, den Neid zu wecken, vielleicht ein flüchtiger Reiz

der Sinne – dann das Geld. Eine Viertelmillion zu einer Viertelmillion, und der Pastor sprach den Segen.

Nun kam der lange Tag nach dem künstlichen Morrausch, nüchtern, gleichgültig, für Philipp Imhof nur zu dem einen Zweck, das in stäter, gewohnheitsmäßiger Arbeit zu mehren, dessen er die Ueberfülle besaß, ohne Freude, ohne Ziel. Gleichaltrig mit mir stand er im Herbst, doch seine Frau war nicht gewillt, ihm dort schon Gesellschaft zu leisten, eine Matrone zu sein. Ihr Herz schlug nicht, so wenig für einen andern, als für ihn, wie es niemals unter dem enggeschnürten Stahlkorsett für irgend etwas geschlagen, aber das Blut in dem Herzen zählte erst zwanzig Jahre, war nicht alt und träge, nicht gleichgültig noch gegen Huldigung, schnellere Regung, gegen einen Rausch, den Philipp Imhof ihm nicht mehr bot, oder nie geboten. Wußte er's, und wenn, bekümmerte es ihn? Sein tiefliegendes, verschleiertes Auge gab keine Auskunft darüber; aber ich wußte es, und es hielt mich in doppelt widerwärtiger Weise für mich ab, sein Haus wie früher zu besuchen. Unwiderstehlich zog's mich dorthin zu der eignen Geliebten, die unzweifelhaft mein Fernbleiben oder seltenes Kommen nicht begriff, und doch war's meine Pflicht, zu vermeiden, daß Lydia Imhof mich bei Seite zog, im Dunkel meine Hand faßte, sich seufzend an mich lehnte. Es galt nicht mir, auch das wußt' ich gar wohl, sondern dem – Andern als Philipp Imhof, den der Zufall ihr entgegengeführt, den sie ebenso schnell wieder mit einem Andern, ihren Augen besser Gefälligen, vertauschen würde. Ich hatte es an jenem ersten Abend nicht geglaubt, nicht für möglich gehalten, aber die nächsten Wochen drängten mir mit zwingender Gewalt das Verständnis auf. Ein erster Einblick war's, nicht in das Herz, doch in die Geheimkammer einer Frau aus der guten Gesellschaft, die unter Lächeln und conventionellem Geplauder, unter tadellosester Beobachtung jeder Form, Anstandsregel und Schicklichkeit Heuchelei, Sitten- und Treulosigkeit verbarg. Erich Billrod hatte gesagt, sie seien unter der Larve alle nackt – besaß er Recht? Es war, als ob ein elektrisches Licht plötzlich vor meinen Augen seinen Strahl in's Dunkel, über all' die sittigen, fein erzogenen Gesichter meiner Vaterstadt geworfen habe und als glimmere mir überall darunter dieselbe eigentliche Natur entgegen, wie bei Lydia Imhof, das vor dem Blick der Welt an den Ketten des Anstandes wedelnde Gelüst, das, wo es sich unbeobachtet wähnen durfte, die eisernen oder vergoldeten Ringe absprengte, um seiner widerwillig verhaltenen, kunstreich verdeckten Art freiesten Lauf zu lassen. Eine häßliche, abstoßende Welt, wie das Haus Imhof's, das meines eigenen Zukunftsglücks es mir geworden, ohne Wahrheit, Vertrauen und Liebe! Ich dachte umher – wahrlich, ich wußte nur ein einziges andersgeartetes weibliches Wesen in dieser Welt, nur Aennchen – zwei, Magda natürlich ebenfalls – welche Ausnahmen unter diesen, über widriger Sumpfdecke in bunter Ziererei gaukelnden und schillernden Blumen bildeten. Ein heimlich in stiller Vergessenheit duftendes Veilchen – vielleicht besser noch einem Maiglöckchen in tiefem Waldesschatten vergleichbar – und eine Rose.

Meine Rose –

Die Gedanken kehrten von Lydia Imhof und der häßlichen Welt um sie her in ihre schöne Heimat zurück. Wann sollte die Vorstellung derselben zu einer wirklichen, leibhaftigen Heimat werden? Ich sah in der Sonne ein goldumrändetes Blättchen vor mir flimmern, von der Art, wie Philipp Imhof es an unserem Abschiedsabend nachlässig aus der Tasche gezogen, doch nicht sein Name stand darauf, sondern der meinige und ein zweiter darunter.

Undenkbar war es mir damals, vor nicht zwei Jahren noch gewesen, und heut' schon so vertraut, so gewiß, wie – wie, daß die grün im Winde dort spielenden Blätter im Herbste gelb am Straßenrand dahinflattern würden.

Aber um zu jenem goldumleuchteten, ewig grünen Blättchen zu gelangen, bedurfte es eben der Arbeit. Ich streckte die Hand wieder nach der zur Seite gelegten Feder aus, zog das Buch heran; Erich Billrod hatte wiederum Recht, wenn auch in anderem Sinne, als er es gemeint: die Arbeit war das Einzige. Sie war's, denn sie schuf das Glück, das Mittel zu diesem, das nüchterne und doch so unentbehrlich-notwendige, das Geld, dessen Ueberfülle freilich für Philipp Imhof zu bettelarm war, ihm einen Tropfen Lebensglückes zu erkaufen.

Mir ging's durch den Kopf; wie hatte er mir einmal auf meine Frage den Begriff des Geldes erläutert? »Geld heißt: Ich habe so viel gearbeitet, ich habe auch so viel Recht für mich, von der Arbeit Anderer dafür zu genießen.« – Ein ironisch-bitterer Stachel, der sich gegen ihn selbst gewendet, lag mir in der Erinnerung an diese Antwort; ich hatte ihm damals erwidert: »Doch Deine Besitztümer hast nicht Du Dir erworben, sondern Dein Vater; Du hast sie nur ererbt, oder vielmehr zum Geschenk erhalten.« – »So hat mein Vater, haben schon seine Vorfahren gearbeitet, damit ich genießen könne,« versetzte er, »und ich bin im Recht, den Erfolg, die Summe ihrer Tätigkeit als mein Eigentum zu beanspruchen, für mein Dasein zu verwerten.«

Hatte nicht auch mein Vater für mich gearbeitet?

Wie ein Sonnenblitz schoß es mir zum erstenmal durch die Seele. Gedankenlos hatte ich seit meiner erlangten studentischen Selbständigkeit von Tag zu Tag fortgelebt, die Forderungen für meine Bedürfnisse zur Berichtigung an meinen Vormund gewiesen, von diesem stets bereitwilligst ausgehändigte Gelder erhoben, wenn ich ihrer für den Tagesverbrauch meiner Börse benötigt war. Ich bedurfte weniger Ausgaben, hatte stets was mir wünschenswert erschien und das Geld als solches bildete nie einen Gegenstand des Wunsches, besaß keinen Wert für mich. Doch jetzt plötzlich wandelte es sein gleichgültiges Gesicht; das englische Wort besagte, Zeit sei Geld, mir aber durchzuckte es umgekehrt das Herz: Geld sei Zeit – Abkürzung, Aufhebung einer schleichenden und doch ruhelosen Zeit – sei das äußere Gold, dessen das flimmernde, ewig grüne Blättchen mit den beiden Namen darauf bedurfte, um es – vielleicht gar noch vor dem gelben Laub – mit seiner Himmelsbotschaft in die Welt hinausfliegen zu lassen.

Und hatte mein Vater mir nicht solches Geld als Erbschaft hinterlassen, die Doktor Pomarius bis zum Eintritt meiner gesetzlichen Mündigkeit verwaltete?

Der Blick, der nach einem Grunde für erwünschtes Tun sucht, braucht nicht lange umherzuschweifen. Den Fuß wie das Herz zog's heut' von der Arbeit in den sommerlichen Frühling hinaus – war es nicht meine Pflicht gegen mich selbst, gegen Aennchen, gegen unsere gemeinsame Zukunft, gegen unsere gemeinsame zukünftige – ja, gegen was Alles? –?

Zum andern Male hatte ich Buch und Feder zurückgeschoben und stand, durch den Sonnentag träumerisch fortgewandert, eh' ich's gedacht, vor der alten Heimat meiner Kinderjahre. Das Wort paßte eigentlich nicht, denn eine Heimat war es mir nicht gewesen, ich hatte keine im Leben besessen – wenn ich nicht das kleine Stübchen mit der alten Dame, der alten Uhr und Magda's heller Stimme darunter so nennen wollte, ja vielleicht auch konnte, durfte und mußte. Sie vermochten es von mir zu fordern, wie ich es ihnen nicht zu weigern – bis jetzt, nun hatte ich eine andere Heimat, die anderes, mehr Recht auf mich besaß, von mir verlangte. Und doch berührte mich der Anblick des Gartens, des Hauses auch hier wunderlich, ich empfand, daß ich lange nicht an dieser Stelle gestanden und schon halb verblaßte Erinnerungen wurden wach. Im Grunde hatte sich nichts verändert, als ich selbst; auf dem freien Platz lachten und lärmten die Kinder der ländlichen Vorstadt, wie einst. Freilich waren es andere, aber sie vergnügten sich an den nämlichen Spielen, sangen dieselben verstümmelten Volksliedreime. Als ich durch die Gartenpforte eintrat, standen seitab Knaben von zehn bis zwölf Jahren beisammen, wie ehemals auf dem nämlichen Fleck Fritz Hornung, Philipp Imhof und ich. Sie bildeten die gegenwärtigen Pflegebefohlenen des Doktor Pomarius, und hatten wildfremde Gesichter, aber mir war, als sähe ich durch diese hindurch in ihrem Kopf genau dieselben Gedanken und Vorstellungen, in ihrer Brust dieselben Gefühle, Wünsche, Hoffnungen und Befürchtungen, mit denen die Jahre hier langsamen Schrittes über mich fortgegangen.

Ja, wie langsam schleichenden Schrittes damals, und wie schienen sie jetzt doch geflogen! Es war das das alte tröstliche Ding – einmal schlug die Uhr vom grünen Kirchturm herab zwölf, und dann war's völlig gleichgültig geworden, was an Widerwärtigkeit, Not und Aengsten vor dem Schlag gelegen. Der Rest blieb die erlangte Freiheit – in der ich mich jetzt befand, ohne besorgen zu müssen, daß ein Glockenruf mich je in den alten Frohn weißen Sklaventums der Knabenjahre zurücknötige. Und doch, die rechte Mittagsstunde *non scholae, sed vitae* hatte mir auch heut' noch nicht geschlagen. Auf der Schulbank des Lebens saß ich und sah die Zeiger dicht und dichter an den Moment des goldigsten Glockenschlages heranrücken, der das Glück, das nicht mehr endende, verkünden sollte.

Es kam mir plötzlich wunderlich. Hatte die auftauchende Erinnerung Recht, daß es eigentlich das höchste Glück gewesen, so in den letzten Minuten zu sitzen und zu harren, mit der sicheren Gewißheit, der Zwölfschlag müsse in den nächsten Augenblicken herabfallen? Ein wonnevolles Glück der Erwartung, höher als das der Erfüllung, die manchmal ein ungeahntes Wetter verdunkelt, getrübt, mit einem Wolkenbruch überschüttet hatte?

In halbem Traum war ich durch den Garten in's Haus gewandert, hatte an die wohlbekannte Studierzimmertür geklopft – »herein!« – und Doktor Pomarius stand mit der langen Pfeife in der Hand aus seinem Rohrsessel vor dem Schreibtisch auf. Er trat einige Schritte auf mich zu und lächelte: »Ei, mein lieber Herr Keßler – ich hätte beinahe gesagt, mein lieber junger Freund, wie ich Sie ehedem so gern anzureden gewöhnt war – was bereitet mir das Vergnügen Ihres Besuches? Brauchen Sie Geld – *numos adulterinos* – hehe, junge Herren sind dessen immer benötigt – *raudusculum*, wie Cicero es benannt hätte, nicht grade für den Klingelbeutel in der Kirche, doch sonst für christliche Nächstenliebe an Brüdern und Schwestern, und obendrein ist's ein gutes, altes Wort, daß man sich selber allezeit der nächste bleibt. Fröhlich gelebt und selig gestorben, hat dem Teufel das Handwerk verdorben. Wer nicht liebt Wein, Weib, Gesang, der bleibt ein Narr sein Lebelang, sagt unser großer Reformator. Sie haben sich auch noch mehr reformiert, mein lieber Herr Keßler, ich meine äußerlich, Ihr vortreffliches Herz, Geist und Verstand kenne ich von jeher genau genug. Aber auch von Ansehn und Gestalt – ein ungewöhnlich hübscher junger Mann – Sie wissen, wie sehr mir Schmeichelei zuwider ist, doch die Wahrheit der Ueberraschung läßt sich nicht zurückdrängen. Wenn ich Sie so mit den Augen eines jungen weiblichen Wesens ansehe – sehe, wie ich mir die Augen eines solchen denke – möchte ich wissen, welches Mädchen die Kraft dazu hätte, Ihnen in seinem Herzen Widerstand zu leisten? Ah, es scheint, ich habe da einen interessanten Punkt auch in dem Ihrigen getroffen; es steht Ihnen hübsch, mein lieber junger Freund, rot zu werden, doppelt hübsch. Aber bei mir brauchen Sie es nicht, ich wünsche Ihnen Glück, herzlich Glück. Und was ist's, was die Liebste besonders reizend kleiden würde? Ein Goldkettchen mit einem Medaillon? Ein Diamantringelchen? Vielleicht beides? Ohne Umschweife! Dazu steht meine Kasse Ihnen offen! Wer für die Liebe geizig sein wollte – pfui – das kommt nur einmal im Leben!«

Doktor Pomarius hatte ein Schubfach geöffnet, streckte die Hand hinein und hob ein Päckchen Banknoten heraus. Ich stand verwirrt, fühlte selbst, daß mein Gesicht rot überglüht sei und war vor Gedanken und um mich her gaukelnden Bildern keines Wortes mächtig. Eine goldene Kette für Aennchen – und da schwebte ihr Kopf auf dem weißen Nacken schon gegen mich heran – nun die Hand, an welcher der Diamantring funkelnde Lichter zog. Ich hatte bis heut' noch nie daran gedacht – aber war es nicht Brauch von Vorvätern her, sinnvolle Sitte und köstliches Glück, der Braut, der Geliebten einen goldenen Schmuck zum Geschenk darzubieten, das unvergängliche Metall, das sich in seiner Echtheit unverändert bis zum Ende des Lebens forterhielt, gleich der echten unwandelbaren Liebe, die es sich als Ausdruck, als Symbol erwählt? Das Herz klopfte mir freudig und zugleich halb anklägerisch. War dieser Mann, der die Regungen in meinem Innern las und ihnen in freundlich lächelnder, in verständnisvoll-freigebigster Weise entgegenkam, der sie als Vormund gleichsam sanktionierte, ihrer idealen Traumhaftigkeit den Uebergang in die reale Welt öffnete – war das der Doktor Pomarius, von dem meine Knabenerinnerung sich eine so völlig andere Vorstellung gemacht? Hatte mir schon je ein Mund gesagt, ich sei – ich sei kein Robert Lindström und brauche nicht zu fürchten, was Asta Ingermann, meine Mutter, ihm getan? Es hörte sich doch gut an und färbte die Schläfe rot, wenn das Ohr es zum erstenmal vernahm und das Auge ein goldumlocktes Bild dabei vor sich schweben sah –

Ich stand und sah auf die Banknoten nieder, die Doktor Pomarius mir gereicht, die meine Hand stumm und unwillkürlich in Empfang genommen. »Verzeihen Sie,« stotterte ich.

»Reicht es für das beabsichtigte Cadeau nicht aus?« fiel er ein. »Wenn es nicht genug ist, sagen Sie es offen; was ich habe, steht selbstverständlich zu Ihrer Verfügung.«

»Nein, ich meine – vergeben Sie mir, wenn ich früher vielleicht einmal gedacht, daß Sie nicht so freundlich gegen mich gesinnt –«

»Oh, oh« – versetzte Doktor Pomarius an seiner Pfeife ziehend, »wie kommt mein liebster ehemaliger Zögling auf solchen Gedanken? *Pueri sunt pueri, pueri puerilia tractant*! Ja, da gibt's wohl Eins und das Andere – die väterliche Pflicht und Liebe erheischt ab und zu für die Wohlfahrt des Knaben eine Versagung, die er nicht begreift, mit Kummer und Verdruß empfindet, vielleicht gar – hehe, Kinder sind kindisch – für ungerechtfertigt hält. Nachher blickt der

Erwachsene zurück – und wenn er dies in solcher Stattlichkeit, blühenden Frische und Gesundheit, mit solcher frühzeitigen Reifung des Geistes, der Verstandesschärfe tut, wie Reinold Keßler, so sagt er sich, es muß eben doch wohl immer Alles zu meinem Besten gewesen sein, da ich aus dem manchmal verständnislosen Knaben ein so tüchtiger Mann an Leib und Seele, eine so allgemein bei Männern und Frauen beliebte Persönlichkeit geworden bin. Es geht mir nichts mehr zu Herzen, als wenn ich dies – und das geschieht täglich – von Ihnen reden höre; ich fühle manchmal, ein Vater kann nicht stolzer auf seinen eigenen Sohn sein, als unter Umständen ein Vormund, der selbst keine Kinder besitzt, auf seinen –« Doktor Pomarius hielt einen Augenblick inne und glitt sich mit dem Handrücken über die Wimpern – »nun, ich will mich nicht wie ein altes Weib behaben, das ist der Lauf der Welt, wenn die Jungen flügge werden und aus dem Nest flattern, das sie behütet hat – aber machen Sie auch ferner meinem väterlichen Stolz und meinen Empfindungen, die Sie allezeit auf Ihren Wegen begleiten, Ehre, Keßler.« Er drückte eine halbe Minute lang meine Hand fest in der seinigen, trat an den Schreibtisch, suchte und zog etwas hervor. »Ich fand vor einiger Zeit noch ein altes Schulheft von Ihnen und betrachtete mit Rührung Ihre stöckerige, ungelenke Kinderhandschrift darauf – sehen Sie, kein Mensch, Sie selbst würden Sie heute nicht mehr als die Ihrige erkennen, nicht wahr? So wird aus einem Knaben ein Mann und aus seinen Krähenfüßen die feste, prächtige Schrift, in der sein Charakter sich ausdrückt, von der jeder, der sie gesehen, in unserer Stadt mit Bewunderung spricht. Ich allein, glaube ich, habe sie noch nie gesehen, wie ja meine Augen Sie selbst leider auch fast nie zu sehen bekommen – nicht wahr, das soll anders werden? ich bin, ja wahrhaftig, ich bin ein ältlicher Mann nachgrade, und wer weiß, wie lang' ich noch – na, kein Weibergeschwätz! Wovon sprach ich? – ja, lassen Sie mich doch auch einmal sehen, wie Ihre Handschrift sich so wunderbar verändert hat –«

Er drückte mich sanft auf den Sessel vor dem Tisch und gab mir eine tief eingetauchte Feder in die Hand. »Was soll ich schreiben?« fragte ich lächelnd.

»Dasselbe, wie hier auf dem alten Heft, das gibt den besten Vergleich.« Er zog einen großen weißen Foliobogen heran, und ich versetzte umherblickend: »Es wäre schade um das schöne Blatt –«

»Hehe, noch immer die alte Sparsamkeit mit Papier,« lachte Doktor Pomarius. »Wie mich das wieder erinnert – es war doch eine schöne Zeit, die schönste meines Lebens. Haben Sie die Tante Dorthe auch schon gesehen? Nun, wenn es Dich hier in alter Weise überkommt, mit dem Papier zu knausern, Reinold – verzeihen Sie mir, Keßler, aber es überkam meinen Mund auch so in alter Gewohnheit – so schreiben Sie hier unten, ich schneide dann das Stückchen ab und der schöne Bogen bleibt zu Ihrer Beruhigung gerettet.«

»Reinold Keßler.« – Ich hatte es mit besonderer Achtsamkeit geschrieben, Doktor Pomarius bückte sich über meine Schulter herab und stieß aus: »Wahrhaftig, wie gestochen! Die Leute haben ganz Recht. Kein Zug von Aehnlichkeit mehr mit der ungelenken Kinderhand da! Bitte, setzen Sie hinzu – damit ich auch von Ihrer lateinischen Handschrift eine Vorstellung bekomme – Studiosus der Naturwissenschaft, *manu propria*, unter'm heutigen Datum –. Es ist erstaunlich und das Blättchen wirklich nicht nur zum erfreulichen Gedächtnis für mich, sondern gradezu als kalligraphisches Muster aufbewahrenswürdig.«

Ich hatte geschrieben und stand auf – es lag wirklich Charakter in der sicheren Handschrift, wie sie groß und deutlich am Fußende des weißen Bogens stand – Doktor Pomarius ergriff meine beiden Hände: »Mein bester Freund, kann ich Ihnen sonst nicht noch einen Wunsch erfüllen? Sie wollen mich doch nicht schon wieder verlassen?«

Mein Gesicht rötete sich wohl abermals etwas, im Gedanken hatte ich in einem Juwelierladen gestanden und prüfend goldene Kettchen durch die Hände gleiten lassen. Ich versetzte: »Was mich eigentlich heut' veranlaßt, kann ich ein andermal – ich wollte – ich dachte, wegen meiner Mündigkeit im Herbst –«

»Wahrhaftig, im September ist ja schon Ihr zweiundzwanzigster Geburtstag,« fiel Doktor Pomarius höchlichst überrascht ein. »Wie die Jahre fliegen – *tacitis senescimus annis* – Sie nicht, Sie haben die Blütezeit Ihres Lebens noch vor sich und meine innigsten Wünsche begleiten Sie. Ja, wahrlich, am letzten September treten Sie auch vor dem Gesetz zu voller Selbständigkeit in die Welt – das Bewußtsein, daß ich Ihnen diese auch vorher nie verkümmert habe, gereicht mir zur besonderen Befriedigung. Es wäre allerdings auch engherzig-schulmeisterlich gewesen, einem jungen Manne gegenüber, der das Leben so klug aufzufassen verstanden und mit unserem Dichter weiß, daß keine Ewigkeit das zurückbringt, was wir von der Minute ausgeschlagen. Hehe, Ihr Gesicht redet mir, daß Sie mit Ihrer gesetzlichen Mündigkeit sich noch in ein anderes Studium zu vertiefen gedenken! Etwa in ein juristisches? Vielleicht Sponsalien? Habe ich Recht? Hehe, *qui tacet consentire videtur*, ist auch ein rechtlicher Grundsatz. Dann kommt die Pädagogik auch an die Reihe, eine Wissenschaft um die andere, eine wahre Polyhistorie, die aus der Monogamie entspringt. Doch was verstehe ich davon, ich alter einsamer Mann! Ich habe keinen Teil daran, als daß ich vormundschaftliche Rechnungsablage dazu beisteure, wie der Lauf so vieler Jahre allmählich sich zur Erreichung solches Glückszieles zusammensummirt hat. Da muß ich denn einmal Geschäftsmann sein, in meine Bücher, statt in mein Herz blicken und die Regel-de-tri zur Hülfe nehmen. Aber Sie können sich fest darauf verlassen, daß es bis zum bestimmten Zeitpunkt geschehen sein wird, es ist ja meine letzte Pflicht gegen Sie und nachher bleibt nur die Liebe, die freudig-traurige Erinnerung der vergangenen Obsorge. Gott befohlen, liebster Keßler! Ich sehe, daß etwas Sie von Ihrem väterlichen Freunde forttreibt und will Sie nicht aufhalten! Alles Gute, die schönste Erfüllung auf Ihren Weg bei Tag und bei Nacht! Hehe, werden Sie nicht wieder rot! Es ist nicht gut, sagt die Schrift, daß der Mensch allein sei, ich will ihm eine Gefährtin geben. Ah, ich bin immer allein und werde es nun doppelt fühlen, wenn Sie wieder von mir gegangen sind. Leben Sie wohl, Reinold, und vergessen Sie mich nicht ganz in Ihrem Glück!«

Hätte ich mir je als Knabe zu denken vermocht, daß ich in einer so menschlich-befriedigten, fast weichmütigen Stimmung über diese Schwelle gehen könne? Die Rührung des Doktor Pomarius hatte sich mir beinah mitgeteilt, drängte sich durch die innerlichen Vorwürfe, mit denen ich auf das altbekannte Haus zurückblickte. Wie anders erschien Manches dem Kinde, als die Wirklichkeit es später ergab. Gemeiniglich freilich zerstörte sie eine schöne Täuschung, doch hier hatte sie offenbar einmal ein edleres Gewerk betrieben und einen häßlichen, ungerechten Irrtum vernichtet.

Oder war trotzdem eine Möglichkeit vorhanden –?

Ich sah auf die Banknoten in meiner Hand nieder und ein Wort Philipp Imhof's summte mir durch den Kopf:

»Das ist der sicherste Beweis, daß ein Mensch Dich nicht zu betrügen beabsichtigt, wenn er Dir mehr Geld gibt, als er zu geben nötig hat.«

Doktor Pomarius hatte mir nicht nur, eh' ich gebeten, freiwillig gegeben, er hatte mir das Geld aufgedrungen, mich ersucht, mehr zu fordern.

Beschämt empfand ich, wie mißtrauisch-kleinlich es von mir gewesen, überhaupt des Imhof'schen Satzes als einer Bestätigung zu gedenken. War es denn nicht würdiger, edler gedacht, pflichtgemäßer, zu sagen: Ich war ein einfältiger Knabe damals und täuschte mich?

Besaß Aennchen eine Uhr? Die Frage gaukelte mir plötzlich durch meine Selbstanklage hindurch. Nein, so viel ich wußte, nicht.

Nein – sie stand mir in jedem ihrer Kleider bis auf's Kleinste vor Augen – unzweifelhaft nicht.

War eine Uhr nicht noch sinnvoller, als eine Kette, ein Ring? Auch von dem echten, symbolischen Metall und zugleich Leben enthaltend, bestimmt, unser Leben, unsern Herzschlag bis an's Ende mit seinem Pochen zu begleiten, jede freudige Stunde desselben zu deuten?

»Hast Du Deine Uhr aufgezogen, Aennchen?«

Das Herz stockte mir beinah', wie diese Frage mir deutlich, als hätte mein Mund sie gesprochen, durch den Maienglanz in's Ohr klang. Ich stand eine Minute danach im Laden eines Uhrmachers und suchte, doch keine entsprach meiner Erwartung. »Eine Damenuhr zum Geschenk?« lächelte der Händler; »ich habe hier noch ein kleines Kabinettsstück, aber ziemlich hoch im Preis.«

»Vergißmeinnicht!« – Die Rückseite war auf's Zierlichste und Kunstvollste mit einem hellblauen Blütenstrauß aus winzigen Türkisen eingelegt.

»Eignen würde es sich vermutlich,« sagte der Uhrmacher.

Mein Päckchen Banknoten schmolz bis auf einige zusammen, ich trat hastig mit heißem Gesicht wieder in's Freie hinaus –

»Eignen, ja – aber nötig, glaub' ich, wäre es nicht!«

*

Manchmal gestalten sich in der Erinnerung Stunden, Minuten selbst zu einer Unendlichkeit, zu anderen Malen schrumpfen Tage, Wochen ineinander, und was sie gebracht und genommen, scheint kaum eine flüchtige Stunde zu füllen. Gemeiniglich deutet das Letztere auf einen Zeitraum hin, der weder rechte Befriedigung noch ihr Gegenteil in sich geborgen, vielmehr ein Hinleben auf der Mittellinie zwischen beidem, mit leichten wechselnden Curven hinüber und herüber, ein Harren im halben Guten auf ein ersehntes Ziel, dem nur geduldige tägliche Wanderung näher zu bringen vermag. In solcher Zeit hat man stets viel Gewohnheitsmäßiges und manches Notwendige getan, hie und da, vielleicht öfter als man glaubt, hat sich auch Erfreuendes eingemischt, aber der ganzen Periode ist der Charakter des Interiministischen, der Unselbständigkeit aufgeprägt, sie ist Mittel zum Zweck gewesen und mit der Erreichung des letzteren für das Gedächtnis wertlos zusammengeschwunden.

In solcher Weise verrann auch mir wohl der Uebergang des Frühlings zum Sommer, an dessen Beginn mir als ein Markstein in gleichförmiger Gegend steht, daß Magda Helmuth mir eines Abends auf die Pforte ihres Garteneingangs gestützt, entgegenblickte und zurief: »Kommst Du wirklich noch, Reinold? Ich hatte mich schon gefreut, daß Du zur Strafe an der verschlossenen Tür umkehren müßtest. Morgen oder übermorgen oder wann es Dir einmal eingefallen wäre, wieder an einen Besuch bei uns zu denken.«

Eine leise Bitterkeit durchzog die lächelnd gesprochenen Worte, nicht mit Unrecht, denn sie besagten allerdings wahrheitsgemäß, daß ich meine alte Kinderheimat in der letzten Zeit, wie nie zuvor, vernachlässigt hatte, und es stieg aus ihnen das Bild vor mir auf, wie Magda an manchem Abend so gestanden und vergeblich nach mir die Straße hinabgesehen haben mochte. Doch eh' ich antworten konnte, empfand sie in ihrer Güte offenbar selbst, daß der Ton ihrer Anrede das Schuldbewußtsein in mir schon genugsam als Strafe wachgerufen habe, denn sie fügte rasch hinzu:

»Verzeih' mir, Reinold, ich wollte Dir keinen Vorwurf über Deinen Fleiß machen. Der Onkel Billrod ist ja so zufrieden mit Dir, wie seit langer Zeit nicht mehr – er bemerkt Deine Arbeitsamkeit freilich wohl besonders daran, daß er Dich so selten hier antrifft – aber es ist gut, daß er es auch weiß, damit er den dummen oder den schlechten Leuten mit ihrem Gerede den Mund stopfen kann –«

»Mit welchem Gerede, Magda?« fragte ich verwundert.

Sie zögerte. »Ach, solch' ein sinnloses Geschwätz, wie die Menschen es hier immer machen und von Einem zum Andern tragen müssen. Wozu soll ich's auch noch an Dich kommen lassen?«

Ich nahm ihre Hand. »Doch eben von Dir, Magda, hätte ich wohl ein Recht, es zu verlangen. Mich deucht – oder meinst Du 's nicht? – es geht auch Dich an, wenn man Uebles von mir spricht.«

Nun errötete sie, wie von einem freudigen Schauer überhaucht, und hielt meine Hand fester. »O ich meine es, gewiß – aber ich kenne Dich ja bis in's Herz, Reinold, und weiß, wie albern und unwahr es ist, wenn die Leute sagen, Du hättest so verschwenderisch und toll gelebt, daß Dir fast nichts mehr von dem Vermögen Deiner –«

Ich mußte auflachen und fiel ein: »Verschwenderisch? Wofür soll ich denn verschwendet haben?«

»Das weiß ich nicht; wie's die reichen Studenten machen, heißt's.« Magda stockte einen Augenblick. »Für Geschenke –«

Das war der einzige Kern Wahrheit – die Uhr für Aennchen. Sollte ich Magda davon sprechen? Es hielt mich etwas ab, wie ich noch nie Anna Wende's bei ihr Erwähnung getan. Wenn wir uns verlobt, das goldumränderte Blättchen der Welt dargeboten haben würden – zuvor hatte ich kein Recht, selbst der Schwester gegenüber nicht, das Geheimnis, das nicht meines allein war, zu offenbaren. Aber wer wußte von der Uhr und konnte so der Urheber des Geredes sein? Ich fragte –

Magda schüttelte den Kopf. Bestimmt wisse sie es nicht, doch man sage, Doktor Pomarius habe sich derartig ausgesprochen.

Der Gedanke, daß ich etwas verschwiegen, ließ mir ebenfalls das Blut in's Gesicht steigen. »Doktor Pomarius,« versetzte ich eilig, »der? O nein, der gewiß nicht! Dafür habe ich den besten Gegenbeweis!« Doch zugleich kam's mir, von wem das Gerücht herstammen könne und müsse – natürlich hatte der Uhrmacher es verbreitet, die Lawine der Fama es angeschwellt – und um weitere Berührung des Gegenstandes zu vermeiden, fuhr ich hastig fort:

»Du hast Recht, Magda, das Geschwätz albern zu nennen und zu sagen, daß Du den Leuten erwiderst: ich sei kein Mensch, der toll und verschwenderisch gelebt. Aber was hieß es, daß ich morgen vor eine verschlossene Tür gekommen sein würde?«

»Daß der Onkel Billrod und der Doktor es durchgesetzt haben, daß wir morgen für den Sommer auf die Insel hinausziehen – um meines Herzklopfens willen. Ich halte sie in meiner Laieneinfalt beide für gleich schlechte Aerzte, wenigstens für mich, denn ich glaube, daß mein Herzklopfen dort viel häufiger und stärker sein wird. Aber die Großmama will's auch, da muß meine Torheit sich wohl all' der Klugheit fügen. Ich wollte, Deine Wissenschaft wäre erst so weit, Reinold –«

Sie brach verstummend ab; ich hatte halb an Anderes gedacht und fragte mechanisch: »Wie weit, Magda?«

»Daß sie sich auf mein Herzklopfen verstände –«

Magda Helmuth ließ bei der Antwort meinen Arm fahren und bückte sich, um eine Blume am Gartenwegrand zu pflücken, doch in der Bewegung folgte mein Blick ihrer Hand, blieb auf dem blauen Geäder derselben haften und erkannte deutlich an ihm, daß der Arzt Recht haben mochte, auf der Uebersiedlung Magda's in die frische Seeluft zu bestehen. Nun hob sie sich wieder vom Boden und lächelte:

»Im Grunde bin ich töricht, daß ich nicht hinaus mag, es ist ja so schön draußen auf meinem Königreich, und vielleicht sehe ich Dich dort öfter dann, als hier in der letzten Zeit. O ich freue mich eigentlich so – Du hast mir's versprochen, wenn wir da sein würden, einmal mit mir allein bis zu dem Wald drüben auf der Uferhöhe zu gehen – wir wollten Wein und Brot mit uns nehmen, weißt Du's noch, Reinold? Gib mir die Hand, daß Du Dein Versprechen hältst und laß die Blume hier Dich daran erinnern –«

Es war ein Vergißmeinnicht, das Magda mir zugleich mit ihren beiden Händen entgegenhielt. »Gewiß. Du Liebe, Treue,« sagte ich herzlich, die Hände fassend. »Es soll ein schöner Tag für uns sein und er bedarf keines Gedenkzeichens, daß ich ihn nicht vergesse.«

*

Und es war ein schöner Tag, ein Augusttag, wie der nordische Sommer ihn nicht schöner zu bringen vermag. Ich war am Abend zuvor auf die Insel hinausgesegelt, die blühenden weißen und roten Rosen übergitterten noch das Häuschen, lang', eh' mein Boot landete, sah ich Magda's helle, sommerliche Gestalt an den grünen Ufersteg gelehnt mir entgegenblicken und mit dem weißen Tuche winken. Nun sprang ich an's Land, scheinbar zog ihre Hand mich hinauf, und sie und ich und Frau Helmuth saßen erst beim Untergang der Sonne, dann in der tiefen weichen Dämmerung, unwillkürlich mußte ich an Robert Lindström, Asta Ingermann und ihre Mutter gedenken, nur daß hier das Dunkel keinen Zauber wob, den der klare Tag verscheucht hätte. Doch nichtsdestoweniger klang es mir – eben aus jenen Gedanken kam's wohl herauf – als ob Magda's Stimme einen eigenen, wundersameren Ton habe, als ich ihn sonst je von ihren Lippen vernommen. So glücklich-freudig und träumerisch dazu, wie sie von ihrer Kindervergangenheit sprach und nicht müde ward, bald dies, bald jenes aus halber Vergessenheit – für mich oftmals aus ganzer – heraufzuholen, daß ich über ihr Gedächtnis, in dem der unscheinbarste Umstand haften geblieben, erstaunte. Dabei legte sie nach alter Gewohnheit ihre Hand auf die meinige – so hatte auch früher Asta Ingermann es in der Syringenlaube getan, und es kam mir in traumhafter Verwechslung, als sei es die Hand Aennchens, daß ich mit den schmalen Fingern spielte, manchmal sie fest umschloß und mich der lieblichsten Täuschung des Dunkels hingab. Ja, so wollte ich auch Aennchens Hand fassen, sobald der gute, der ersehnte einsame Augenblick nach Erlangung meiner Mündigkeit uns zusammenführen würde, und ihr sagen –

Was hatte sie gesagt, als ich ihr halb zaghaft die vergißmeinnichtblaue Uhr in die Hand gelegt? »Ich soll sie haben, Reinold? So etwas schenkt man doch eigentlich nur einer Schwester oder Braut.« – »Und ich denke, wer es nimmt, Aennchen, hat keinen Zweifel darüber, wem es geschenkt worden.« Da hatte sie gelacht – aus dem Nebenzimmer rauschte Lydia Imhofs Kleid –: »Nun, wenn es Eines sein muß, so denk' ich sind wir beide auch nicht im Zweifel darüber; hab' Dank – ich weiß außer meinen Brüdern niemand auf der Welt, der sie mir geben, von dem ich sie nehmen würde, als von Dir, Reinold –«

Lag nicht eine andre, stumme und doch noch fast deutlichere Antwort darin, daß sie ihren Besuch im Imhof'schen Hause so lang' schon ausgedehnt und nicht vom Fortgehen noch redete? Redete wohl, doch niemals Anstalt zur Ausführung traf. Was hielt sie zurück? Philipp Imhof, Lydia? Ich wußte, daß sie es nicht taten –

Traumhaft spielte meine Hand mit den Fingern, die das sommerliche Dunkel, wie Alles um mich her, überwob –

Nun tönte Frau Helmuths Mahnung hinein: »Wenn Kinder am andern Morgen in die Welt hinauswandern wollen, müssen sie am Abend rechtzeitig zu Bette gehen.«

»Es ist doch etwas Neues im Leben, zum erstenmal, daß wir zusammen unter einem Dach schlafen; das kann auch nur in meinem Reich geschehen, sagte Magda, wie wir uns trennten. »Schlaf' wohl, Reinold, meine Wasserstimmen drunten sollen Dich in den Traum singen. Weißt Du's noch, wie wir beide sie fast einmal gehört?«

Es kam mir mit plötzlicher Erinnerung. »Als der Alte hier sagte, dann denke man noch einmal an das, was einem das Liebste auf der Welt sei –«

»Woran dachtest Du damals, Reinold?« lachte Magda. »An den Vater Homer oder an Professor Tix? Gut' Nacht – denk' wieder dran!«

Ich schlief fest und lang, dann rief Aennchen mich plötzlich aus dem Traum – ich mußte mich besinnen – nein, es war Magda's Stimme, die aus dem Garten herauftönte: »Reinold, Langschläfer, wachst Du noch nicht!« Wie ich durch die Vorhänge blickte, stand sie schon reisefertig drunten in der hellen Sonne. – »Ja, ich komme, mein Herz; der Tag wird schön.«

»Herrlich, er ist's schon lange – o wie lange schon!«

Unten packte Frau Helmuth sorgsam unser Mittagsmahl in ein Körbchen und gab mütterliche Ratschläge dazu. »Freilich, wenn Reinold bei Dir ist,« schloß sie, »brauche ich mich nicht zu ängstigen; ich weiß ja, daß es Niemanden gibt, der achtsamer für Dich besorgt sein könnte. Du versprichst mir nur, Magda, Alles zu tun, was er von Dir verlangt.«

»Alles, Großmama, ich verspreche es feierlich!«

Magda lachte so glückselig dazu und tat's immer wieder, wenn sie stets auf's Neue des geleisteten Versprechens gedachte. Dann sah sie mich neckisch an; »Was verlangst Du jetzt, Reinold? Ich gehorche im voraus!« Es lag kein Zug, kein noch so leichter Schleier der alten Kinderschwermut heut' in den hellen Augen.

Wir fuhren hinüber an den Strand des Fischerdorfs, befestigten unsern Kahn und wanderten landein, doch parallel mit dem Ufer gegen Westen hinauf. Nun auf einsamer Fahrstraße, die breitge-krönte Eichen überschatteten, nun schmalen Fußweg entlang durch das goldighohe, schnittreife Korn. Der rote Mohn war abgeblüht, doch Cyanen und Ackerrade leuchteten noch dazwischen hervor, an den Wällen nickten die weißen Blütenköpfe der Silene. Magda pflückte und ordnete sie im Gehen zum großen Strauß, sie kannte jede Blume und begrüßte sie wie eine Freundin bei Namen. »Woher kennst Du sie?« fragte ich manchmal erstaunt. Aber auch sie schüt-telte verwundert unter dem breiten Strohhut den Kopf: »Ich weiß sie alle von Dir – hast Du sie denn vergessen?«

Ich mußte lächeln, es gab so viel Andres zu behalten – »Du wirst Dich müde machen,« warnte ich.

»Müde? O nein, ich könnte so bis an das Ende der Welt gehen,« versetzte sie übermütig. »Soll ich tanzen? Verlangst Du's von mir, Reinold?« und eh' ich zu antworten vermochte, hatten ihre Hände mich gefaßt und drehten mich im Kreise mit sich herum. Ich mußte sie gewaltsam festhalten. – »Versprich mir, vernünftig und artig zu sein, wenn ich Dich loslasse?«

»Nein – ja – wenn Du –«

»Was?«

»Wenn Du mir versprichst, daß wir nach unserm Mittag im Wald tanzen wollen. Tanzen muß ich heut'!«

»Kommt Zeit, kommt Rat! Du bist wie ein Kind heut', Magda!«

»Können Kinder so rasch gehen?«

Sie schritt mir eilfertig vorauf und beherrschte offenbar die Mängel, die Schwäche ihres Körpers. Ich sah's an ihrer freudigen Zuversicht, sie glaubte in diesem Augenblick wie Andre zu gehen, und es war doch ein wehmütiges Bild trotz ihrer äußersten Anstrengung. Aber wie sie nun innehielt, erwartungsvoll sich umwandte und mir entgegensah, fühlte ich, es hätte ihr den schönen Tag durchschattet, wenn ich ihrem Wunsche nicht entsprochen, und ich sagte: »Wahrlich, der Arzt hatte trotzdem Recht, die Seeluft tut doch Wunder, Magda.«

Ihre Augen leuchteten auf, sie erwiderte nichts, sondern nahm jetzt stumm beglückt meinen Arm und wir gingen weiter. Von der Höhe sahen wir über Felder, Wälder und See, ganz klein kam die Spitze des grünen Kirchturms am Ende der Welt herauf. Manchmal hielten wir Rast, hoch über uns zog ein Bussard im Blau seine Kreise, die Sonne stieg in ihren Mittagspunkt, als wir das Ziel unserer Wanderung, den tief dunklen, verrankten Waldrand erreichten. Kaum hie und da war uns den Vormittag hindurch ein Dorfbewohner der stillen Landschaft begegnet, jetzt nahm die volle Einsamkeit grünen Dickichts uns auf, in das nur ein schmaler, fast unbetretener Pfad hineinführte. Kein Ton zwischen den mächtigen, altgrauen Stämmen, in dem hohen, halbdunkelnden Laub. Nur jetzt ein eigentümlicher, von hoch droben durch das grüne Zwielicht tiefhingezogener Laut, daß Magda sich plötzlich durch das Untergezweig des engen Wegrandes an meine Seite drängte und wieder meinen Arm faßte. »Was war das, Reinold?«

»Läßt Dich Deine Vogelkenntnis einmal im Stich?« lachte ich. »Eine Wildtaube, die sich nach ihrem Liebsten sehnt – was hast Du?«

Sie stand still und sah von mir abgewendet in den Wald. »Mir graut's hier beinah' – wollen wir nicht in die Sonne zurück? Es ist so todeseinsam –«

Sie sprach's nicht aus, aber ich fühlte es aus ihrer Hand in die meinige, daß sie plötzlich unter einem heftigen Anfall ihres Herzklopfens litt. »Wir sind gleich an der Stelle, die ich mir für unsere Mittagsrast ausgedacht«, versetzte ich; »Du bist zu schnell gegangen, da sollst Du Dich ausruhen – ich verlange es.«

Das letzte fügte ich hinzu, weil sie mich jetzt wie mit abwehrenden Augen angeblickt hatte, ich zog sie zur Linken umbiegend mit mir, der Taubenruf vermurmelte hinter uns in der Waldtiefe. Vor uns jedoch öffneten sich nach kurzer Weile die grauen Stämme über tiefem, köstlichem Moosgrün, ein leises Rauschen, wie von frischem Atem getragen, schlug uns entgegen, und wir standen unter der hohen Buchenhalle im Schatten und doch in fast blendend zurückgeworfenem Goldlicht, mit dem die Spiegelung der Mittagssonne auf der weit hinausgedehnten See alles um uns übergoß. Ein schroffer, abgespülter Dünenstrand fiel gelbfarbig unter uns auf den glänzenden Vorstrand hinab, dann lag der blaue Himmel draußen und das blaue Meer, und wie die letzten Wächter des festen Landes wölbten die grauen Säulenträger der grünen Domkirche ihre Kuppeln gegen die spielenden Wellen hinaus.

Nun war die kurze, ängstliche Befangenheit Magda's mit einem Schlage vorüber. »O, hier ist's wie im Himmel und wieder mein Reich!« rief sie, »denn jetzt hat die Hausfrau zu tun.« Sie griff nach dem Korb und leerte seinen Inhalt aus. »Da ist Dein Mittagsplatz, Reinold, und hier meiner, und da ist der Katzentisch für unartige Kinder –«

»Der wird wohl leer bleiben«, fiel ich lachend ein. Magda hatte ihre Anweisung plötzlich abgebrochen und hantierte eine Weile stumm vorgebückt mit den Holztellern, Eßwaren und sonstigen Schätzen des Korbes. »O weh!« rief sie dann, mir das Gesicht wieder zuwendend, »die Großmama hat gedacht, ich solle keinen Wein abbekommen und nur ein Glas eingepackt.«

»Brauchen wir denn mehr, um ihr einen Strich durch die Rechnung zu machen?« fragte ich.

Magda sah mich an. »Wenn ich mit aus Deinem Glase trinken darf –«

»Mich dünkt's wohl umgekehrt, wenn ich mit aus Deinem trinken darf? Aber wenn ich zurückdenke, scheint mir's, als wär's nicht zum erstenmal und als hätten wir's sonst getan, ohne zuvor erst drüber zu reden.«

»O, die schöne Zeit – nein, es ist heut' ja noch viel schöner!« rief Magda. »Die Tafel ist serviert, Herr – gefällt's Euer Liebden?«

»Wenn Euer Liebden befehlen.« Sie hielt sich ceremoniös, doch ihr Blick forderte mich auf, ihr den Arm zu reichen, und sie zum Speiseplatz zu führen. Da ließ sie mich los und knixte – sie glaubte offenbar wieder, daß es ihr in förmlichster, damenhafter Weise gelungen sei – und ich verbeugte mich und wir lagerten uns in das weiche, herrliche Moos. »Ich habe Hunger und Durst wie ein Bauernkind, das Pferde auf der Weide eingefangen,« lachte Magda.

Es mundete köstlich in der vereinigten See- und Waldluft, unter dem zusammenfließenden Rauschen der Wellen und Wipfel. Wir aßen und tranken – »Ein's ist doch dabei, wir können nicht anstoßen«, meinte Magda, »und es würde so hübsch durch's Grün hier klingen.«

»So trinken wir ohne Klang, auf das Klingen im Herzen kommt's an.« Ich reichte ihr das volle Glas, sie setzte es an die Lippen und sagte, mir über den Rand mit ihren Veilchenaugen in's Gesicht nickend: »Auf Dein Glück, Reinold!«

Ich saß beschämt; sie dachte meiner, während ich im Gedanken die andere Hälfte schon auf Aennchens Wohl getrunken hatte.

»Und auf Deines, Magda!« erwiderte ich schnell und fühlte, daß ich errötete, wie ich das Glas aus ihrer Hand zurücknahm. Sie nickte wieder mit stummem Glanz ihrer Augen, und ich lenkte halb verwirrt ab: »Sieh das Schiff dort!«

Ein weißes Segel zog weit am Horizont, die helle Sonne strahlte von der Leinwand. »Komm!« winkte Magda ihm mit der Hand.

»Was soll's?«

Sie lehnte den Kopf an den grauen Buchenstamm hinter ihr zurück und lächelte: »Ich wollt', es käme und holte uns von hier und wir führen mit ihm über die See, in's Meer, in den Ozean, immer weiter und immer weiter, wie's in den Märchen heißt.«

»Und wohin denn zuletzt, Magda?«

»Auf eine Insel – sie brauchte nicht größer zu sein, als meine da drüben – das sollte unser Reich sein. Aber Brotfruchtbäume müßten darauf stehen, von denen man nur zu pflücken hätte, und ein süßer Quell, und Vögel, die uns ihre weichen Federn hergäben, um drauf zu schlafen.«

»Du sprichst wieder wie als Kind, wie damals, als ich anfangs glaubte. Du hättest Alles, wovon Du redetest, wirklich erlebt und gesehen.«

Magda hatte die Augen geschlossen gehabt, öffnete jetzt langsam die Lider und sah mich an. Und in ihrem Blick stand deutlich, sonderbar zu lesen: »Ich hab' es auch Alles erlebt in dieser Sekunde,« aber ihr Mund sprach Anderes und erwiderte:

»Erzähle Du mir etwas, Reinold – etwas, das weniger töricht und unmöglich ist. Es muß sich hier so hübsch zuhören; ich schlafe nicht, wenn ich auch die Augen zumache.«

Sie legte den Kopf auf's Moos zurück, ich besann mich. Magda hatte Recht, es war Ort und Stunde, die Einbildung in die Welt hinausschweifen zu lassen, zu hören, wie auch selbst zu sprechen. Aber was? Ich wußte es kaum noch, als ich schon begonnen, daß sich mir die Geschichte Robert Lindström's und Asta Ingermann's über die Lippen gedrängt, wie mein Gedächtnis zu ihrer Wiedergabe fähig war.

Ich erzählte sie als etwas Fremdes, Gelesenes, und Wellen und Wipfel murmelten d'rein. Magda regte sich nicht; dann plötzlich erschrak ich und stockte. Ohne Arg hatte ich die Erwiderung des Vormundes an Robert Lindström gesprochen: »Frag' ein Mädchen, *notabene*, wenn es kein Krüppel, keine Blinde, höchstens keine Einäugige ist.«

Kein Krüppel – das Wort durchzuckte mich zum erstenmal mit einem verkörperten Verständnis. Also wenn Robert Lindström Magda Helmuth gefragt haben würde –

Doch sie, um deren willen ich erschrocken innegehalten, öffnete ruhig die Augen. »Warum erzählst Du nicht weiter, Reinold? Du glaubst gewiß, daß ich doch einschlafe, aber ich habe Alles gehört: Kein Krüppel, keine Blinde und keine Einäugige – siehst Du?«

Ihr Mund lächelte; das Wort, das mich stocken ließ, war an ihr abgeglitten, ohne eine Brücke zu ihr selbst hinüberzuschlagen, und ich setzte die Erzählung bis zum Ende fort. Als der Schluß herannahte, richtete Magda sich auf und hörte mit stummen weitgeöffneten Augen. Dann schwieg sie eine Weile und sagte darauf langsam:

»Das ist eine traurige Geschichte, aber ich kann mir denken, daß sie sich einmal im Leben zugetragen hat, und wenn es so war, hatte Asta Ingermann Recht.«

Ich erwiderte: »Du sprichst ihr keine Schuld zu, Magda? Mich deucht, sie hätte nur Recht gehabt, wenn sie einen Anderen geliebt –«

Doch Magda fiel, den Kopf schüttelnd, ein: »Wir fühlen das vielleicht anders, als ihr. Ich kann mir denken, daß ein Mensch der beste, edelste, geistvollste wäre und doch von einer solchen Häßlichkeit, daß kein Mädchen – nur eine Blinde, doch selbst eine Einäugige und ein Krüppel nicht –«

Sie stockte, aber hatte das böse Wort wieder so gelassen ausgesprochen, daß der Grund ihres Verstummens offenbar nicht in ihm zu suchen war.

»Daß –?« fragte ich.

Magda blickte sich einen Moment um. »Wenn es, um ein Beispiel anzuführen –«

Sie hielt wieder inne und setzte erst, als mein Blick sie zum Weitersprechen aufforderte, leiser hinzu: »Es ist schlecht von mir, aber wenn es der Onkel Billrod wäre. Da würde alle Vortrefflichkeit auch sein – nein, es ist sündhaft, Reinold, so zu sprechen. Ich will mich freuen, daß er übermorgen zu uns heraus kommt und einen Monat lang bei uns bleiben will. Weißt Du's nicht, und hat er Dir nichts davon gesagt? Sag' ihm auch nicht, daß Du heute hier gewesen bist, es könnte ihn ärgern – Du weißt ja, er ist wunderlich – und ich will ihm gewiß nicht weh tun. Aber eigentlich kann ich mich nicht darauf freuen, daß er so lange bei uns bleibt. Es ist recht undankbar, schilt mich dafür! Er hat so viel für mich getan und ich schulde ihm Alles, was ich weiß und kann und geworden bin. Aber das Alles reicht doch noch nicht aus, um zu verlangen – und das Leben hat er mir mit Gefahr seines eignen gerettet, und ihm dank' ich's, daß Du zu uns gekommen bist, Reinold. O daran will ich auch gewiß immer denken, wenn ich ihn sehe, und wenn – wenn – ich wollte nur, der Monat wäre vorüber.«

Magda hatte es gegen ihre sonst immer so klare Weise unschlüssig, manchmal nachdenklich und dann hastig fortfahrend, ja im

Zusammenhange für mich zur Hälfte unverständlich gesprochen. Ich dachte vergeblich über den Sinn ihrer Worte; es war mir zuweilen aufgefallen, als habe ihr früheres Verhältnis zu Erich Billrod sich im Gang der letzten Jahre etwas verändert, doch es ließ sich mehr undeutlich empfinden, als sehen und hören, und ich wußte nicht, wer und was die Schuld daran trug. Indes ehe meine Gedanken auch jetzt einen Stützpunkt gefunden, von dem aus es ihnen möglich geworden, zu einem Verständnis zu gelangen, hub Magda wieder an:

»Was reden wir vom Morgen, laß uns vom Heut' sprechen, Reinold, von Dir. Hast Du Dir Dein Leben aufgebaut, draußen und drinnen, daß es mit seinem Können und Wollen deutlich vor Dir liegt, von einem schönen Ziel her Dir winkt und leuchtet? Ich müßte ein solches stets vor Augen haben, wenn ich ein Mann wäre, und könnte nicht so in das Künftige hinaussehen, wie hier auf das Meer, das ohne ein Ufer drüben aufsteigen zu lassen, mit planlosen Wellen hin und wieder treibt. Sag' mir, wohin lenkt der Steuermann Reinold Keßler seine Segel?«

Es war so schwesterlich besorgt, so innig-teilnahmsvoll gefragt, sie hatte wohl ein Recht dazu, wie kein Andrer auf Erden, und ich antwortete es ihr, und als Erwiderung legte sie schweigsam traulich ihre Hand auf die meine. So sprach ich ihr von meinen Plänen, der arbeitsamen Ausdauer, deren ich mich zu rühmen vermochte; sie schaltete klug verständnisvolle Fragen und zustimmende Aeußerungen ein: »Und dann, wenn Du so in einigen Jahren an das Ende Deiner Studien gelangt bist, Reinold?«

»Dann, Magda« – nein, Aennchens Name wollte mir nicht über die Lippen, aber ich konnte es ja sagen, ohne ihn zu nennen – »dann ist es wohl Zeit, zu denken, es sei nicht gut, wie das alte Buch sagt, daß der Mensch allein bleibe –«

Ich sagte es lächelnd und ihr in's Gesicht blickend, doch ich fühlte, daß ich dabei errötete, und dann stockte ich plötzlich. Magda's Augen gingen an mir vorüber auf die See hinaus, doch ihre Hand zitterte leise auf der meinigen – ich empfand zu spät, wie weh mein unbedachtes Wort ihr getan haben mußte. Sie war ja, aller Wahrscheinlichkeit nach, verurteilt, immer allein zu bleiben – und dennoch, trotz der Bitterkeit, die augenblicklich durch ihre Seele gehen mochte, fühlte ich einen kaum merklichen leisen Druck ihrer Hand, mit dem die Schwester aussprach, daß sie sich meines Zukunftsglückes freue. Ich erwiderte herzlich mit stummem Druck ihren Glückwunsch und stand in halber Verwirrung auf. »Es wird spät, Magda, wir müssen an den Heimweg denken.«

Nun ordnete sie unser Mittagsgerät wieder in den Korb, ich nahm ihn und trat rückwärts in den Wald hinein. Nach einigen Schritten wendete ich mich instinktiv um, Magda stand noch an der Buche und ich rief: »Komm, wonach siehst Du?«

Sie blickte mir durch das grüne Waldlicht entgegen. »Haben wir nicht etwas vergessen?«

»Ich glaube nicht.« Doch ich schritt zu ihr zurück. »Was sollte es sein?«

»Hast Du nichts vergessen, Reinold? – Wir kommen wohl in unserem Leben nicht wieder hierher.«

Indes ihre Augen suchten nicht auf dem Boden, sondern schauten mir nur immer noch groß und unbeweglich in's Gesicht. Nun wiederholte ich: »Nein, gewiß nichts, Magda,« und sie antwortete leise: »Du mußt es wissen,« und wir gingen. Als wir aus dem Wald heraustraten, stand die Sonne schon schräg, ein Windhauch lief manchmal über die goldenen Rücken der Felder, um uns schwankten die hohen Halmspitzen am Rand des Fußsteiges. Der Weg erschien länger als am Morgen, mir nicht, aber ich fühlte, Magda sei ermüdet. Sie sprach es nicht aus, doch willigte gern in immer häufiger wiederholte Rast. Allmählich umzog abendrötliches Licht den Horizont, so gelangten wir auf die einsame, von Eichen überwölbte Fahrstraße zurück und lagerten uns an den grünen Waldrand. Hin und wieder flimmerte es schon wie eine winzige Tauperle an den Blattspitzen des Wegwarts um uns her, kühlerer Luftzug säuselte über uns im Gezweig. Wir saßen schweigend, dann sagte Magda mit eignem Klang: »Nun ist der schöne Tag vorüber –«

Ich hörte es halb, und halb sah ich auf etwas hin, das plötzlich meine Augen auf sich zog. Etwas Hellschimmerndes im dunklen Hochsommergrün – nun erkannte ich's, und es überlief mich mit sonderbarem Schauer. Es war ein weißer Schmetterling, der noch im tiefen Schatten der beginnenden Nacht einsam an dem Eichenstamm hinflatterte.

Ein Schauer schmerzlich-trüber Poesie war's, der bis in's Herz hinabdrang, und es überkam mich mit tiefer Wehmut, daß ich unbewußt mich hastig niederbückte und meine Lippen auf Magda's arme, schöne Hand drückte. Kam bei dem einsamen weißen Falter das traurige Gleichnis auch ihr zum Bewußtsein? Sie schlang plötzlich ihren Arm fest um meinen Nacken und ich sah nicht, ich hörte zum erstenmal das ungestüme Herzklopfen in ihrer Brust.

Arme Magda –

Nein, wie seltsam täuschte ich mich, oder wie schnell zwang sie sich zu jener heiteren Freudigkeit zurück, mit der sie mich stets begrüßte, als ob das Leben nicht bitterstes Mißgeschick, sondern ein goldenes Los in ihre Wiege gelegt. »O wie herrlich ist die Welt, wie wonnevoll ist's zu leben!« rief sie jubelnd aus. »Sieh' den Schmetterling da, Reinold, er hat noch nicht genug von dem köstlichen Tag und fliegt noch selig umher!«

»Er sucht sein Schutzdach für die Nacht, Magda, wir müssen es auch noch. Fühlst Du Dich wieder kräftig genug?«

Müssen wir? Können wir nicht auch bleiben, wo er bleibt? Mit dem ganzen Himmel über uns –? Du hast Recht, Reinold, es ist töricht. Ob ich kann? O ich bin so stark – und Du hast doch nicht mit mir getanzt – Asta Ingermann war dran Schuld. Aber ich behalt' es zu Gute, nicht wahr?«

Wir setzten unsern Heimweg fort, doch mir hatte richtig geahnt, daß Magda ihre Kraft überschätzt habe. Sie konnte ihr Gemüt zum Frohsinn zwingen, nicht den ermatteten, immer schwerer nachziehenden Fuß. Ich vermochte ihre stumme Mühsal nicht mehr zu sehen und sagte: »Komm, Magda, ich trage Dich das letzte Wegstück.«

»Nein, ich kann –«

»Liebes Mädchen, sei nicht töricht!«

»Nein – ich bin Dir zu schwer – o nein –«

»Du schadest Dir, und ich verlange es, muß es verlangen.«

»Für die Großmama?«

»Nein, für mich selbst.«

»Dann muß ich Dir gehorchen.« Sie stand, und ich nahm sie auf die Arme und trug sie. Sie legte die Hände um mich, daß ich sie in der Dämmerung unter meinen Augen schimmern sah. »Hab' keine Sorge und halte Dich gut,« sagte ich, »Du bist so leicht wie ein Kind.«

Sie erwiderte nichts; es war nicht ganz wie ich gesagt, sondern sie war ein großes Mädchen, dessen zarter Gliederbau doch allgemach mit beträchtlicher Schwere auf mir lastete. Indeß der Weg dehnte sich nicht mehr lang und ich erreichte glücklich mit ihr unser Boot, löste es und stieß es vom Ufer ab. Vor uns hinüber hob sich's wie ein tiefglühender Brand vom Horizont, eine Sekunde lang mich wirklich täuschend, dann erkannte ich die im Dunst aufsteigende, feurige Mondscheibe. Ich wandte ihr nun während des Ruderns den Rücken, doch allmählich überfloß sie die Ruderwellen mit weißen spielenden Lichtern. Es nahm mich Wunder – »Sind wir denn so langsam gefahren, mich dünkt, wir müßten längst an der Insel sein,« sagte ich zu Magda, die schweigsam das Steuer in der Hand gehalten. Sie antwortete nichts und ich wendete mich um, doch keine Insel lag vor uns, sondern nur Wasser rund umher; Magda hatte, ohne daß ich es bemerkt, das Boot in eine falsche Richtung gelenkt. Verwundert sah ich sie an, jetzt nickte ihre Stirn mir durch das Mondlicht und sie lächelte: »Wenn man klug ist, kann man den Tag doch noch eine Weile um sein Ende betrügen. Es ist die Vergeltung für das Tanzen, Reinold – Asta Ingermann hat's mir zugeraunt, sie hatte ja auch die Mondnacht so gern. Nun bist Du einmal in meiner Hand und wenn Du jetzt nicht tust, was ich verlange, steure ich nach meiner Insel – nicht nach der, auf die Onkel Billrod übermorgen kommt, sondern nach der andern – Du weißt, immer weiter und immer weiter – wie's in den alten Märchen heißt – – –«

*

Es war am andern Nachmittag, als ich von Erich Billrod für sein zeitweiliges Hinausziehen auf die Insel Abschied nahm. Er packte Bücher und Papiere in seinen Koffer, dazwischen griff seine Hand plötzlich in ein Schubfach des Schreibtisches, zog einen kleinen eingewickelten Gegenstand hervor und reichte mir ihn mit den

Worten entgegen: »Ich denke mir, daß Du gern das Bild Deiner Mutter im Besitz haben willst, Reinold Keßler. Da ist es, nimm's, Du hast mehr Anrecht darauf, als ich.«

Sechstes Kapitel

Wie sich die Schollen herandrängen, übereinander werfen, in wildem Aufruhr wechselseitig zertrümmern!

Mir ist's wie ein letzter sonnenfriedlicher Tag, dessen Abend seltsame Wolkengebilde am Horizont heraufschiebt. Eine Weile stehen sie ruhig in phantastischer Gestalt, geharnischte Nebelheere, die sich entgegendrohen, aufbäumende Pferde und vorzeitlich fremde Riesengeschöpfe. Nun Titanen, mit Felsblöcken bewehrt, den Himmel zu stürmen, nun Berge selbst, Gipfel um Gipfel über einander türmend, zackig zerrissen, mit Schlünden, Gletschern, starrenden Schroffen, doch alles lautlos, nur wie ein ferner, wesenloser Dämmertraum fiebernder Einbildung. Da pfeift ein Windstoß, und ein schwefelgelber Blitz fährt ihm nach; ein Ruck, und die sturmgepeitschte Masse schwillt heran, herüber. Die Ungeheuer öffnen ihren Rachen und speien Fluten, Feuer, schwarze Nacht herab. Mit Betäubung umrollt unablässiger Donner das Ohr und die Erde wankt unter dem Fuß; in dem Geheul, der Brandung, dem Schwinden der Sinne greift die Hand irr und vergeblich tastend vor sich hinaus. Flammen und Fluten schlagen über ihr zusammen.

*

Der Verlauf meines Tages war durch die Abwesenheit Erich Billrods ein noch gleichmäßigerer geworden; außer Fritz Hornung, meinem Hausgenossen, sah ich selten einen Menschen, nur dann noch, wenn ich am Abend Imhofs Haus besuchte. Das fand indeß allmählich wieder häufiger statt, ich empfand zu meiner Freude, der Grund meines Fortbleibens, wenigstens was das äußere Benehmen Lydia Imhofs anbetraf, gerate mehr und mehr in Wegfall. Ja, ich machte mir nach einiger Zeit Vorwürfe, daß ich mich zu einer vorschnellen, offenbar durch nichts mehr begründeten Annahme habe verleiten lassen, eine nicht geziemende Vertraulichkeit in ihrem Verhalten gegen mich wahrzunehmen. Sie behielt auch jetzt mir gegenüber einen Ton, wie er einer Frau bei dem ältesten Jugendgenossen ihres Mannes wohl zustand und benutzte gern einen Augenblick vertraulicher Unterhaltung mit mir, doch jedesmal mit dem Ergebnis, mir schien's fast zu dem Zweck, die Vortrefflichkeit Philipp Imhofs nach allen Richtungen hervorzuheben, ihr häusliches Glück und daß eine Frau wie sie überhaupt alle Wünsche des Lebens erfüllt sehe, zu betonen. Hatte sie die Empfindung, ich hätte einmal etwas anderes zu denken vermocht, sie habe mir durch eine inhaltslose Unbesonnenheit Anlaß dazu gegeben? Gewiß war's, daß sie jetzt alles tat, eine derartige Mutmaßung auszulöschen, ohne dabei ihre Freundlichkeit wieder in die gesellschaftliche Förmlichkeit, mit der sie mich anfänglich aufgenommen, umzuwandeln. Sie scherzte und neckte sich mit mir; eines Abends faßte sie in einem dunklen Zimmer zum erstenmal wieder meinen Arm und flüsterte: »Soll ich Ihnen etwas erzählen?« Mich überkam es unbehaglich dabei, und ich antwortete nichts, doch sogleich zog sie meinen Kopf leicht zu sich herunter und raunte mir ins Ohr: »Etwas Hübsches – Sie sind verliebt in Anna Wende.«

»Woher wissen Sie –?« stotterte ich.

Sie lachte. »Nun, mich dünkt, wer zwei Augen im Kopf trägt – ich glaube, Anna selbst ist die einzige Blindschleiche im Haus –«

»Die es nicht sieht, nicht denkt?«

»Kinder müssen nicht zuviel fragen!«

Lydia Imhof wollte fortschlüpfen, nun hielt ich sie. »Sagen Sie mir, was Sie wissen!«

»Ich weiß nur, daß Anna *Sie* für eine Blindschleiche hält, und daß es mir Spaß macht, zu sehen, wie zwei verliebte Kinder sich am hellen Tage miteinander behaben, als gäbe es keine Augen in ihren Köpfen.«

Mein Herz jubelte in stummem Glück. Jetzt drückte Lydia Imhof mir die Hand und setzte in verändertem, ernstem Ton hinzu: »Verlassen Sie sich auf jemand, der in gleicher Weise an dem Glück des Freundes und der Freundin teilnimmt – auf die Vertraute des einen und der andern, die, wenn der wichtige Augenblick gekommen ist, sagen wird: So, Kinder, nun schließ' ich die Tür hinter euch zu, und nun helft euch gegenseitig den Star von euren Augen! Aber versprechen Sie, daß Sie mir nichts vorher durch Ungeschicklichkeit verderben, Keßler! Sie sind sehr gelehrt, doch auf Frauen-, ich meine, auf Mädchenart verstehen Sie sich doch nicht.«

Ich gab frohlockend das Versprechen; jetzt lag es klar zu Tage – wie hatte ich mich in Lydia Imhof getäuscht! Sie hatte Recht, ich verstand mich nicht auf Frauenart. Nur eine kannte ich bis in die letzten Tiefen ihres Herzens und Gemütes – Magda Helmuth –

Seltsam, in ihrem jungen Herzen leuchtete keine Liebe, selbst keine heimliche, hoffnungslose. Nein, nicht seltsam, nur zu begreiflich; auch das war ihr versagt – dem Krüppel.

Am nämlichen Abend geschah's, daß im Verlauf des Gesprächs später einer Kuriosität Erwähnung getan wurde, einer Schauspieler-Gesellschaft, die seit einigen Tagen Vorstellungen zu geben begonnen. Wenigstens bildete dies für meine Vaterstadt eine Merkwürdigkeit; sie besaß allerdings ein noch aus dem vorigen Jahrhundert stammendes, an Raumausdehnung und Bühnen-Einrichtung die Erwartungen übertreffendes Theatergebäude, doch die ›gute Gesellschaft‹ besuchte dies niemals, da sie sich von vornherein der Ueberzeugung hingab, daß die künstlerischen Leistungen der ab und zu kurz gastierenden Wandertruppen ihrer ästhetischen Anforderung nicht entsprechen könnten. Sie verlangte von der darstellenden Kunst ihrem eigenen Verständnis Gleichkommendes, das heißt Vollendetes, und bewies eben die Höhe ihrer Achtung vor dramatischen Dichtungswerken durch ihr Fortbleiben von der Aufführung derselben. Es war das indeß etwas die Schlange, die sich in den Schwanz biß, denn so lange die Logen und Parquetplätze in gähnender Leere verblieben, besaß der Schauspieldirektor nicht die Mittel, um sich unter der Zahl der zur Auswahl befindlichen tragischen Helden, ersten Liebhaber und Liebhaberinnen, Intriguanten, komischen Alten, Bonvivants, Väter, Mütter und schnippischen Kammermädchen die vorzüglichsten Exemplare auszulesen, und so lange er keine weltberühmten Namen auf seinem Theaterzettel zur Schau stelle, erklärte die gute Gesellschaft es unter ihrer Würde, zu kommen. So wuchs im Sommer vor dem – in Anbetracht nur dreißigjähriger Durchschnitts-Lebensdauer solcher leicht entzündlichen Institute – ehrwürdigen Gebäude Gras, und im Winter bestritt die feine Bildung der Stadt das vorhandene dramatische Kunstbedürfnis aus eigener Rechnung durch Leseabende mit verteilten Rollen, die, außer den mannigfachsten andern, den nicht zu unterschätzenden Vorzug boten, daß die mitwirkenden Damen in ihren Klassiker-Exemplaren stets durch vorherige sorgsame Regie vermittelst deutlicher Rotstiftstriche auf nicht vortragbare, anstößige Stellen aufmerksam gemacht wurden. Da aber die Bühnenleistungen dergestalt in Folge des mangelnden Besuches wirklich unter dem Niveau der Mittelmäßigkeit standen, erinnerte ich mich selbst kaum mehr als ein einziges Mal das Theater meiner Vaterstadt betreten zu haben, und war erstaunt, in dem an jenem Abend bei Imhof's versammelten Kreise ein allgemeines, fast ungeteiltes Lob der kürzlich eingetroffenen Schauspielergesellschaft zu vernehmen. Vorzüglich vereinigte sich die Anerkennung in solchem Maße auf einer tragischen Heldin oder Liebhaberin, daß ich mit höchster Verwunderung zuhörte und erst begriff, weshalb ich immer vergeblich auf eine Ausstellung an ihr gewartet, als es zur Sprache kam, daß sie eine Ausländerin sei, die erst in späteren Jahren deutsch gelernt habe und in solcher Weise naturgemäß einen ganz anderen Gegenstand künstlerischer Begeisterung bildete, als wenn sie die Sprache, in welcher sie Ohren und Gemüt der Hörer entzückt fortriß, schon nach gewöhnlich-herkömmlicher Art als Kind mit der Muttermilch eingesogen hätte. Einige hielten sie für eine Engländerin, andre für aus Ungarn herstammend. Die letztere Ansicht fand die meiste Zustimmung, da ihr Aeußeres, ihre Lebhaftigkeit und leidenschaftliche Verkörperung der dichterischen Gestalten entschieden nicht auf die laufeuchte Atmosphäre der britischen Inseln, sondern auf den ›feurigen‹ Süden hinweise und außerdem die Bezeichnung einer ›stolzen Magyarin‹ ihrem ganzen Wesen wie angegossen erscheine. Volle Einigkeit herrschte dagegen darüber, daß ihr Spiel so vollendet sei, wie ihre Schönheit, und bedauernswert bleibe nur an ihr, daß die Umstände sie nötigten in deutscher Zunge aufzutreten, anstatt die Zuhörer in noch höherem Grade durch die melodischen Laute ihrer eigentlichen Heimatssprache zu fesseln.

»Na, für mich ist's wenigstens ein Glück, denn wenn sie ungarisch spräche, würde ich kein Wort davon verstehen!« rief Anna Wende lachend dazwischen. Sie warf mir einen Blick dabei zu, der mir köstlich bis durch's Herz hindurchging, da er beredtverständlich sagte:»Du, Reinold, wir beiden sind hier die einzigen – «

Es ward geklopft, die Tür ging auf und ein verspäteter Gast trat noch ein. Ganz schwarzgekleidet, doch mit ausgesuchter Sorgfalt, darüber hob sich ein sehr blasses, dunkel vom Haar umrahmtes

Gesicht mit eigentlich scharf ausgeprägten Zügen und doch zugleich von jener Undeutlichkeit überlagert, die ein häufig wechselndes Mienenspiel verleiht. Der Eintretende erschien mir, wie der *lupus ex fabula*, das heißt, als eine von den Persönlichkeiten, um die sich das Gespräch augenblicklich gedreht, und meine Vermutung, er gehöre – wahrscheinlich als feiner Intrigant – zu der eifrig beredeten Künstlergesellschaft, ward dadurch fast bestätigt, daß Lydia Imhof sich erhob und ihm mit dem Aufruf zuwandte: »Es ist hübsch, daß Sie kommen, vielleicht können Sie uns sagen, welcher Nationalität Fräulein oder Miß oder Donna Angelica Leander angehört.«

Der Befragte verbeugte sich und erwiderte lächelnd: »Leider nicht, gnädige Frau – ich würde vermuten, daß die Trägerin dieser schönen Namen gleich den übrigen Engeln aus dem Morgenlande, etwa aus Mesopotamien stamme – aber mein Beruf entfernt mich doch zu weit von derartigen ethnographischen Forschungen –«

Anna Wende's Stimme fiel plötzlich wieder ein, lachend wie zuvor, doch mit einem mir an ihr fremdartigen, fast sarkastischen Spott, der unverkennbar Abneigung gegen den neuen Gast ausdrückte:

»Es scheint, gehört oder vielleicht gesehen müssen Sie die Schauspielerin doch haben, und es heißt, ein Komödiant könne einen Pastor lehren.«

Philipp Imhof war gleichzeitig aufgestanden und sagte, in seiner mechanikartig methodischen Weise auf mich und den Fremden deutend: »Ich brauche nicht vorzustellen, die Herren kennen sich.«

Ich sah noch fragend von dem Schwarzgekleideten auf Imhof. »Daß ich nicht –«

Doch der Erstere streckte mit einem Lächeln seine Hand vor. »Gewiß, die anvertrauten, unveränderten Züge eines lieben Jugendgefährten, wenn wir uns auch geraume Zeit nicht mehr gesehen.«

Philipp Imhof nickte: »Ja, Du wirst zwei Jahre auf fremden Universitäten gewesen sein, Bruma.«

Eugen Bruma – –

Vergessen, ein Schatten, fast nur ein Name mehr. Er drückte mir freundschaftlich die Hand, die ich der seinigen mechanisch entgegengereicht, ich vermochte es mir nicht abzuleugnen, mit Widerwillen, als eine gesellschaftliche Lüge. Doppelte Erinnerung war mir bei dem Klange seines Namens zurückgekommen, diejenige an seine jetzt bekannt aus dem blassen Gesicht auftauchenden Züge und an das Abneigungs-, ja feindselige Verhältnis, in welchem Fritz Hornung und ich – ja, Philipp Imhof damals ebenso – stets zu Eugen Bruma gestanden.

Doch hatte ich mich als Knabe nicht in so Manchem getäuscht? Zu oft, als daß es nicht zur Vorsicht mahnte, mich vor einer neuen Ungerechtigkeit zu hüten? Außerdem, ob Täuschung oder nicht –

»Sie sind während meines Fortseins immer in dieser guten, alten Stadt geblieben, Keßler? sprach Eugen Bruma mich an. Er hatte nichts Pastorales in seinem Ton, eher etwas Weltmännisch-Gewandtes, Verbindliches. In liebenswürdiger Art teilte er mir den Verlauf seiner letzten Lebensjahre mit, wohin sein theologisches Studium ihn geführt und daß er vor einigen Wochen hierher zurückgekommen sei, um bereits sein Examen zu bestehen. Die Betrachtungen, welche er an einige Dinge anknüpfte, zufällig sich einmischende Aeußerungen waren nicht salbungsvoll-religiöser, sondern philosophischer Natur, oft feinsinnig und geistreich; seine Weise zu sprechen fesselte, man mußte ihr mit Interesse zuhören. In der Tat, mit dem wir mehr und mehr wieder bekannten Gesicht war er mir dennoch ein völlig Fremder. Er mochte den Ausdruck dieser Empfindung in meiner Miene lesen, denn in einem geschickten Uebergang auf unsere gemeinsame Vergangenheit zurückgreifend, sagte er zum Schluß: »Man beurteilt gar Manches anders, ich darf wohl sagen fälschlich, weil man es nicht wirklich kennen gelernt. Wie Kinder sich auch selten wirklich kennen lernen, nach der eifrigen Natur ihres Alters allerhand sonderbare Vorstellungen in ihrem Kopfe herumtragen und dann erst später einsehen, daß sie – eben Kinder gewesen sind, die sich irrten und über die Täuschung der Vergangenheit lächeln müssen.«

Auch Eugen Bruma lächelte und reichte mir nochmals seine sehr weiße und offenbar sorglich gepflegte Hand; seine ruhig-bescheidene Art redete, daß er sich bereits einer sicheren Stellung in

der Welt, wie in sich selbst bewußt fühle, und sein Behaben im Imhof'schen Hause sprach aus, daß er auch in diesem eine befreundete
und berechtigte Stellung einnehme. Eine schnell erworbene, denn es
waren erst Wochen seit seiner Rückkehr verflossen und der Zufall
mußte gefügt haben, daß ich heut zum erstenmal hier mit ihm zusammentraf, doch ich konnte ihm das Zugeständnis nicht versagen,
seine Persönlichkeit wirke als eine solche, die, zumal auf der
Grundlage alter Beziehungen, sich schnell Eingang und eine gewisse Bevorzugung zu erwerben geeignet sei. Seltsam war's, wie wir
Hausgenossen der Kindheit uns hier wieder unter einem Dach ver-
einigt fanden, oder wenigstens zusammen an dem nämlichen Tische hätten sitzen können – auch Aennchen kam dieser Gedanke,
denn sie sagte: »Schade, daß der Februar nicht auch da ist, dann
wäre das alte Kleeblatt vollständig.« – »Sie meinen dasjenige, Fräulein, welches mit dem Bruma, dem Winter, anfängt und sich im
Hornung fortsetzt,« lächelte Eugen Bruma, der Anna Wende zu
Tisch geführt und sich eifrig mit ihr unterhielt. Ich hörte herüber,
wie sie antwortete: »Nein, daran dachte ich nicht, denn eigentlich
besitzt ein ordentliches Kleeblatt nur drei Blätter und das vierte läßt
man sich höchstens als Ausnahme gefallen.« Die Erwiderung trug
im Grunde etwas ziemlich Unverblümtes an sich, allein Eugen
Bruma schien es nicht zu verstehen, oder artig nicht verstehen zu
wollen, denn er entgegnete liebenswürdig lächelnd wie immer:
»Aber das vierte Blatt daran zu finden, bringt Glück, spricht der
Volksmund.« – »Jedenfalls spricht Ihr Mund damit keine übermäßi-
ge Bescheidenheit aus, Herr Bruma, und ich halte nicht viel von
solcher Volksweisheit.«

*

Ein Mann, der schräg meinem Fenster gegenüber einen großen
roten Anschlagzettel an einer Hauswand befestigte, zog am andern
Morgen durch das Ungewohnte dieses Verfahrens meine Aufmerksamkeit an sich. Ich bog, als er weiter gegangen, den Kopf hinaus
und mir leuchtete mit großen Buchstaben auf dem roten Grund
deutlich lesbar entgegen: ›Maria Stuart‹; das kleiner Gedruckte
darüber und darunter war aus der Entfernung nicht zu unterscheiden. »Die unübertrefflichen Schauspieler,« sagte ich lachend vor
mich hin, »besonders wenn sie kalmückisch statt deutsch sprä-
chen,« und begab mich an meine Arbeit. Doch sie blieb nicht lange

ununterbrochen, denn bald darauf kam ein Schritt von oben die Treppe herab und Fritz Hornung trat bei mir ein. Ich war verwundert und fragte: »Nicht bei'm Frühschoppen, Fritz? Sind Anzeichen für ein Erdbeben vorhanden?«

Er lachte: »Wenn's Einem im Kopf etwas rundgeht, kann die Erde nichts dafür, daß sie's mit tut. Und schließlich kommt's Alles nur vom Wasser her –«

»Heißt das so viel, daß Du einen Wasserkopf hast, Fritz, und als *hydrocephalus* in mein Fach schlägst?«

»Vielleicht – wie ist's noch? ich hab' es einmal bei Tix – abera – deklamieren müssen:

>Vom Himmel kommt es,
Zum Himmel steigt es,
Und wieder nieder
Zur Erde muß es –‹

Es läßt sich aber noch viel naturgetreuer sagen. Vom Himmel kommt es, auf die Erde fällt es, in den Rebstock steigt es, zu Wein wird es, in die Kehle geht es, zu Kopf fährt es und Jammer ist es. Eigentlich auch kein Jammer, sondern mehr allgemeines Wohlgefallen an der Welt, ohne spezielle Gedanken darüber, denn an dem Wein, ich meine an dem Rundlauf des Wassers war nichts auszusetzen, als der schnöde Mammon, den es bei der Gelegenheit aus meiner Tasche mit sich fortspülte.«

»Aber wie geriet Dein Gambrinusgemüt an diese wundertätige und dichterisch aus Dir sprudelnde Weinhippokrene, Fritz?«

»Ach Gott, wenn die Menschen nur nicht immer so viel mit Ursache und Wirkung und Chronologie – zu tun hätten! Ich fiel hinein – ja so, Chronologie erst ging ich hinein, nämlich in's Theater –«

»Du? Statt in die Kneipe?«

»Die kam nachher. Wenn ich rede, schweigen Sie! sagte Tix – abera. Willst Du's wissen oder nicht? Also ich war d'rin. Warum? Ursache und Wirkung. Weil unser dicker Senior sich zu gestern Abend ein Theaterbillet gekauft hatte, um mit einer nagelneuen Cereviskappe zu renommieren, aber schon um Mittag so wackelig von einem Jammerfrühstück auf die Kneipe kam – auch im Kopf wackelig – daß er's wie ein altes Pappdeckelstück auf den Boden streute. Man muß einmal sparsam sein, dachte ich, und kaufte es ihm für den halben Barpreis in Blechmarken ab. Es kommt Einem so 'mal plötzlich mit einer industriösen Erleuchtung, und so kam ich denn in die alte Schaubude hinein. Eigentlich hat's mehr von einem Pferdestall, und Ochsen standen auch genug um mich herum, die nichts davon begriffen, daß die Komödianten wirklich famos spielten. Da war Eine – Hero heißt sie nicht – Herr Gott, mein Kopf! – aber so in der Gegend – die stellte ein boshaftes Frauenzimmer vor, es war leibhaftig, als fühlte man sich selbst die Augen von ihr ausgekratzt. Na, und da, wie's vorbei war und ich den Preis herausgeschlagen hatte – ja, wie kam's eigentlich? Erst ging ich natürlich auf die Kneipe, und nachher bin ich an einer Weinstube vorübergekommen, wo die Fenster offen standen. Da saßen sie alle d'rin, ohne Perrücken, Puderfrisur und Unsinn, wie ich hineinguckte, und sie sagte – richtig, die Gegend war's, Leander heißt sie – sagte: »Ah, das ist der junge Herr aus dem Parkett, der so arg geklatscht hat.«

»Da scheint's mir, hast Du's wohl nicht bei'm Hineinsehen bewenden lassen, sondern bist auch ein wenig erst hineingegangen, Fritz.«

»Mag sein, wer kann solche subtile Unterschiede im Kopf behalten! Hineingetrunken habe ich wenigstens allerlei, weil sie mich aufforderten. Was die Kerle – Künstler wollt' ich sagen – für feine Sorten in ihre heiser deklamierten Kehlen hinuntergießen! Uebrigens die Leander – Hero kommt mir viel passender vor – die Hero leistete für ein Frauenzimmer auch Achtbares, ohne daß es ihre Augen und ihre Zunge anfocht. Sollt' ich mich denn am Ende von dem fremden Gesin– der fremden Gesellschaft, mein' ich – traktieren lassen? Für den Tag, deuchte mich, war ich grade sparsam genug gewesen. ›Kellner, geben Sie einmal eine Flasche Sekt, aber kalt!‹ sagte ich. Hui, wie die Mücken waren sie d'rüber, und die Lea– Hero ließ sich den Schaum auch um ihre Blutpfirsichlippen aufsprudeln und nickte dazu: »Sie sind der galanteste junge Kavalier, den ich kenne.« Schönen Dank, zehn Taler machte am Kreideende die Galantrie und einen – wie drücktest Du Dich hübsch technisch aus? – einen *hydrocephalus- lum*, würde Tix – abera – verbessern.«

Es kribbelte etwas wie in kräuseligen Falten um Fritz Hornung's Nase, während er's unter abspringendem Kork in die Höh' brausendem Champagner ähnlich halb komisch-ärgerlich und halb in lustigem Uebermut heraussprudelte. Unwillkürlich drängte sich mir wieder auf, er besaß wirklich etwas Natur-Verwandtes mit Anna Wende, nur daß seine unverwüstliche Laune sich in die derbere burschikose Form seines Umgangs und studentischen Brauchs kleidete. Ich konnte nicht unterlassen, ihm die Aehnlichkeit auszusprechen, doch er fiel mir in's Wort: »Willst Du mir den Kopf noch wirbliger machen, sonst laß mich mit dem abgeschmackten Frauenzimmer mit den langweiligen Kornähren um den Kopf und den Kornblumen darunter. Von der Sorte wachsen sie zu Dutzenden auf jedem Dorf und ich bedanke mich für den Vergleich, der höchstens darin stimmt, daß ich heut' Morgen auch etwas Stroh unter meinem Stirnbein verspüre.«

Halb brachte mich's auf und halb mußte ich doch lachen. »Weißt Du, daß das eigentlich ein Tusch gewesen wäre, wenn ich auch noch solche dreifarbige Narretei über der Weste trüge! Ich wollte Dir ein Kompliment machen, und Aennchen – Fräulein Wende hat Recht, Du schlägst mit der Bärentatze d'rein. Auf solche Weise setzt man sich allerdings bei einem weiblichen Wesen nicht in Gunst, und man kommt leicht dazu, jemand abgeschmackt zu nennen, wenn man sich selbst – na, Dir liegt ja an keinem ›frauenzimmerlichen‹ Wohlgefallen etwas.«

Ich hatte den Satz, zu dem der Unmut über die Beurteilung Aennchens mich fortgerissen, abgebrochen, denn Fritz Hornung war, offenbar über meine Zurechtweisung rot geworden und stieß mit vollüberzeugendstem Ton aus: »Nein, gewiß liegt mir an Fräulein Wende's Wohlgefallen nichts, nicht so viel!« Er schnippte mit den Fingern, drehte sich dann jedoch ab, schwieg und sah aus dem Fenster. Wir blieben beide eine Weile stumm –

Hatte ich ihn doch beleidigt, den treuen Burschen? Er konnte ja nicht wissen –

Ich stand auf und trat hinter ihn. »Fritz – wenn ich zu gradaus gewesen – sag' mir, womit ich 's gut machen soll.«

Nun wandte er den Kopf, noch immer etwas rot, und griff zugleich in die Brusttasche. »Unsinn – gradaus gewesen, Reinold, das bin ich immer und ich bin auch ein Bär, kein galanter Kavalier. Was willst Du gut machen? Daß niemand Wohlgefallen an mir haben kann? Wenn Du etwas gut machen willst, so tu's und nimm eine von diesen beiden Karten, die mir meine Sektbrüder und Schwestern von gestern heut' für die Maria Stuart auf die Bude geschickt haben. Von mir aus war's jedenfalls nicht mit der Wurst nach dem Schinken geworfen.«

Er reichte mir zwei Theaterbillette entgegen; die Art, in welche er die Verzeihung für die ihm zugefügte Kränkung einwickelte, hatte etwas wahrhaft Rührendes, zumal da sein Gesicht obendrein in unverkennbarster Weise noch eine gewisse Verlegenheit ausdrückte.

Fritz Hornung verlegen – es gab doch noch etwas Neues unter der Sonne.

Ich nahm die Karte. »Wenn das Deine Bedingung ist, alter Freund; ich wollte, jeder Mensch wäre auf so angenehme Art zu versöhnen. Hab' Dank, Fritz; gewiß, ich will mit Dir gehen.«

Nun war er wieder der Alte, nahm eine Zigarre, schwatzte, lachte und ging im Zimmer auf und ab. Aber trotzdem bemerkte ich, daß noch etwas in ihm stecke, was er nicht recht hervorzubringen wisse. Endlich gelang's ihm, er blieb wieder abgewendet am Fenster stehn und sagte:

»Du äußertest vorhin, auf solche Weise setze man sich bei einem weiblichen Wesen nicht in Gunst. Du hast Recht, ich bin ein Bär und schäme mich, was sie – Fräulein Wende über mich denken mag. Aber Du bist von Kindheit auf immer mehr mit Frauenzimmern zusammen gewesen, Reinold, so daß Du Dich besser darauf verstehst und mir einmal ein Privatissimum darüber halten könntest, wie man es anfängt, daß man nicht als ein Tölpel Mißfallen erregt.«

Ich mußte hell auflachen. »Ein theoretisches Kolleg darüber, glaube ich, ist nicht sehr fördersam, wenn der Hörer es doch nicht zu praktischem Beruf ausnützen will. Zum Beispiel, wenn Du verliebt wärest, brauchtest Du keinerlei Doktrin. Die Hauptsache ist, kein Robert Lindström zu sein – die besitzst Du – und für Anna Wende hast Du durchaus kein Privatissimum nötig, Fritz!«

*

So saß ich zum andernmal in meinem Leben in dem Theater meiner Vaterstadt, das Fritz Hornung in anti-euphemistischer Anwand-
lung als Pferdestall bezeichnet hatte. Etwas zu despektierlich, wenigstens für den augenblicklichen Moment. Im Bleigrau des Tages-
lichts mochte die Bretterwand, welche das Parkett vom Orchester
abtrennte, einige Ähnlichkeit mit einer Pferderampe nicht verleug-
nen und die Logen sich etwas wie hölzerne Hürdenverschläge aus-
nehmen, doch gegenwärtig im Lichterglanz, im Durcheinanderge-
flimmer von Samt und Seide, Diamanten- und Perlenbehängen,
weiß bekleideten Händen und unbekleideten Busen gemahnte die
Bevölkerung äußerlich keineswegs an Rinder, Esel oder Schafe und
teilte ihre Leuchtkraft den von ihr innegehaltenen und überstrahl-
ten Pferchen mit. Die gesamte gute Gesellschaft der Stadt hatte sich
ein, Kunstgenuß bezweckendes Rendezvous gegeben; an der Seite
Lydia Imhofs befand sich auch Aennchen in einer der Logen des
ersten Ranges und verwandte kaum ihren Blick aus der Richtung,
wo ich auf einer der vordersten Parkettbänke am äußersten Rande
derselben neben Fritz Hornung saß. Das Haus war vollständig ge-
füllt, nun eröffnete die Galerie die übliche Pedalouvertüre, einige
taktierende Postamente des Parterre hinter uns fielen akkompagnie-
rend ein, dem erwarteten *spectaculo* ging der unter allen Himmels-
strichen bräuchliche Spektakel voran. Er erreichte seinen Zweck, die
Einzel-Präludierungs-Uebungen des in verwandtschaftlich abge-
schabte Fräcke gekleideten Musikkorps etwas zu beschleunigen, der
Taktierstock, das Kunstszepter des Allgebietenden klopfte und
erhob sich – »den Geigenschwindel schenkte ich ihnen auch« –
brummte Fritz Hornung, und die gute Gesellschaft wiegte sich unter Geplauder und sittigem Gelächter auf den Tonwellen der Ou-
vertüre irgend eines unvergleichlichen klassischen Meisterwerks zu
den höchsten Altarstufen künstlerisch-ästhetischer und gemüt-
durchbebender Begeisterung hinan. »Wie Schade!« hörte ich eine
weibliche Stimme hinter mir, »nun ist das Herrliche vorüber und
die langweilige Komödie fängt an, die wir schon in der Schule lesen
mußten, daß ich sie noch halb auswendig weiß.« Eine andere entgegnete: »Die Kostüme und besonders die Toilette der Leander
sollen aber prachtvoll sein –.« – »Was läßt sich da erwarten, sie
kommt immer nur in Schwarz.« – »Ja, doch ganz mit Schmelz be-

setzt, wie mit schwarzen Diamanten, ist mir gesagt worden.« – Der Vorhang ging in die Höh.

Es waren in der Tat gute Schauspieler, die alte Kennedy und Sir Amias Paulet gaben in der ersten Szene Bürgschaft dafür. Ihr Dialog spielte sich anerkennenswert ab, dann sagte der Ritter unmutig:

> »Denn lieber möcht' ich der Verdammten Schar
> Wachstehend an der Höllenpforte hüten,
> Als diese ränkevolle Königin.«

Und Kennedy erwiderte:

> »Da kommt sie selbst!«

Hatte die Alte das gesagt? Es klang mir doppelt im Ohr, als hätte auch Fritz Hornung's Stimme neben mir das Nämliche gesprochen. Unwillkürlich drehte mein Kopf sich einen Moment nach seiner Richtung, doch mit vorgestreckter Stirn hielt er stumm den Blick auf die Bühne gerichtet und ich wandte meine Augen gleichfalls dorthin zurück.

Maria Stuart war in der kurzen Zwischenzeit auf der Schwelle der von ihr geöffneten Tür erschienen, wirklich, wie meine Nachbarin hinter mir prophezeit, in ganz mit flimmerndem Schmelz besetztes Schwarz gekleidet, doch eine hohe, königliche Gestalt, auf den ersten Blick in Haltung, Bewegung und Ausdruck des Gesichtes eine wahrhafte Tragödin und würdige Verkörperung der gefangenen schottischen Königin. Sie trug ihr Haar und einen Teil der Stirn unter einem schwarzen Witwenschleier verhüllt, trat langsam vor und sagte, die Hand auf die Schulter der alten Dienerin legend, nach dem Klageausbruch der letzteren mit tief-melodischer, doch verhalten-überschleierter Stimme:

> »Faß Dich! – Sag an, was uns geschehen ist?«

Es zuckte etwas in mir, wie eine von unsichtbarer Ursache zu plötzlicher Empfindung angeregte Muskelfiber. Hatte ich die Stimme nicht schon einmal –?

Die Antwort Kennedy's ging gleichgiltig an meinem Ohr vorüber und Maria Stuart erwiderte, ihre bisher etwas vorgebeugte Gestalt hochaufrichtend, gelassen:

>>Man kann uns niedrig
Behandeln, nicht erniedrigen –«

Mein Gott – doch wo? Wo hatte ich diese Stimme gehört? Nicht sie selbst in ihrer vollen Tonfülle – sie war anders gewesen, gleichsam noch unausgewachsen – ich blickte vor mich auf den Theaterzettel: »Maria Stuart ... Fräulein Angelica Leander.«

Nein, der Name war mir wildfremd, ich hatte ihn gestern Abend zum erstenmal vernommen.

Das Spiel riß mich aus meinem Nachdenken und mit sich fort. Mortimer trat, in insolenter Weise der Königin den Rücken drehend, ein, daß sie von seiner Erscheinung abgestoßen bat:

>>Den Uebermut des Jünglings trag' ich nicht,
Spart mir den Anblick seiner rohen Sitten!«

Paulet entgegnete:

>>Wohl ist er keiner von den weichen Toren,
Die eine falsche Weiberträne schmelzt –
Lady, an dem ist Eure Kunst verloren.«

Neben mir unterbrach ein Gemurmel meine Aufmerksamkeit. »Er verdient's – ein roher Bursche, ein Bär, ein Tölpel –«

Ich mußte über Fritz Hornungs halblautes Selbstgespräch und seine mich überraschende, fast knabenhaftselbstvergessene Hingabe an die Darstellung lächeln, doch gleichzeitig trat Maria Stuart im Gespräch mit ihrer Amme vor und antwortete auf einen Trostspruch derselben ihrer Rolle gemäß:

>>Ich erkenn' ihn.«

Sie stand dicht am äußersten Bühnenrande, und ihr Blick, der über den Zuschauerraum fortschweifte, blieb bei den Worten einen Moment scharf auf unsern Plätzen haften. Niemandem sonst mochte bei dem Klang des kurzen Satzes etwas auffallen, nur mir besagte in Verbindung mit den auf uns gerichteten Augen der Sprecherin ein leichter Nachdruck auf den Worten, daß sie, nach nicht seltenem Schauspielerbrauch, einen derartigen Anlaß zu benutzen, eine Doppeldeutigkeit enthielten, und mich an Fritz Hornungs Ohr beugend, flüsterte ich scherzend: »Du bist unhöflich, den königlichen Gruß durch nichts zu erwidern, da Maria Stuart ihre letzten Worte offenbar in dankbarer Erinnerung an Deinen Champagner gesprochen hat.«

»Meinst Du? Gewiß nicht, sie dachte nicht daran. Sie sah allerdings hierher –«

Fritz Hornung erwiderte es etwas durcheinander, ihm fiel seine Cerevismütze zur Erde, und er bückte sich rasch, sie aufzuheben. Der erste Akt spielte sich unter mehrfachen Regieauslassungen ziemlich schnell zu Ende. Durch das sich immer mehr steigernde Interesse, mit dem ich mich der Aufführung hingab, klang mir nur noch einmal wieder von Maria Stuarts Lippen die wunderliche Stimmenvertrautheit voll in's Ohr und in die Empfindung, als sie auf Burleighs Vorhalt stolz entgegnete:

»Und das sind meine Richter!«

Sie sprach es den Zuschauern entgegengewandt und ließ dabei einen verächtlich aufflammenden Blick hinausschweifen, dem ein Sturm des Beifalls aus dem Hause folgte, der sich verstärkt wiederholte, als der Vorhang fiel. Fast am lautesten äußerte Fritz Hornung seinen anerkennenden Enthusiasmus, denn er setzte sein ungestümes Händeklatschen fort, bis Fräulein Leander erschien und mit einer kurzen Verbeugung das erneute Lob in Empfang nahm. Ihre Augen richteten sich dabei eine Sekunde lang abermals in unsere Ecke, dann begann die Musik wieder und ich fragte lachend: »Tun Dir die Hände nicht weh, Fritz? Ich hätte solche bacchantische Wirkung der dramatischen Kunst auf Dich nicht für möglich gehalten, daß die Leute Dich fast für einen bezahlten Claqueur ansehen könnten.«

»Verdient sie's denn etwa nicht?« antwortete er, beinah über meinen Scherz erzürnt. »Was sind die Andern alle neben ihr?«

Ich dachte dasselbe, nur nicht in Bezug auf die Trägerin der Titelrolle dieses Stückes, sondern von Anna Wende, zu der ich aufstehend und rückgewendet hinaufsah. Wie einfach-schön saß sie unter all' den geputzten Damen nur mit einer weißen Rose im Haar. Leider blieb ihr Anblick mir nicht lange vergönnt, denn der Zwischenakt war kurz, der zweite Aufzug begann, bestätigte die Kunst der Schauspieler in ebenso hohem Grade, und mit erwartungsvoller Spannung sah ich der großen Szene zwischen den beiden Königinnen entgegen. Sie kam, und eine der höchsten dramatisch-dichterischen Leistungen aller Zeiten und Völker zog mich mit voller Vergessenheit aller Dinge um mich her in die unübertroffene Hoheit der Sprache und des gewaltigen Vorganges auf der Bühne. Ich fühlte, daß mich während desselben von rechts her leise eine Hand am Arm berührte, drehte mechanisch den Kopf, sah in das runzlige Gesicht der alten Türschließerin des Parketts und nahm ebenso instinktiv-gedankenlos ein zusammengekniffenes Blättchen, das sie mir halbverstohlen in die Hand drückte. Dann riß der Fortgang der tragischen Handlung mich wieder voll mit sich fort; unbeachtet, ohne daran zu denken, hielt ich das mystische Blättchen zwischen den Fingern, erst die schleunige Entfernung Elisabeths gab mir einen Moment des Aufatmens und der Besinnung, in welchem ich das Papier auseinanderfaltete und meine Augen darauf niederrichtete. Es enthielt nur ein paar eilig mit Bleistift geschriebene Zeilen – mir schoß ein flüchtiger, doch gleich als unmöglich erkannter Gedanke durch den Sinn: Hatte Aennchen –? Allein, wie hätte sie gekonnt, und weshalb auch? Dann las ich kopfschüttelnd:

»Ja, ich erkannte ihn, und es erwartet ihn nach dem Schluß des dritten Aktes, da ich im vierten nicht auftrete, vor dem Garderoben-
zimmer
der Vampyr,
heut' Abend Königin von Schottland.«

Verwundert betrachtete ich das Blatt und stand im Begriff, es mit den Worten: »Da, es muß für Dich sein, Fritz,« an meinen Nachbar zu reichen, als mein Blick auf die schnellgekritzelte Aufschrift:

»Herrn Reinold Keßler« fiel – doch im gleichen Augenblick schlugen mir die heißverzückten Worte Mortimer's an's Ohr:

> »Du hast gesiegt! Du trat'st sie in den Staub!
> Du warst die Königin, *sie* der Verbrecher.
> Ich bin entzückt von Deinem Mut, ich bete
> Dich an, wie eine Göttin groß und herrlich
> Erscheinst Du mir in diesem Augenblick.
> Wie Dich der edle, königliche Zorn
> Umglänzte, Deine Reize mir verklärte!
> Du bist das schönste Weib auf dieser Erde!«

Es war nicht mehr der scheinbar unbeholfen-rücksichtslose Kerkergehilfe des Ritters Paulet, mit rohen Sitten und plumper Sprache, sondern die dithyrambisch wildaufglühende Leidenschaft, an der »die Kunst der Lady nicht verloren gewesen«. Kein Atemzug ging durch das Haus, wie gesprochene Flammen loderte es von dem Munde des Besinnungslosen, wie Wahnwitz unbezähmbarer Glut, in bacchantischer Raserei hierhin und dorthin –

> »O weihe Du dem Lebensgott der Freuden,
> Was Du dem Hasse blutig opfern mußt!
> Mit diesen Reizen, die nicht Dein mehr sind,
> Beselige den glücklichen Geliebten!
> Die schöne Locke, dieses seidene Haar
> Gebrauch's, den Sklaven ewig zu umflechten!
>
> Ist Leben doch des Lebens höchstes Gut!
> Ein Rasender, der es umsonst verschleudert!
> Erst will ich ruh'n an seiner Brust –«

Man wußte, empfand es durchschauert bis in die Spitzen der Finger hinein – wenn es ihm versagt blieb, stieß *dieser* Mortimer sich den Dolch in die Brust –

Unter dem lauten Aufruhr der herannahenden Kunde von der Ermordung Elisabeth's fiel der Vorhang. Ein Orkan des Entzückens brach diesmal im Zuschauerraum los; halb betäubt selbst noch von der wie ein irrsinniges Bild vor meinen Augen zerflatterten Szene erhob ich mich, jetzt erst plötzlich der rätselhaften Aufforderung gedenk, die mich nach dem Schluß des dritten Aktes in das Innere des Theaters berufen. Umdröhnt von dem tobenden Beifall, sah ich nur noch flüchtig, daß Fritz Hornung diesmal allein von allen um ihn her nicht klatschte, sondern starren Blickes, wie abwesend auf den niedergefallenen Vorhang schaute. Dann raunte die alte Schließerin mir zu: »Drüben durch die kleine Tür und den dunklen Gang hinunter.« Ich vernahm noch, daß ihr zahnloser Mund eine leise, eigentümliche Lache unterdrückte, und hörte hinter mir erneuertes vielstimmiges Getöse, das die Darsteller herausrief, dann tastete ich mich ohne irgend welche deutliche Gedanken durch den halb lichtlosen Gang. Eine zugleich dunstige und zugige Atmosphäre empfing mich, neben mir in breiten Lücken wurden Versatzstücke durcheinander gekollert, hie und da zischelte es an einer Pappwand, lachte, Schatten liefen hastig hin und her, niemand gab auf mich Acht. Ich stand unschlüssig, fast im Begriff umzukehren, als jemand auf mich zutretend ziemlich brüsk jetzt fragte: »Was suchen Sie, mein Herr?« Ja, was, wen suchte ich eigentlich? Ich wußte selbst keine Antwort zu geben, und mein Gegenüber fuhr mit einer kurz bezeichnenden Handbewegung fort: »Der Zutritt hier ist verboten.« Da rauschte es gleichzeitig mir zur Linken von knisternder Seite über eine kleine Treppe herab, ich sah auf, es war Maria Stuart, die dem Herausruf Folge geleistet hatte und jetzt atemlos zurückkehrte. Sie hielt einen Augenblick inmitten der Stufen an und stieß aus: »Reinold – Reinold Keßler!« und achtlos den Schleier von ihrer Stirn reißend, flog sie herunter, auf mich zu, legte mir beide Hände auf die Schulter und blickte mir wortlos mit großen, dunkelleuchtenden Augen in's Gesicht.

»Ich weiß nicht –« stotterte ich halb verlegen.

»Du weißt nicht, kennst mich nicht? O, dann ist's kein Wunder, wenn Keiner es tut! Und mit einem Blick, als ich Dich vor mir sitzen sah, war ich wieder bei Dir im Golddrosselnest!«

»Lea – –!«

Ihre Hand schloß mir den Mund. »Leander, ja – Fräulein Angelica Leander.« Sie zog mich einige Schritte mit sich fort in's Halbdunkel. »Komm, es geht ihre Midasohren nicht an, was wir beide zu reden haben. – Sie müssen auf Ihren Platz, Graf Aubespine und Mylord

Kent! Lord Leicester, ich bedarf Ihres Schutzes hier nicht mehr, zanken Sie sich mit Burleigh! – Komm, Reinold – ja, es sind acht Jahre, ich hab' es während der Szene mit Mortimer nachgezählt, daß Du an der Landstraße standest, als sie mich wie einen tollen Hund hinausgejagt. Im vorigen Zwischenakt habe ich in mein Hotel geschickt und auf meinem Zimmer ein Souper für uns beide bestellt. Bist Du's wirklich, Reinold – hab' ich die Hand des einzigen Menschen, des einzigen Freundes wieder? Maria Stuart will einen königlichen Abend feiern und Elisabeth von England nicht um ihre Krone und nicht um ihren Leicester beneiden!«

*

Lea verhängte sorgsam die Fenster ihres Zimmers, kam zurück und setzte sich neben mich an den zum Abendessen hergerichteten Tisch. Sie war so freudig, so glückselig, redete, fragte, lachte, faßte meine Hand, wie in einem Rausch – ich sagte mir, es sei der Triumph des Abends, der unerhörte Beifall, den sie nach dem Schluß der Vorstellung geerntet, daß sie sich mühsam in einer Verkleidung und durch eine Hintertür fortgeschlichen, um den zu Hunderten draußen auf ihr Einsteigen in den Wagen Harrenden zu entschlüpfen. Fast gedankenlos saß ich noch immer und suchte die Züge der Jugendgespielin unter der fremdartig-wundersamen, beinahe dämonischen Schönheit des üppig-hochaufgewachsenen Weibes hervor. Sie war weit schöner noch, wie sie da neben mir saß, als auf der Bühne, von einem funkelnden Zauber der Jugend und heißer Lebendigkeit umsprüht, keine Verkörperung einer idealen Dichtungsgestalt konnte ihr eigenes Selbst überbieten. Ihr Gesicht, von dem tiefschwarzen, reichen Haar überthront, verriet keinen Zug jüdischer Abstammung mehr, es bot überhaupt kaum orientalischen, sondern nur allgemein südlichen Typus, aber es blieb mir noch lange fremd und nur der Ton ihrer Stimme klang mir allmählich wieder vertraut, aus der Art ihres Sprechens, ihres Anblickens und ihrer Bewegungen durchfloß sich die alte Erinnerung mit gegenwärtigem Leben. Denn sie selbst redete und benahm sich, als ob es erst gestern gewesen, daß der weiße Landstraßenstaub um sie aufgewirbelt und sie und ihr buntes Wägelchen mit der langen Figur des Großvaters vor mir verhüllt hatte. Ich hörte wie im Traum die Erzählung ihrer Lebensschicksale, wie sie an die Bühne gelangt, mit einer jammervollen Wandertruppe von Dorf zu Dorf gezogen, sich

Schritt um Schritt, oft in Not und Erbärmlichkeit, oft selbst an ihrem Können verzweifelnd, heraufgekämpft habe, bis sie schließlich – durch glücklichen Zufall, sagte sie – eine Stellung an einem großen und würdigen Theater gefunden. »Dann erst – das stand unverrückt vor mir – wollte ich hierher zurückkommen –«

Ich fragte, zum erstenmal glaube ich, daß ich nicht nur hörte, welcher Art der Glücksfall gewesen, dem sie die Erreichung ihres Zieles verdankt. Sie sah mich mit ihren funkelnden Augensternen an:

»Wie sagte Dein Freund, der gelehrte Doktor, damals doch immer von Dir? Ich hab's behalten, Du seiest ein *sciolus*. Bist Du immer noch ein *sciolus* geblieben, Reinold, es scheint so, der Alles wissen muß? Glück heißt man die Stunde im Leben, wo es uns in die Hand gegeben, zuzugreifen oder nicht. Nicht wahr, ein Narr, der's nicht täte und dächte, er wolle noch warten, ob die Seifenblase von den Lippen der Fortuna vielleicht noch in andern Farben schillernd vorüberwehe. Da hast Du sie, greif' zu – ein Tropfen Schaum bleibt von der bunten Herrlichkeit! Aber nun bin ich hier, und es ist gut – ich wollte nur, Reinold, o ich wollte, wir machten die Augen auf und sähen den blauen Himmel über uns und die grünen Blättchen am Zaunstrauch, die der Frühlingswind in der Sonne bewegte – o ich wollte – doch die Menschen wollten's nicht und jagten mich wie einen Fuchs aus dem Nest. Was sagten sie noch, sei ich und solle ich nicht –? – o die klugen Menschen!«

Da war es plötzlich auch ihr Gesicht wieder, wie ich es einmal, in jener Trennungsstunde gesehen, als sie auf meine Frage, weshalb man sie fortgejagt, geantwortet: »Ich weiß nicht, warum –,« als ihre weißen Zähne die dunkelroten Lippen durchblitzt und mich aus ihrem Antlitz eine Sekunde lang die Tochter der heißen Wüste drüben im Morgenland angeblickt, daß es mich mit seltsamem Schauer vom Scheitel bis zur Sohle durchronnen. So sah sie mich auch jetzt einen Moment an – ein Bild durchblitzte mir die Empfindung – wie die Fürstenbraut Salomo's aus dem Hohen Liede – doch im nächsten Augenblick schlang sie mit wildem Ungestüm, auch wie sie es damals bei dem Abschied auf der Landstraße getan, ihre beiden Arme um meinen Nacken und in Tränen ausbrechend, fiel ihr Gesicht auf meine Brust herab.

Es überlief mich im ersten Augenblick mit einem Schreck – wenn Aennchen mich in dieser Stellung gewahrt hätte? Allein das nächste Gefühl verscheuchte jede Befürchtung; sie hätte es gedurft, jeglicher der es gewollt, sowohl um meiner als um Leas willen. Diese Vertraulichkeit besaß nichts damit gemein, daß es ein schönes Mädchen war, welches ihre Arme um den Nacken eines jungen Mannes geschlungen hielt.

Nun richtete sich Lea heftig wieder auf. »Wie dumm! Weinen? Weshalb? Es sind die Nerven, die immer nach einer großen Rolle rebellisch und albern werden – halt's ihnen zu gut, Reinold! Wir wollen trinken, fröhlich sein, vergessen! Nein, nicht vergessen – uns erinnern! Stoß' an – unsere alte Freundschaft!«

Sie griff nach dem vor ihr stehenden Glase, stieß es mit hellem Klang gegen das meinige und leerte es in raschem Zuge aus. »Also Du kanntest mich anfangs nicht? Und ich bin doch immer noch die alte Haarliese – weißt Du's noch? Nicht wahr, so hättest Du mich gleich wieder gekannt?«

Ihre Hand griff nach dem Scheitel, und ihr Kopf schüttelte unter übermütigem Auflachen mit einem Ruck das lange schwarzblaue Haar herab, daß es plötzlich einfallender Nacht gleich über sie niederwogte, Stirn und Augen und ihren ganzen Körper bis an die Knie mit undurchdringlichem Schleier überfloß. Darunter hervor rief sie mit täuschend nachahmender Stimme, wie die Kinder es an jenem Abend getan, als sie mir zuerst auf dem Wägelchen vorübergerollt: »Die Haarliese – die Haarliese!« und dann warf sie die ganze Fülle wieder mit kurzem Aufschwung der Stirn in den Nacken zurück, flocht es mit zwei Handgriffen in einen Knoten zusammen und lachte: »Nicht wahr, so könnte ich auch wie die gute Genoveva –«

Als besinne sie sich auf etwas, brach sie die Frage ab und knüpfte schnell eine andre daran. Welcher Wandlungen war dies seltsame, vertraut-fremdartige Wesen fähig! Vorhin die hohe königliche Erscheinung in Blick und Wort, in Stolz und Ergebung, als sei sie auf dem Thron geboren, und nun ein spielendes, Kind, das eben noch seiner inneren Erregung nicht zu gebieten vermocht, sie in heißem Schluchzen ausgeströmt hatte. Viele – vielleicht selbst Erich Billrod – hätten ein kurzes Wort der Erklärung dafür gehabt: »Ihr Hand-

werk – eine Komödiantin!« Doch ich, und vielleicht ich allein wußte, es war Natur, das eine wie das andere, wie sie da, noch einem
Traumgebild gleich, neben mir saß und mich jetzt lustigsten Tones
fragte:

»Was dachtest Du denn, als die alte Hexe Dir meinen Zettel in die
Hand drückte? Daß Maria Stuart sich in Dein liebes, altes, unverän-
dertes Gesicht vergafft habe?«

»Ich verstand die Unterschrift nicht, Lea; wenigstens konnte ich
nichts anderes herausbuchstabieren als ›Vampyr‹. Was heißt ›der
Vampyr‹ dachte ich?«

Leas Gesicht hatte sich dunkel überflogen. »Du bist vergeßlicher
als ich – grad' so Hab' ich Dich einmal gefragt, als Dein Lehrer mich
so genannt hatte, und Du erklärtest es mir – weißt Du's nicht
mehr?«

Bei ihren Worten kam mir das Gedächtnis. »Und Du sagtest, Du
wolltest gleich tot sein, wenn Du dann ein solcher Vampyr werden
könntest. Ja, jetzt erinnere ich mich, und ich fragte Dich darauf, ob
Du dann nur bei Nacht leben wolltest?«

»Was für törichte Kinder waren wir – o wären wir's noch immer,
Reinold! Mir fiel's auch grad' ein, als ich schnell den Zettel für Dich
hinkritzelte, und so schrieb ich das alte Erinnerungswort darunter.«

»Und nun ist's doch gut, daß keine Zauberfee damals Deinen
Wunsch gehört und ihn wie der Frau Ilsebill erfüllt hat, daß Du jetzt
ein Vampyr wärest, Lea,« lächelte ich fröhlich.

Sie schüttelte heftig-widerwillig den Kopf. »Laß das häßliche Tier
heut abend fort, Reinold; es soll uns nicht um das Licht dieser Stunde schwirren! Ich war toll, davon zu schreiben – es kam so – die
Maria Stuart hatte Schuld mit ihrem Basilisk – ja, so kam's –

Und Du, der dem gereizten Basilisk
Den Mordblick gab, leg' auf die Zunge mir
Den giftigen Pfeil –«

Lea war aufgesprungen und hatte die Verse mit einer Mischung
von komisch-ernsthaftem Pathos deklamiert, der Ernst lag nur in

dem Blitz ihrer Augen, während die Lippen ausgelassen hinterdrein lachten:

»War's nicht doch klug, Reinold? Kindermund tut Weisheit und Zukunft kund! Bei Nacht leben – laß es mich heut für acht Jahre mit all' ihren Tagen und Nächten! Was reden wir immer von mir? Von Dir will ich hören – sprich! Von Dir!«

Ich hatte meinen Sitz verlassen und horchte, denn die Turmuhr schlug von droben, undeutlich durch die verhängten Fenster hereinfallend. »Ein andermal, Lea, sonst leben wir heut nicht mehr bei Nacht, sondern am Morgen. Du brauchst Ruhe –«

»Nein, erzähle mir –!«

»Ich kann's mit einem Satze. Während alles dessen, was Du erlebt hast, habe ich Tag um Tag hier verbracht wie einst, auf der Schule, auf der Universität, gearbeitet, gelernt –«

»Mit dem Kopf oder mit dem Herzen, Reinold?«

Sie fragte es so zutraulich-erwartungsvoll, trat an mich heran, legte mir die Hände auf die Schultern und sah mir ins Gesicht. Ich wich ihrem Blick wohl mit etwas verlegener Miene aus –

»Siehst Du,« lachte sie, »man wird nicht rot, wenn man mit dem Kopf lernt. Wo ist sie, Deine sonderbare, schöne Freundin, auf die ich so eifersüchtig war, daß ich nicht von ihr hören wollte? Ich bin's nicht mehr, Du bist mir ja trotz ihr doch treu geblieben. O wie Einem mit Ohr und Auge, mit der Luft dieser Stadt die Namen wieder kommen! Magda hieß sie, Magda Helmuth. Der Name schon klang mir zu schön, viel schöner als Lea. Aber er war für sie nicht zu gut; ich sah sie einmal, denn ich war zu neugierig, doch ich verschwieg's Dir. Sie stand seitdem oft vor mir, wie ein weißes Bild – manchmal wie –« ich fühlte ein leises Zusammenfahren in Lea's Händen – »Du sagtest, oder wer, sie gleiche einem Schmetterling, der nach Sonnenuntergang noch fliege. Das wäre ein irrer, taumelnder Nachtfalter – nein, sie gehörte in die Sonne, war wie die Sonne selbst, so licht, so fleckenlos, so in's Herz hinein wärmend mit ihren holden Augen. Was sage ich's Dir, Du weißt das Alles ja tausendmal besser mit Deinem eignen Herzen. Wo ist Magda Helmuth, Reinold?«

Es kam so warm und wahr von ihren Lippen – weiterer Kommentars hätte unser Beisammensein für keinen unsichtbaren Zuhörer bedurft. Sie hatte mit weiblichem Instinkt in meinen Augen gelesen, nur gab sie sich einem Irrtum über die Persönlichkeit hin. Gewiß hatte sie kein Wort zu viel von der armen Magda gesprochen; es kam mir zum erstenmal, daß ein Anderer als ich diese wohl mit solchen Augen ansehen mochte, vielleicht mußte, die Mängel ihrer Erscheinung, wenn sie sich bewegte, über der Anmut ihrer Züge, der Lieblichkeit ihres Wesens vergessen könnte. Aber was hatte Lea erst von Aennchen, dem Bilde der Jugendfrische und Gesundheit gesagt? In der Vorstellung vernahm ich den Ton ihrer Bewunderung im Ohr und versetzte leicht zaudernd:

»Du täuschest Dich –«

»In ihr? In Dir?«

»In uns beiden, Lea.«

Sie bewegte heftig verneinend den Kopf einigemal hin und wieder und richtete ihre Augen mit einem völlig veränderten, fast kummervollen Ausdruck so tief eindringlich in die meinigen, daß ich mit dem Blick unwillkürlich zur Seite weichend und verlegen lächelnd fragte: »Was willst Du, Lea?«

»Ich will, daß Du glücklich sein sollst.« – Nun ging sie aus ernstestem Ton wieder in fröhlichsten über und erkundigte sich, ob Magda Helmuth noch mit der alten Dame in dem Häuschen neben dem ›häßlichen‹ Doktor Billrod wohne. »Er war wirklich unglaublich häßlich, Reinold, und hätte ohne Maske als Richard der Dritte auf die Bühne gehen und seinen Monolog anfangen können, daß »die Hunde bellten, komme er wo vorbei.«

Erich Billrod hatte offenbar in den weiblichen Augen verschiedener Generationen das nämliche Unglück. Nur ein Krüppel, eine Blinde, höchstens eine Einäugige – mußte ich denken.

Ein Krüppel? Nein, selbst Magda schrak vor ihm zurück. Besaß denn nicht ein Krüppel auch Augen, und verdiente Magda eigentlich die Bezeichnung überhaupt? Was änderte es denn im Grunde an einem Menschen, wenn sein Gang sich unschön darstellte, als daß man Trauer darüber empfinden mußte, ihn in seiner Regsamkeit behindert, seine sonstige schöne Vollendung durch diesen einen Fehler entstellt zu sehen? Lea hatte Recht gehabt, als sie dieses Mangels nicht einmal Erwähnung getan, denn er bedeutete ja nichts.

Ich gab ihr Antwort, daß Magda für den Sommer auf der Insel wohne, von der ich ihr einst erzählt, daß sie Erich Billrod, Magda und mir beinah ein nasses Grab bereitet habe. Sie lachte: »Also Ariadne auf Naxos? In dem Häuschen mit den roten und weißen Rosen umher? Du siehst, ich hab's behalten.«

Die Turmuhr schlug schon wieder, Lea erhob diesmal keinen Einwand, als ich ihr die Hand zum Abschied gab. »Auf Wiedersehen!« – »O wir bleiben noch lange,« sagte sie, »der Erfolg, auf den ich hier gezählt, ist gut, und meine Erwartung hat sich nicht verrechnet. Das klingt sehr prosaisch,« fügte sie schnell hinterdrein, »aber ich bin eben eine Schauspielerin, die ihr Ziel im Auge hält.«

Sie nahm eine Kerze und geleitete mich durch die nächtlich laut- und lichtlosen Kreuz- und Quergänge des altväterischen Hotelgebäudes, dann führte sie mich eine schmale Seitentreppe hinunter. »Das ist ein anderer Weg, als der, auf dem ich gekommen,« äußerte ich.

»Ja, er geht in den großen Garten drunten; wenn Du wieder zu mir kommst, Reinold, können wir dort zusammentreffen, die Witterung ist für den September lind hier und erlaubt's noch, den Abend im Freien zu verbringen. Dies ist die Tür, dann gehst Du rechts.«

Ich sah umher. »Es flößt mir Bewunderung für Dein Orientierungsvermögen – ein, daß Du Dich nach einigen Tagen erst schon so gut in dem alten, winklig-düstern Bauwerk zurechtzufinden im Stande bist. Ich, für mein Teil würde es ohne Deine Beihilfe nicht können und werde künftig doch den Haupteingang vorziehen.«

»Nein!« Lea stieß es fast heftig aus. »Ich bitte Dich, stets hier –«

Mir dämmerte ein Verständnis auf. »Ich begreife, um der Leute im Hotel, ich meine, um Deinetwillen –«

»Nein, für Dich nicht – doch es ist unnötig; wenn ich weiß, daß Du kommst, wirst Du mich immer im Gartenpavillon finden.«

Siebentes Kapitel

Einige Tage später, ziemlich früh Morgens klopfte es an meine Tür, ein alter, mir wohlbekannter Schiffer trat herein und sagte, in eine unergründliche Tasche seines dicken Flauswammses greifend: »Ich bin heut' einmal Postbote, Herr,« Er reichte mir einen Brief mit Aufschrift von der Hand Erich Billrods und fügte hinzu: »Es war fast nicht heranzukommen, der West hat's Wasser aus dem Hafen gejagt, wie's kein Mensch gedenken kann; geht's noch ein paar Tage so fort, kann man zu Fuß auf die Insel hinüber.«

Er ging, ich öffnete den Brief Erich Billrods und las:

»*Carissime convecors!*

Zwar keine sehr übliche Anrede, doch wie mich deucht die naturwahrste unter allen möglichen, deren sich unsere lieben Mitgeschöpfe ausschließlich untereinander bedienen sollten, denn es ist keiner unter ihnen, der nicht die volle Befugnis hätte, jeden andern so anzusprechen und so von ihm angesprochen zu werden. Du siehst, ich rechne mich zu keiner Ausnahme; so viel Selbsterkenntnis bringen vierzig Jahre dem Menschen schließlich ein. Aber man kann verrückt und doch mit sich und der Welt vollkommen zufrieden sein – eine Erfahrung, die man zwar im Durchschnitt weniger an Privatdozenten, als an ordentlichen Professoren macht – doch wenn's einmal so ist, wäre es ein noch ungleich höherer Grad von Tollheit, es anders zu wollen. Luft, Wasser und Erde haben hier meinen Beifall, und soweit das noch übrige der vier alten Elemente erforderlich ist, sorgt die Septembersonne noch ausreichend dafür. Die Rosen sind freilich verblüht, aber die Astern leuchten als ebenso treuliche Wächter um's Haus; ich rudere mit Magda über den goldblendenden Spiegel, wir wandern drüben am Strand des Fischerdorfs, ich sehe die weißen Wolken am Tage und Abends die Sterne, ich schreibe sogar einen Brief an Dich, um Dir mitzuteilen, daß ich noch nicht aus Sehnsucht nach Dir vergehe, sondern *tua venia* noch einige Zeit länger hier zu bleiben gedenke. Ich habe im Garten einen Syringenbusch entdeckt, etwas windverweht und zurückgehalten in seinem ihm von der Natur bemessenen Wachstum, doch er sagt meinem botanischen Auge, daß seine Blüten denen keines andern irgendwo nachstehen – und vielleicht bleibe ich so lange, bis er seine Blüten in die Sonne hinausschwellt.

Das könnte in einer lyrischen Anthologie mit Goldschnitt stehen, und es ist recht schade, daß ich kein Dichter bin, um weibliche Herzen damit zu erobern. Allerdings habe ich einmal eine Novelle geschrieben – ich bitte Dich, Reinold Keßler, geh' auf mein Zimmer und zünde Dir ein Feuer damit an; es war ein Erstlingsversuch, dessen Fehler ich heute einsehe, für einen zweiten möchte ich die Erinnerung daran auslöschen. Auch *das* Verständnis kommt Einem mit vierzig Jahren.

Und doch, Manches ist gut daran, wie's mir im Gedächtnis steht. Die Schilderung, wie Robert Lindström zum erstenmal aus der Syringenlaube durch die Nacht heimkehrt. Wie am Frühmorgen die Träume gegen das Himmelsblau vor ihm gaukeln, die Syringen aus den alten Büchern heraufduften, wie er plötzlich empfindet, daß es diese unsagbar schöne, durchsichtige Hand gewesen, die einer der Träume ihm zur Nacht auf die Stirne gelegt. – Spotte nicht über das Selbstlob, Reinold Keßler; Autoren sind Toren, wankelmütig und eitel. Etwas in der Erzählung entspricht zwar auch nicht der Wirklichkeit des Geschehenen; ich weiß nicht, wodurch mir bei der Niederschrift aus dem Gedächtnis entfallen gewesen, daß Robert Lindström seine Absicht, am hellen Tage wiederzukommen, noch verschob, am nächsten Abend, dem Wunsch Asta Ingermanns folgend, doch noch einmal im Dunkel auf der Bank mit ihr zusammentraf und von ihr ging, ohne seine Werbung vom Munde gebracht zu haben. Das ist eine fehlerhafte Auslassung in der Novelle – vielleicht war ich als Dichter zu ungeübt, dies richtig zu erkennen – aber wir wollen darum das Manuskript doch nicht verbrennen. Dazu ist es dennoch zu lebenswahr, nur den Schluß wollen wir ändern und freudiger gestalten. Ich rede nach Schriftstellerbrauch im majestätischen Plural, denn ich meine mich allein. Allerdings habe ich Dir einmal die Mitarbeiterschaft angetragen, doch ich habe mich besonnen und nehme mein Anerbieten zurück. Ich bedarf Deiner jugendlicheren Einbildung nicht, die meine reicht, von dieser Umgebung hier genährt, aus, für Dithyramben, für einen ganzen Roman, für die Unsterblichkeit!

Für den humoristischen Teil meiner kommenden Werke tragt ihr drüben ja Sorge. Ich hätte nicht zu hoffen gewagt, daß meine Prophezeiung so herrlich und schleunig in Erfüllung gehen würde. Weißt Du's noch, daß ich Dir im Winter einmal sagte, wie die gute Gesellschaft sich in so vollendeter Schicklichkeit umeinanderdrehte, als trage sie ein Anstandsbuch statt des pulsierenden Blutmuskels über dem Zwerchfell, es bedürfe nur der rechten zwei schwarzen Feuerbrände, die in einem sich seiner Macht bewußten und sie zu nutzen gewillten Weiberkopf steckten, um die ganze süßlispelnde und feingebildete Männersippe über Nacht auf den Kopf zu stellen, und zwar ohne ihre tadellosen Kostüme, so wie die Natur sie geschaffen. Ich mußte über die Fama lachen, wie sie mir die neueste Kunde aus eurer Stadt herübertrug. Ist die Circe gekommen, deren Zauberblick die edle nachhellenische Blüte und selbst die gewaltigsten Lästrygonen in – Eber verwandelt? Ich habe vernommen, daß sie sich nicht mehr umwedeln und mit holden Lippen belächeln, sondern die Zahne gegeneinander fletschen, knurrend zum Anpacken bereit, wie ein Hunderudel um einen Knochen. Die Sache scheint, sehr lustig; was sagen denn die lilienarmigen Penelopeien zu dieser klassischen Aspasia? Haha, Korinth unter dem alten, grünen Turm! Die Sonne sieht Neues. Oder ist es eine Penthesilea, die nicht auf Talente Jagd macht, sondern das Blut ihrer Anbeter mit der Peitsche in Brand und Gischt aufquirlt? Dann übermittle ihr meinen doppelten Segen und laß sie Blut trinken, bis sie satt ist. Das wäre ein heilsamerer Aderlaß für das Mustervolk der Musterstadt des Erdballs, als die weltberühmte Operationshand eures geheimen Schneidermeisters ihn je *in corpore vili* vollbracht hat.

Ein Anhauch des korinthischen Geistes, der eure Straßen durchweht, ist gestern auch zu uns gekommen. Zwei junge Frauenzimmer, Schauspielerinnen auf den ersten Blick, landeten in einem Boot an unserm idyllischen Gestade; ich weiß nicht ob die Circe, Aspasia oder Penthesilea darunter war. Sie meinten, hier sei eine Wirtschaft, und Magda gestaltete sich einen Spaß daraus, sie bei dem Glauben zu belassen und mit dem, was das Haus bieten konnte, zu bewirten. Ich kam erst später, als die beiden schon wieder aufbrachen, und fand Magda in einer so heitern, fast ausgelassenen Stimmung, wie ich sie noch nie gesehen. Sie blieb den ganzen Abend darin und ist's noch heut', so daß sie – was geht's Dich an, Reinold Keßler? Studiere

Deine Pathologie – ich will Dich nicht weiter durch meine Feder davon abhalten.

Uebrigens war Eine der beiden Fremden wirklich von einer – ich suche ein Wort und finde kein bezeichnenderes – satanischen Schönheit, so in der Art wie Klopstock sich seinen Seraph Abdiel Abbadona vorgestellt haben mag. Sie paßte auch, schien's mir, so ungefähr in die verlorene Paradiesgegend Mesopotamiens hinein; Magda, die mit ihr auf der Insel herumgewandert und viel mit ihr gesprochen, während die Andere bei Mama Helmuth geblieben, sagte indes, es sei ein edles, feinsinniges und liebenswertes Mädchen. Da wird es keine Aspasia oder Penthesilea gewesen sein.

Vale – bis ich eines Tages wieder vor Dir stehe und sage: Ich hab's getan, Reinold Kehler. Was? fragst Du. Du bist ein *sciolus*, wie Du's von je warst. Dinge, von denen Du noch nichts verstehst.

Ich schließe, wie ich angefangen. *Vecors sum, nil vecordiae a me alienum puto.* Besitzst Du überhaupt das, was als Stammwort nötig ist, um eine *vecordia* zu ermöglichen?

Leb wohl; Mama Helmuth grüßt Dich, und Magda wartet auf mich am Brückensteg.

Erich Billrod, einst Robert Lindström genannt.«

*

Mein täglicher Lebenslauf hatte eine Wandlung dadurch erlitten, daß ich mich jetzt an jedem Aufführungsabende im Theater befand. Das Schauspiel, wie es mir noch nie zuvor geboten, übte eigentümliche Anziehungskraft und Wirkung auf mich, es erregte und beschwichtigte wieder die hochflutende Empfindung, ich fühlte, daß es in schöner Weise eine gewisse Leere in mir ausfüllte, die – in paradoxklingendem Gleichnis – durch die jahrelange Ueberanhäufung mit Gegenständen theoretischen und praktischen Wissens in mir entstanden. Außerdem war mir der Besuch des Imhof'schen Hauses an diesen Abenden nicht ermöglicht, da auch Lydia Imhof und Anna Wende regelmäßig ihre Logenplätze in dem stets bis auf den letzten Fleck angefüllten Theater einnahmen, und so bot der Besuch des letzteren mir zugleich die einzige Gelegenheit, Aennchen wenigstens aus der Ferne zu begrüßen. Dazu riß mich Lea's vollendete Kunst täglich zu erhöhter Bewunderung hin, wie sich denn der allgemeine Enthusiasmus namentlich von Seiten der Männerwelt allabendlich in einem Regen von Kränzen und kostbaren Bouquets äußerte, mit dem die Herausgerufene am Schluß jeder Vorstellung überschüttet ward. Sie sammelte die reichen Spenden mit vorgeneigtem Oberkörper graziös vom Boden und ihr bald hierin bald dorthin gerichteter Augenaufschlag sprach ihren Dank und gleichzeitig ihre Vermutung oder Kenntnis aus, welchen Händen die Gaben entflogen seien. Auch sonst redeten ihre Blicke während einer Pause des Spiels manchmal flüchtig in den Zuschauerraum hinein, nur in die Richtung meines regelmäßigen Sitzes wandten sie sich nie oder gingen höchstens flüchtig mit fremdgleichgültigem Ausdruck an mir vorbei. Dann, wenn der Vorhang zum letztenmal gefallen, sammelten sich stets Hunderte vor dem Ausgang des Gebäudes, um in dichtem Gedränge auf ihr Fortgehen und Einsteigen in den Wagen zu warten. Die Anhäufung bestand aus Jung und Alt, aus Studenten, wie aus den Spitzen und Koryphäen der Beamtenkreise, der Universität und der guten Gesellschaft überhaupt, die sämtlich wetteiferten, der Kunst in ihrer Trägerin verdiente Huldigung darzubringen. Man sprach in der Stadt hie und da, daß dieser Tribut sich nicht immer allein auf Worte und Blumen erstrecken müsse, da die Juweliere niemals vergnügtere Gesichter gemacht und größere Tätigkeit entwickelt hätten, als in den letzten Wochen; dann und wann ging ein Gerücht ohne Nennung von Namen, daß in dieser und jener angesehenen städtischen Familie ein tiefes Zerwürfnis entstanden sein und eine Trennung in ihr bevorstehen solle. Mir kam, bei meinem Mangel an Verkehr, wenig davon zu Ohren; ward mir indes Derartiges berichtet, so zuckte ich die Achsel und versetzte, daß die Klatschsucht eben nach Stoffen hasche und glücklich sein werde, einen neuen und so ausgiebigen gefunden zu haben, daß aber jedenfalls derjenigen, welcher die Huldigungen dargebracht würden, keine Schuld an etwaigen Folgen derselben beigemessen werden könne. Lea hatte es selbst mir ungefähr mit den nämlichen Worten gesagt: »Was geht's mich an? Fordere ich sie dazu auf? Eine Schauspielerin, der man Geschenke macht, wäre eine Törin, scheint mir, sie zurück zu stoßen und sich die Geber dadurch zu Feinden zu machen.« Aber während sie es sprach, warf sie verächtlich-lachend mit gleichgültigster Hand einen Haufen wertvoller Armbänder, Ringe, Ketten und sonstige Schmucksachen durcheinander, und ihre Miene beließ keinen

Zweifel darüber, wie nichtsbedeutend ihr die gleißende Gold-, Perlen- und Edelstein-Ansammlung sei.

Im übrigen sah ich Lea eigentlich nur selten. Ich hatte sie an einigen Abenden nach ihrer Weisung im Gartenpavillon aufgesucht, ohne sie dort zu treffen; einmal war ich sogar wieder zu ihrem Zimmer hinaufgestiegen, weil ich von unten einen Lichtschimmer darin bemerkt zu haben glaubte, fand die Tür indes verschlossen. Wenn ich sie aber auf mich wartend antraf, zog sie mich stets in den abgelegensten, dunkelsten Winkel des großen Gartens, wo sie eine nie von anderen Gästen besuchte Laube entdeckt hatte und sich, von keinem Ohr belauscht, ihrer Lebhaftigkeit und wechselnden Stimmung voll hinzugeben vermochte. Die Darstellung einer bedeutenden Rolle versetzte sie offenbar jedesmal, wie am ersten Abend, in eine Aufregung halber Nervenüberreizung, in der sie manchmal plötzlich aus dem Spott über ihre zahlreichen Verehrer, der ausgelassensten Laune wieder in ein krampfhaftes Schluchzen umschlug und, die Stirn auf meine Hand pressend, diese mit heißen Tränen überströmte. Ich fragte dann wohl: »Was ist Dir, Lea?« – »Nichts – nichts. Ich wollt' es ja, hab's erreicht – ich bin zufrieden und bin glücklich.«

Das Gegenteil meiner steigenden Bewunderung für Lea's Talent schien dafür bei Fritz Hornung eingetreten. Sein Kunstenthusiasmus, so überraschend plötzlich der für mich aus seiner jovial-verständigen Natur heraufgetaucht, so schnell war er offenbar auch wieder verraucht, denn seit der Aufführung der Maria Stuart hatte ich Fritz Hornung nicht wieder im Theater gesehn. Freilich überhaupt nicht gesehn, so daß ich geglaubt haben würde, er sei verreist, wenn ich nicht manchmal spätnächtlich im Halbschlaf seinen Schritt erst auf der Treppe und dann lange Zeit – ich schlief zumeist darüber ein – über mir in seinem Zimmer gehört hätte. Er schien sich ganz dem Kneipleben wieder hingegeben zu haben, obgleich ich den Anlaß dafür eigentlich nicht recht begriff, da das Sommersemester geschlossen war, das Wintersemester noch nicht begonnen hatte und sich somit nur ein geringer Bruchteil von Studenten und besonders seiner Verbindungsmitglieder in der Stadt befand. Ein paarmal stieg ich hinauf, um ihn nach etwas zu fragen, doch ich traf seine Tür abgeschlossen, auch gegen seine sonstige Gewohnheit, denn er hatte mir früher oft lachend erwidert, was ein Dieb denn eigentlich bei ihm stehen solle? Allerdings war die Tür ebenfalls verriegelt, als ich eines Mittags bestimmt wußte, daß er noch nicht ausgegangen sei, und mich hinauf begab, um ihm Vorwürfe über seine Lebensweise zu machen, mit der er seiner Gesundheit schaden mußte, da ich das Gefühl hatte, daß er seit Wochen fast regelmäßig Tag in Nacht verwandelte. Doch er lag nach seinem abermaligen Heimkommen immer noch in tiefem Schlaf und kein Klopfen weckte ihn auf.

Eines Abends glaubte ich ihn zweimal zu sehen, doch es stellte sich beidemal als eine Täuschung heraus. Eine Wiederholung der Maria Stuart fand statt und nach dem Schluß der Szene mit Mortimer am Ende des dritten Aktes, während des Sinne betäubenden Beifallssturmes der Zuschauer flog aus der linksseitigen Eckloge des zweiten Ranges ein einzelner, ganz aus roten Kamelien gewundener Kranz vor Lea's Füße, aus dem im Niederfallen sich ein weiß abstechendes Blatt halb unterscheidbar hervorschob. Sie nahm den Kranz und hielt ihn, während sie sich dankbar verneigte, mit der Hand einen Moment vor ihrer Brust; mein Blick, der unwillkürlich nach dem Urheber der ungewöhnlich kostbaren Blumenspende in die Höh' schweifte, gewahrte eine Sekunde lang in dem Halbdunkel der mir schräg gegenüber befindlichen Eckloge ein Gesicht, das mir in der Entfernung wie das Fritz Hornungs erschien. Es verschwand im nächsten Augenblick wieder hinter einem halb zugezogenen grünen Vorhang und hatte mich unfraglich nur durch eine allgemeine Aehnlichkeit getäuscht, denn wie's mir jetzt zum Bewußtsein kam, war es nicht das rundwangige, lebenskräftige Gesicht des lachlustigen Freundes, sondern ein Kopf mit hohleingefallenen Zügen und unstät irrenden Augen gewesen, der obendrein über einer elegant ganz in Schwarz und nach neuestem Modenschnitt gekleideten Gestalt dem Flug des Kranzes auf die Bühne nachblickte.

Fritz Hornung im schwarzen Anzug und nach neuester Mode – ich mußte über meinen Irrtum auflachen. Eher hätte der Mortimer drunten selbst im Frack und weißer Halsbinde seine wahnwitzige Glut auszutoben vermocht. Der Vorhang fiel zum letztenmal; draußen lag eine sommerwarme Nacht, ich wanderte noch zur Stadt hinaus in's Freie und schlenderte, kaum wissend, wo ich mich befand, wieder zurück. Dann hörte ich in ziemlicher Entfernung Stimmen hinter eigner von noch dicht belaubtem Gebüsch überragten Gartenmauer, welche die Straße begrenzte. Aus meinen Gedanken aufblickend sah ich umher – war es nicht der Garten, der zu Lea's Hotel gehörte? Im selben Augenblick unterschied ich auch ihre Stimme – ein Windzug wehte sie wohl für einen Moment deutlicher herüber – wie sie auf etwas lachend die Antwort gab: »Tun Sie's, Mortimer, und beweisen sich als solcher; ich hindere Sie nicht. Doch Schottlands Königin –«

Der Schluß war nicht zu verstehen. Sollte ich Lea noch aufsuchen? Offenbar befand sie sich mit ihren Kollegen zusammen; ich setzte meinen Weg fort.

Da kam in hastigem Schritt eine Gestalt von seitwärts her, daß ich mechanisch ausrief: »Fritz!« Doch er war es wiederum nicht, sondern ein Fremder, der auf den Ruf, wie jeder es unwillkürlich bei Nacht tut, den Kopf flüchtig umdrehte, gleich darauf indes mit noch beschleunigter Eile in dem nur von einzelnen Sternen matt durchflimmerten Dunkel verschwand.

*

In einer gewissen feierlichen Stimmung hatte ich mich am Vorabend des letzten September zum Schlaf gelegt; als die Sonne mich weckte, begrüßte ich ihr Licht als ein für mich dreifach inhaltvolles, denn ich begann meinen Geburtstag, den Tag meiner Mündigkeit und den Gedenktag, auf welchen Philipp Imhof Fritz Hornung und mich vor zwei Jahren zur Wiederzusammenkunft in dem Hotelzimmer geladen, darin wir den ersten Abend unseres Abganges vom Gymnasium gefeiert hatten. Es war öfter die Rede davon gewesen, ob wir unter den verwandelten Umständen diese Erinnerungsstunde im Hause Imhofs begehen sollten, doch der letztere hatte seinen Wunsch ausgedrückt, daß es bei der ursprünglichen Bestimmung belassen werde und Fritz Hornung wie ich demgemäß unser präzises Erscheinen in dem anberaumten Gemach zugesagt.

Vorerst hatte ich jedoch einen Pflichtgang gegen mich selbst zu erledigen, den meine erreichte Volljährigkeit mir auferlegte. Ich kleidete mich sorgsamer als gewöhnlich an und schritt der ländlichen Vorstadt, in welcher der Besitz des Doktor Pomarius lag, zu. Der Wind mußte über Nacht aus West nach Ost umgesprungen sein, denn die Temperatur hatte sich verändert und an ungeschützten Plätzen war es noch um diese Vormittagsstunde trotz der vollklaren Sonne fast empfindlich kühl. Da lag meine alte Kinderheimat, deren beide mächtigen Zugangswächter ihr Laub bereits wieder zu verfärben anfingen, und ich trat ein und klopfte an die Tür des Studierzimmers. Doktor Pomarius befand sich nicht allein, sondern in einem Lehnsessel bei ihm saß eine kleine bucklige Persönlichkeit, die ich dem Ansehen nach als die eines in der Stadt übelberufenen Winkeladvokaten und juristischen Beirats in zweideutigen Rechtssachen kannte. Ich wollte mich mit der Bemerkung, daß ich störe und wiederkommen werde, zurückziehen, doch Doktor Pomarius vertrat mir den Weg, faßte meinen Arm und sagte: »Sie stören uns durchaus nicht, stören mich niemals, mein lieber Herr Keßler. Es freut mich immer, Sie zu sehen, und ich habe Sie heut morgen erwartet. Eine kleine geschäftliche Angelegenheit« – er machte eine entschuldigende Geste gegen seinen Besuch, welche dieser mit höflich stummer Beipflichtung erwiderte – »verzeihen Sie, es ist in kürzester Zeit erledigt. Mein bisheriges Mündel, mein lieber junger Freund hier, hat heut das Alter seiner Volljährigkeit erreicht und ich habe ihm nur die Abrechnung über meine beinahe zwanzigjährige Vormundschaft – hehe, eine lange Zeit – zu behändigen. Lediglich eine Formsache, diese Bogen enthalten die genaue Buchung meiner aufgewendeten Kosten und der Verwaltung des ursprünglich nicht unbeträchtlichen Nachlasses der Eltern. Ursprünglich, hehe – etwas toll gelebt, aber mein Grundsatz ist, daß Jugend austoben muß, und daß man einen Studenten nicht mehr als ein unmündiges Kind behandeln kann. Es liegt alles hier bereit, und wir haben die eigentliche Formalität ja schon früher erledigt. Eine vortreffliche Erziehung, der beste Unterricht, stets Vergnügung jeder Art, dann einige muntere Jahre mit guten Freunden und Freundinnen – das verursacht natürlich Kosten, besonders, hehe, das letztere. Aber wem mit solcher Ausrüstung die Welt mit zweiundzwanzig Jahren offen steht, wozu bedarf er im Grunde der äußerlichen Wertzeichen? Er hat klug gehandelt, sein Kapital im Kopf und in Lebenserfahrungen angelegt – hier, mein lieber Herr Keßler, die Bogen mit Ihrem Kredit und Habet. Die Bilanz gleicht sich ungefähr aus, nicht ganz, da meine letzte Aushändigung an Sie – für ein kleines Cadeau, nicht wahr? hehe, *les petits cadeaux entretiennent l'amitie et l'amour* – einen geringen Ueberschutz zu meinen Gunsten ergeben hat. Aber beeilen Sie sich nicht mit der Rückerstattung, mein lieber Reinold, durchaus nicht! Gelegentlich, ganz wie es Ihnen paßt; meine Liebe zu Ihnen hat freudig andre Opfer gebracht, bringt täglich das größte durch die Trennung von Ihnen.«

Doktor Pomarius drückte mir einige rubrikmäßig, dichtbeschriebene Foliobogen in die Hand, während der anwesende Advokat gähnend und gleichgültig mit einem Petschaft an seiner Uhrkette spielend zum Fenster hinaussah. Ich blickte mechanisch auf die Papiere nieder und dann sprachlos und halb ungläubig meinem bisherigen Vormund ins lächelnde Gesicht, bis ich unzusammenhängende Worte fand: »Ich habe nicht verstanden – mir machte es den Eindruck, als hätte ich danach das Ihrer Verwaltung bis heut anvertraute Vermögen meiner Eltern –«

»Durchgedacht, wie man sich burschikos auszudrücken pflegt und wie die Bezeichnung in diesem Falle sich auch mit der Sache am besten deckt,« fiel Doktor Pomarius ein. »Unter Hinzurechnung, wie ich bemerkte, des kleinen Überschusses auf mein Konto, von dessen Erstattung ich jedoch keineswegs rede. Aber, mein lieber Herr Keßler, Ihre Verwunderung setzt mich in gerechtfertigtes Erstaunen, da Sie ja bereits vor einiger Zeit die Freundlichkeit hatten, mir hier in gültigster Weise Ihre Anerkennung des eben ???beregten Sachverhaltes zu bestätigen.«

»Ich?« erwiderte ich noch staunender, als zuvor. »Ich habe nie –«

Doktor Pomarius glitt sich, noch freundlicher als vorhin lächelnd, leicht mit der Hand andeutungsweise über die Stirn. »Ich verstehe – man feiert den Vorabend seiner Mündigkeit durch ein Gläschen mehr – ein wenig Gedächtnisschwäche – hehe, wie nennt man noch das böse Tierchen, das bei der Gelegenheit seine Krallen etwas in den Kopf hineindrückt? Mein lieber junger Freund wird sich gleich entsinnen –«

Er richtete die letzten Worte an den im Sessel Befindlichen, indem er gleichzeitig aus einem Schubfach des Schreibtisches ein Folioblatt hervorzog, das er dem Advokaten in die Hand legte und fortfuhr:

»Und mein verehrter rechtskundiger Freund wird es ihm bestätigen, daß diese Anerkennung durch seine eigenhändige Unterschrift – *manu propria* ist hinzugefügt – vollständig ausreichen würde, um mir – hehe, ich sage es natürlich nur zum Spaß – vor jedem Gericht unanfechtbar zu bescheinigen, daß er die Richtigkeit meiner Rechenschaftsablegung und ihrer Bilanz einer sorgfältigen Prüfung unterzogen und in völliger Uebereinstimmung befunden habe. Mein lieber junger Freund hat das heut morgen nur momentan vergessen; das böse Tier – ich komme noch auf den Namen – ein Katerchen nennt man es, nicht wahr –?«

Der verehrte rechtskundige Freund warf einen gleichgültigen Blick auf das von der Hand des Doktor Pomarius beschriebene Blatt und äußerte gelangweilten Tones:

»Gewiß – sobald die Unterschrift unzweifelhaft eigenhändig ist – eine in aller Form Rechtens aufgestellte Bestätigung der vorbehaltslosen Anerkennung der Richtigkeit vormundschaftlicher Rechnungsablage, vor jeglichem Gericht unanfechtbar.«

»O, ich kenne die Wahrheitsliebe meines lieben, jungen Freundes zu gut,« lächelte Doktor Pomarius, »als daß ihm in den Sinn geraten könnte, die Eigenhändigkeit seiner Unterschrift zu bestreiten.«

Ich stand, wie von einer körperlichen Starre erfaßt; mein hinüberschweifender Blick gewahrte am Fußende des von dem Advokaten als unanfechtbares Dokument bezeichneten Schriftstückes meinen Namenszug, den Doktor Pomarius sich damals zum Vergleich und Angedenken erbeten hatte. Es stand noch nicht alles klar vor mir, nur dunkel empfand ich, daß ich ein einfältiger, argloser Tor gewesen sei, der sich von gleißnerischen Worten habe betölpeln, in plumpeste Falle verlocken lassen, und ich stieß ohne deutliche Besinnung aus: »Elender Lügner – Fälscher – Schurke!«

»Oh, oh –« machte Doktor Pomarius, mit der einen Hand sein Ohr verschließend und mit der andern eine abwehrende Bewegung ausführend – »ich habe nichts gehört! O wie schmerzlich das aus dem Munde meines ehemaligen Lieblings! In Gegenwart eines so achtbaren und rechtskundigen Zeugen! Aber mein verehrter Freund hat auch nichts gehört! O, Undank ist der Welt – nein, es ist das böse Tier, das seine Krällchen heut morgen in den Kopf meines jungen Freundes eingeschlagen.«

Ich erwog verwirrt einen Augenblick lang, was ich tun könne? Wenn ich mich in den Besitz meiner erschlichenen Unterschrift zurückversetzte, sie vernichtete – und ich sprang vor –

Doch unverkennbar war der Advokat darauf vorbereitet, schnellte vor meiner Hand das Blatt in die Höh' und flog vom Sessel, während Doktor Pomarius ausstieß:

»Oh – Gewalt? Hausfriedensbruch? Ein Dieb? Ein Räuber? Muß ich um Hilfe läuten? Muß ich das Fenster öffnen und die Nachbarschaft –?«

Er griff gleichzeitig nach dem Glockenstrang und stieß das danebenbefindliche Fenster auf. Erschreckt, ohne Ueberlegung wandte ich mich der Tür zu. Ich hörte auf der Schwelle noch die wieder im vorherigen Ton gesprochenen Worte des Doktor Pomarius:

»Nein, mein lieber, junger Freund hat sich besonnen. Er ist zu vernünftig, sich gegen etwas Unanfechtbares auflehnen zu wollen, und wird das böse Tier – hehe – durch die Lieblingsspeise desselben, einen Hering, besänftigen –«

Dann vernahm ich noch durch die geschlossene Tür ein heiseres Auflachen des verehrten, rechtskundigen Freundes, und meine Knabenheimat lag zum letztenmal hinter mir.

*

Es war genau der nämliche Anblick, der sich mir beim Eintritt vor zwei Jahren geboten, als ich am Abend der Bestimmung desselben Folge leistete. Der Ostwind hatte sich mehr und mehr verstärkt, und ein im Ofen knatterndes Feuer regte behaglichen Eindruck; auf dem Tisch in der Mitte des Zimmers standen die drei Couverts, die Flaschen, die Blumenvasen. Ich erinnerte mich jeder Einzelheit genau und erkannte ihre Uebereinstimmung, trotzdem sah mich alles wie aus weit entlegner Ferne an und weckte nicht das Gefühl der Anknüpfung an meine eigene Vergangenheit. Die Schuld mochte wohl an meiner Stimmung, der Lebenserfahrung liegen, die ich mit dem Beginn meiner Volljährigkeit gemacht; Zorn und Beschämung hatten den Tag hindurch in mir gekämpft, die materielle Lage, in die ich mich plötzlich durch den wahrscheinlich nicht rechtlich angreifbaren Betrug meines gewesenen Vormundes versetzt sah, zwang mich zu Erwägungen, Plänen, bei denen ich den Mitrat des noch immer abwesenden Erich Billrod aufs äußerste entbehrte. Welcher Weg war für mich einzuschlagen, wenn die nicht beträchtliche Summe, in deren Besitz ich mich noch befand, ein Ende genommen?

Die Situation war so neu für mich, so unerwartet über mich hereingekommen, daß ich sie noch nicht in klare Vorstellung zu fassen, kaum noch als tatsächlich und unabänderlich zu betrachten vermochte. So trieb ich gleichsam ziellos auf einem Gewoge wechselnder Gedanken, ließ mich von der Tagesgewohnheit untätig hierhin und dorthin tragen und stand am Abend, halb ohne es zu wissen, in dem Zimmer, in welchem unsere Zusammenkunft verabredet war.

Fritz Hornung befand sich noch nicht dort, doch Philipp Imhof, als der Wirt, war schon anwesend. Nur saß er nicht, wie vor zwei Jahren, in nachlässiger Haltung die Abendzeitung durchblätternd, sondern er hatte einen Stuhl an den Ofen gerückt und sah in die knisternden Flammen hinein, so daß er, mir den Rücken zuwendend, weder mein Anklopfen noch mein Eintreten vernahm. Nun jedoch drehte er in einem mechanischen Gefühl den Kopf, stand auf und sagte, mir die Hand reichend: »Es freut mich, daß wir hier heut' noch zusammenkommen, Keßler.«

Seine Stimme klang müde, beinah als ob das Sprechen ihm Schwierigkeit mache, die Hand, die er in meine gelegt, fühlte sich fast wie nur aus Knochen bestehend an, über welche die Haut sich trocken, welk und heiß hinzog. Wir sprachen einige gleichgültige Dinge, als Fritz Hornungs Schritt vor der Tür hörbar ward und diese sich öffnete. Doch der Erwartete war es noch nicht, sondern nur ein Bediensteter des Hotels in ursprünglich fein geschniegeltem, allein gegenwärtig unordentlich verwahrlostem schwarzem Anzug, über dem ein hohles, wie von unheilbarer Krankheit fahlzerrüttetes Gesicht herabsah. Philipp Imhof trat auf ihn zu, vermutlich um ihm eine Ordre zu erteilen, doch als er an ihn herangekommen, streckte er mit derselben mechanischen Bewegung, wie zuvor mir gegenüber, die Hand aus und sagte ausdruckslosen Tones: »Sei willkommen, Hornung.«

Ich starrte, zurückfahrend, dem Eingetretenen in's Gesicht. War es denn möglich – wann hatte ich Fritz Hornung zuletzt gesehen? An jenem Abend bei der ersten Aufführung der Maria Stuart – ich rechnete, es waren kaum drei Wochen seitdem verflossen. Konnten diese unstät-irren, beinah unheimlich brennenden Augen diejenigen des unverwüstlich lachlustigen, rundwangigen Jugendfreundes sein, des Bildes der Lebenskraft, Gesundheit, des nie von einer Sorge beschwerten leichten Sinnes?

Es blieb kein Zweifel, denn es war seine Stimme, die mich anredete. Er sagte, mit dem Blick an mir vorbeigehend: »Wir haben uns ziemlich lange nicht gesehen, Reinold, aber man muß fleißig werden, und wenn man des Nachts arbeitet, ist man bei Tage –«

Ein Schatten seines alten Auflachens ging ihm um die Lippen, wie er sich umdrehend, ergänzte: »durstig,« und an den Tisch tretend hinzusetzte: »Verzeih', Imhof, aber' mein Hals ist bei dem Ostwind wie ausgedörrt.«

Er ergriff eine der bereitstehenden Flaschen, füllte ein Wasserglas daraus an und leerte dieses auf einen Zug, als ob der Inhalt nicht aus Wein, sondern aus Wasser bestanden. Der Anblick erläuterte mir in betrübender Weise sein erschreckendes Aussehen; offenbar hatte er, wie ich befürchtet, sich vollständig dem Gewohnheitstrunk hingegeben und seine Gesundheit, Körper und Geist damit in rapider Schnelligkeit untergraben. Aber trotzdem – wenn ich mir sein Bild zurückrief, wie es seit frühester Kindheit und noch vor drei Wochen zuletzt vor mir gestanden – begriff ich nicht, welches Uebermaß der Unmäßigkeit dazu gehört haben mußte, um diese scheinbar unbesiegliche Natur in so kurzer Zeit zu zerstören.

Philipp Imhof schien von dem Allem, was mich erschreckte, nichts wahrzunehmen, oder gewahrte vielmehr nichts davon. Er sagte mechanisch als Wirt: »Ich bitte euch, eure alten Plätze zu nehmen,« doch er berührte kaum die ausgewählten Speisen, selten einmal mit schlürfender Lippe den Rand seines Glases. Ueber dem Tisch lagerte nicht die Stimmung eines heiteren Gedenkabends, zumeist saßen wir schweigend, als ob jeder seinen Gedanken nachhänge. Dann hob wohl Einer ein in unsere gemeinsame Vergangenheit zurückstreifendes Gespräch an, das sich in Pausen fortzog und wieder abbrach. Es war nur eine Kleinigkeit, doch fiel mir's bezeichnend auf, daß Fritz Hornung zum erstenmal in seinem Leben den Namen des Professor Tix aussprach, ohne ein »abera« daran zu hängen.

Der alte Narr soll auch wie ein Gimpel von sechszehn Jahren in die Schauspielerin Leander verliebt sein,« sagte Imhof, »daß seine Frau und seine Tochter ihm aus dem Haus laufen wollen.«

Wir erwiderten nichts; ich, weil ich es vermeiden wollte, über Lea zu sprechen, Fritz Hornung schien kein Interesse an dem berührten Gegenstande, wie an keinem der vorherigen zu nehmen. Er leerte nur hastig sein Glas und füllte es wieder; ich hatte wohl auch öfter das Nämliche getan, denn ich empfand allmählich, daß ich in sorglosere Stimmung geriet und daß der Schatten, der den Tag hindurch von Doktor Pomarius' Hause her als mein Begleiter neben mir gewandelt war, unter dem Einfluß des trefflichen Weines wesenlos zu zerrinnen anfing. Was hatte ich denn verloren, das keines Ersatzes fähig gewesen wäre? Geld, nichts weiter; ein Ding, das meine Ausdauer, mein Fleiß, mein Wille sich wieder erwerben konnte – kein Lebensglück, keinen höchsten Wert. In dem Verlust, der meine knabenhafte Torheit bestraft, hatte ich eine Bereicherung meiner Menschenkenntnis gewonnen, fast eine Genugtuung, daß mein Kindheitsgefühl über Doktor Pomarius mich nicht getäuscht, wenn es ihn heimlich stets als einen gleißnerischen Heuchler und nichtswürdigen Frömmler empfunden. Alles in Allem konnte ich mich noch glücklich schätzen, seiner Zucht nur mit einer Einbuße an äußerer Habe entronnen zu sein, meine Gesundheit bewahrt zu haben, meine Zukunft unzerstückelt trotzdem in fröhlichselbständigem Licht vor mir ausgedehnt zu sehen. Ich lachte plötzlich über den Triumph auf, dessen der Fälscher sich jetzt da drüben in seinem Zimmer erfreuen mochte, und trank.

Sollte ich Philipp Imhof von der Sache erzählen, ihn um seinen Rat angehen? Nein, das hätte sich deuten lassen, als ob ich in versteckter Weise das Ansinnen einer materiellen Unterstützung an ihn richtete. Doch im Allgemeinen konnte er mir vielleicht seinen Rat erteilen und ich fragte ihn lachend:

»Was würdest Du tun, wenn Du plötzlich ohne alle Geldmittel in der Welt daständest?«

Die Frage besaß dem Verlauf des geführten Gespräches nach nichts Auffälliges, und Imhof entgegnete lakonisch: »Wenn ich sähe, daß meine Passiva sich beträchtlich höher bezifferten als meine Aktiva und sich mir keine Aussicht auf Erhöhung der letzteren böte, so würde ich Bankrott machen.«

Fritz Hornung stieß eine kurze, heftige Lache aus, die von seiner sonstigen, humoristischen Art zu lachen ebenso grell abstach, wie sein jetziges Wesen und Aussehn von dem früheren und fiel ein:

»Kaufmännisch geantwortet, Imhof, klar, bündig und unantastbar! Es ist etwas Ausgezeichnetes um einen guten Geschäftsmann, der seine Bilanz immer deutlich im Kopf trägt und die Aktiva und Passiva zu richtiger Zeit genau gegeneinander abzuwägen versteht. Wenn die letzteren größer sind, macht man Bankrott – aber man versucht's erst noch einmal, nicht wahr – wie Du sagtest – mit der Aussicht auf Erhöhung. Auf Dein Speziellstes, Philipp Imhof!«

Fritz Hornung leerte sein Glas; es war als ob Imhofs trockne, kaufmännische Erwiderung auf meine Frage ihm mit einem Schlage die Laune völlig verändert habe. So still er zuvor gewesen, so beredt ward er jetzt; er sprudelte in alter lebhafter Weise mit dem perlenden Schaumwein um die Wette ausgelassene Torheiten und Tollheiten hervor, daß seine Lustigkeit, wenn sie auch einen andern Klang als sonst besaß, mich vollständig mit entzündete. Es schlug Mitternacht vom Turm und ich nahm mein Glas und sagte »Wißt Ihr's noch, vor zwei Jahren tranken wir das letzte auf das, was wir lieben. Du, Philipp, legtest eine Karte mit goldenem Rand dazu auf den Tisch, Fritz sagte, er habe auf nichts getrunken, und ich – nun ich würde auf das nämliche trinken wie damals, ich glaube, ›auf niemand‹ benannte ich's. Dann gabst Du Deine frühreife Menschenkenntnis über Fritz zum Besten, Philipp, von gefährlichen Spinnen und ungeschickten Nachtschmetterlingen, Feuer und Schafen – mir ist's jetzt, als wär's gestern gewesen – und Fritz hieß Dich einen angehenden Geldmarder und wollte Dir aufbrummen. Den gefährlichen Trinkspruch – Fritz scheint mir heut' ziemlich wieder in derselben Laune – laßt uns also vermeiden und dafür das letzte Glas drauf trinken, daß wir uns heut' übers Jahr abermals hier an dem nämlichen Tisch zusammenfinden!«

Unsere Gläser stießen aneinander, Imhof murmelte: »Es klingt matt –«, ich fiel ein: »Das ist Art des Champagners.« Fritz Hornung hatte sein Glas bis auf die Neige ausgetrunken und warf es plötzlich mit rascher Handbewegung gegen die Wand, daß es in klirrende Stücke zersplitterte. »Wenn Dein Trinkspruch sich erfüllt, Reinold, brauchen wir vielleicht andere Sektgläser,« fügte er hinterdrein.

Ich wollte ihn fragen, warum und welcher Art, doch mein Blick fiel gleichzeitig auf Philipp Imhof, der in diesem Moment mit totenfahlem Gesicht und halb wie gebrochenen Augen schwankend den Kopf an die Lehne des Stuhls zurückfallen ließ. Aufspringend und ihn haltend, fragte ich hastig: »Was ist Dir, Philipp?« Er öffnete matt die Lider: »Mir? Nichts – nur etwas Müdigkeit – auf einmal – ich hab' es manchmal in der letzten Zeit.«

Mein Blick haftete noch erschreckt auf ihm und ich stieß unwillkürlich aus: »Du sahst aus, als ob Du statt des Champagners Gift getrunken hättest.«

Nun zuckten seine Wimpern und er richtete sich gewaltsam schnell auf. »Was für Tollheit sprichst Du – vielleicht ist der Wein Gift für mich, ich trage ein Leiden in mir – der Arzt weiß es – für das der Champagner schädlich ist. Daran werde ich auch einmal sterben, möglicherweise plötzlich – wollt Ihr schon gehen? Ja so, ich gehe heut' mit Euch, es ist nicht wie damals, die Zeiten ändern sich und wir mit ihnen, daß ich das Hotel heut' Abend verlasse und mein eigenes Haus aufsuche. In der frischen Luft wird's mir schon besser werden; in dem Zimmer hier, dünkt mich, lag's von Anfang an wie eine heiße Grabluft, im nächsten Jahr muß besser gelüftet sein.«

Wir gingen, ich faßte Imhof's Arm und führte ihn. Der Wind pfiff, die Straßenlaternen waren ausgelöscht, aber hinter jagenden Wolken stand der Mond mit beinah voll ausgerundeter Scheibe und erhellte dämmernd die lautlosen Gassen. Ich gedachte der Nacht, wie ich damals mit Fritz Hornung ebenso aus dem Hotel nach Hause gewandert war und er im Rausch die Gosse als Trottoirstein angesehen. Das war heut' anders; er hatte gewiß nicht weniger getrunken, als damals, doch sein Kopf erschien augenblicklich so nüchtern, als ob er nichts als Wasser genossen hätte. War es schon die Gewohnheit, welche den Wein keine Wirkung mehr auf ihn üben ließ? Neben uns hinschreitend, sprach er ruhig über dies und jenes, unser Weg führte unfern am Hafen vorbei und Imhof bat: »Laß uns einen Moment an's Wasser hinunter, das wird mir gut tun.«

Wir wandten uns rechts ab und standen nach einer Minute am Quai, gegen den die Wellen sich mit hohem Rücken, manchmal dunkelschwarz, manchmal weißschimmernd heranwälzten. Als wir kurz in das Getose und Gewoge hinausgeblickt, schlug ein Schaumkopf über das Bollwerk herauf und stäubte sein feuchtes Gischtmehl uns bis in's Gesicht empor.

»Der Ost wühlt das Wasser aus der See heran,« sagte Imhof, »so hoch habe ich es noch nie gesehen.«

»O doch, ich erinnere mich aus unserer Kindheit, daß es dort bis an die Häuser rieselte,« versetzte ich, mich umsehend. »Wo ist Fritz geblieben?«

Auch Imhof blickte umher, und ich rief: »Fritz! Fritz?« doch ohne Erwiderung. »Er hat doch wohl etwas im Kopf und wahrscheinlich nicht bemerkt, daß wir hierher abgebogen sind, sondern den graden Weg nach Hause fortgesetzt,« meinte Imhof.

Vermutlich hatte er Recht; ich wollte ihn bis an seine Wohnung begleiten, doch er hielt unterwegs vor der meinigen inne und bestand darauf, daß ich ihn nicht weiter geleiten solle. »Ich fühle mich vollständig kräftig wieder und gehe das letzte Stück Weges gern allein. Gute Nacht, Reinold Keßler!«

Hatte das geringe Quantum Weines, das Philipp Imhof genossen, auf ihn eine Wirkung geübt, die das zehnfache Maß auf Fritz Hornung verfehlt? Er sprach die letzten Worte in einem so von seiner gewöhnlichen Nüchternheit abstechenden, warm-herzlichen Tone, als enthielten sie einen Abschied für's Leben, und seine Hand schloß sich zugleich mit so festem Druck um die meinige, als ob auch sie darin unsere ganze freundschaftliche Vergangenheit noch einmal zusammenfasse. »Ich komme morgen zu Euch,« rief ich ihm nach; er kehrte nochmals um: »Ich habe vergessen, Dir einen Auftrag von meiner Frau zu bestellen.« Damit reichte er mir ein kleines Kouvert und ging, und ich hörte seinen Schritt die einsame Straße wunderlich hinunterhallen.

Der Wind blies so heftig durch die Fensterritzen, daß die Kerze flackerte, bei der ich die Kouverteinlage Lydia Imhof's überflog. Das Blättchen enthielt nur wenige Zeilen: »Ich habe gesagt, daß ich Ihnen mitteilen würde, wenn der geeignete Zeitpunkt da sei. Kommen Sie morgen Nachmittag um fünf Uhr. – Lydia.«

Mit plötzlich erwachtem Herzklopfen legte ich mich zur Ruh', meine Gedanken schweiften über den Tag zurück, über den nächsten voraus. Wahrlich, was hatte ich denn verloren, was das Heut' mir genommen, das mir das Morgen nicht in tausendfältigem Reichtum wieder zu geben verhieß? War es schon Wirklichkeit oder Traum, der mich in das Zimmer eintreten ließ, in dem Aennchen meiner wartete?

Nein, nur ein Traum, ich hatte geschlafen, das klopfende Herz mich wieder aufgeweckt. Oder hatte sich ein äußerer Anlaß, ein lautes Geräusch hinzugesellt?

Ich horchte mit halb wachem Ohr durch's Dunkel. Ein schwerer, schwankender Schritt stieg langsam die Treppe draußen hinan, dann dröhnte er über mir in Fritz Hornung's Zimmer.

Kam dieser jetzt erst nach Hause? Wo war er noch gewesen?

Der unsichere Schritt wanderte auf und ab; er verstummte eine Weile, als ob der Gehende sich an einen Schreibtisch setze und eine Minute lang davor raste. Darauf begann er auf's Neue, hielt wieder an und erschütterte dann die Zimmerdecke wie zuvor.

Hatte Fritz Hornung irgendwo noch mehr getrunken und in besinnungslosem Rausch die Haustür offen gelassen. Sie knarrte im Wind, seufzte und schlug krachend zu, aber ich wußte nicht mehr, ob ich es wirklich hörte, oder nur der Traum es mir vorgaukelte.

Achtes Kapitel

Kann ein Tag zugleich wie eine Minute und wie ein Leben sein?

Es galt den Vormittag mit etwas Anderem, als dem ruhlosen Wechselgespräch mit dem klopfenden Herzen auszufüllen. Vielleicht war Erich Billrod zurückgekommen – ich ging seiner Wohnung zu, oder kämpfte mich vielmehr durch den zum Sturm gesteigerten Ostwind zu ihr hin. Nein, das Zimmer war verschlossen und ich wollte umkehren, als die alte Dienerin die Treppe herankam und mir zurief, Doktor Billrod sei ausgegangen. – »Ist er denn von der Insel zurückgekehrt?« fragte ich. – »Von der Insel?« antwortete die Alte verwundert; »wissen Sie das nicht? Schon vor länger als acht Tagen.«

Ich traute meinem Ohr nicht, doch eine Nachfrage bestätigte die erste Auskunft. Erich Billrod war bereits über eine Woche heimgekommen, ohne mich aufgesucht oder mir Nachricht von seiner Rückkunft gegeben zu haben. – »Befand er sich denn nicht wohl?« fragte ich noch. »Gott mag's wissen,« versetzte die Alte, »er sagt's ja Keinem und war sonderlicher als je. Eingeschlossen auf seiner Stube gesessen hat er, wenn er nicht wie ein Unkluger fortgelaufen und wiedergekommen ist. Ich hab' ein paarmal gedacht, es sei mit ihm – «

Sie deutete anstatt einer Beendigung des Satzes auf ihre Stirn; draußen auf der Gasse im Wind dachte ich darüber nach, was das Ganze bedeuten möge, doch Aennchens Gestalt drängte sich mir durch alles Sinnen und ließ mir gegenwärtig jede andre Beschäftigung der Gedanken als gleichgültig und wesenlos erscheinen. Endlich, endlich kam die Stunde heran, von der grünen Turmhöhe schlug es fünf Uhr und ich flog die Steintreppe des Imhof'schen Hauses hinauf. Ich mußte auf dem Flur einen Augenblick innehalten, das Herz pochte zu heftig und lähmte die Glieder; dunkel empfand ich eine eigentümliche Atmosphäre um mich her, einen den Raum fremdartig anfüllenden Geruch. Was war's doch noch? Es fiel halbwegs in meine Wissenschaft und mechanisch sann mein Kopf darüber, während der Fuß die Stufen zum ersten Stockwerk hinanstieg.

Natürlich, Moschus war's – ein Schritt tönte mir entgegen, der einer Magd, die von oben über die Treppe herabschoß. »Befindet Fräulein Wende sich im Wohnzimmer?« fragte ich.

Sie sah mich an und flog antwortlos vorüber, droben auf dem Vorplatz war Alles leer und ohne Laut. Ich durchschritt nach kurzem Verweilen einige ebenso stille Zimmer, dann ein in der Mitte gelegenes, das sein Licht nur von oben empfing. Als ich wieder eine Tür öffnete, sah ich im anstoßenden Gemach Anna Wende abgekehrt am Fenster stehen.

Sie wandte sich bei dem Geräusch um. »Du –?« und sie stand zaudernd, als hätte sie einen andern Anblick erwartet. Doch dann fügte sie hinzu: »Es ist vielleicht gut, daß grade Du kommst. Sag' mir –«

Ich unterbrach sie, über ihr Aussehen und die sonderbare Hastigkeit ihrer Worte erstaunt. »Du hast geweint, Aennchen? Weshalb?«

»O nein, gelacht! Ich lache!« Sie tat es wirklich, indem sie ihr seines, feuchtzusammengeknittertes Taschentuch von sich warf. »Ich habe schon den ganzen Tag hindurch gelacht über Deinen Freund, den albernen Narren, den dummen Bären. Man hat's mir gesagt, hat's mir auch in einem hübschen anonymen Brief geschrieben – als ob's mich anginge – da, lies doch!«

Ihre Hand deutete auf ein zur Erde geworfenes Blatt. »Ja, wozu – wer? Mein Freund, der Bär? Meinst Du Fritz Hornung?« entgegnete ich, ohne ihre Worte zu begreifen, indem ich mich nach dem Brief niederbückte. »Du sagst es selbst, was geht er Dich an, Aennchen? Es ist mir tief schmerzlich, daß er in schlechte Gesellschaft geraten und daß er sich an Körper und Geist zu Grunde richtet – aber wer und weshalb schreibt jemand es Dir?«

Sie sah mich mit großen, starren Augen an. »Also Du weißt es auch, daß er ein Verhältnis mit einer Schauspielerin hat, sie jede Nacht besucht, wenn alle andern Menschen schlafen? Du auch – und sagtest mir kein Wort? Du hast Recht, weshalb, was geht's mich an? Aber ich habe mit ihm getanzt, mit ihm gelacht und geredet, als ob er – mit dem Liebhaber einer Schauspielerin – o es ist nichtswürdig – schreit zum Himmel –«

Anna Wende brach in ein krampfhaftes Schluchzen aus und warf sich ungestüm, die Stirn gegen ein Kissen aufpressend, vor dem Sofa zu Boden. Ich stand vollständig verwirrt und faßte ihre Schulter –

»Aennchen – hat Lydia Dir nicht gesagt –?

»Ja, sie hat mir's gesagt, sie war's!«

Ihr Kopf fuhr wieder herum, ich stotterte mühsam: »Daß ich heut' zu dieser Stunde kommen würde, um Dich zu fragen –«

»Du? Ich wartete auf einen Andern, der mich schon zweimal gefragt hat, ob – ich wollte nur, er käme, grad' jetzt, daß ihm antworten könnte: Da ist sie, es ist abgemacht. O zum Lachen ist's! wie heißt's doch? ›Den ersten, besten, der ihr in den Weg gelaufen‹ – dann ist's vorbei. Was wolltest Du fragen?«

»Weißt Du es nicht – denkst Du es nicht selbst, Aennchen?«

Sie schüttelte den Kopf mit einer natürlichen Unbefangenheit der Verneinung, daß meine Verwirrung immer mehr stieg. »Was sollt' ich denn wissen, denken?«

»Daß ich kommen würde, um Dich zu fragen, ob Du« – ich schloß die Augen, glaube ich – »meine Frau sein willst, Aennchen?«

Anna Wende trat einen Schritt zurück und in ihren verweinten Augen flammte ein heftiger Glanz auf. »O pfui, das ist abscheulich! Hat Dein Freund Hornung Dich geschickt, um mich obendrein zu verhöhnen? Von Dir ist es mehr als abscheulich, und ich habe es nicht um Dich verdient!«

Atemlos sah ich ihr in's Gesicht. »Abscheulich – daß ich Dich liebe – ohne Dich nicht mehr leben kann –?«

Nun veränderten sich plötzlich ihre Züge. »Du? Du wolltest mich –? Nein, ich seh's Dir an, daß Du mich nicht verhöhnen willst, doch ich glaube, in Deinem Kopf ist's augenblicklich nicht ganz – verzeih', es kommt mir so unsäglich komisch vor. Wir sind so gute Freunde und sollten uns heiraten? Auf den Gedanken wäre ich nicht gekommen, wenn Du der einzige Mann auf der Welt gewesen wärest! Grad' so wenig, wie bei einem von meinen Brüdern. Was schwatzst Du für närrische Dinge, Reinold – mir ist's wahrhaftig nicht zum Lachen, aber wenn ich Dein verdutztes Gesicht sehe –.

Geh, Du wirst morgen auch über Deinen Einfall lachen; Du meinst mich garnicht, sonst müßte ich wenigstens irgend etwas davon in mir selbst fühlen können, ein Verständnis dafür haben. Du möchtest nur, daß jemand Dich so im Herzen tragen sollte, um Dich heiraten zu wollen, zu müssen, und da verfällt Dein Irrtum auf meine kleine Person. Wir würden uns beide hübsch betrügen, Reinold; ich hab' Dich sehr gern' – aber lieb gehabt – Du hast's ja doch nun einmal gehört, weil Du mich hier grad' so betroffen – lieb gehabt hätte ich nur einen Andern, und da der sich eine Andre erwählt und ein erbärmlicher Bursche ist, so will ich's auch nach dem Liede weiter treiben und –. Man kann gewiß aus vielen Gründen heiraten, aus Liebe, oder um überhaupt kein altes Mädchen zu bleiben, oder um Gut und Geldes willen, wie der es tut, der zweimal schon um mich angehalten, oder um der Welt und besonders einem ihrer Angehörigen zu zeigen, daß man sich keine Sekunde lang um ihn bekümmert hat. Nur aus einem einzigen Grunde heiratet man nie, aus Freundschaft. Dazu ist wirkliche Freundschaft zu ehrlich, und deshalb, Reinold, will ich Dir auf Deinen förmlichen Antrag, wenn Du's wünschst, einen höflichen Knix machen und antworten: Bleiben wir gute Freunde – aber ich muß Ihnen erwidern, mein Herr, daß ich bedaure, Ihrer für mich äußerst ehrenvollen Werbung kein Gehör mehr schenken zu können, da ich meine Hand zufällig bereits heut' Morgen versagt habe, und da –«

Anna Wende brach ab und drehte den Kopf nach einer Tür, die sich in diesem Augenblick öffnete und durch die jemand hereintrat. Einen Moment stand sie zaudernd mit weißerblaßtem Gesicht, dann setzte sie, schnell vortretend, ihren begonnenen Satz, doch offenbar anders, als er beabsichtigt worden, fort: »Und da mein Bräutigam hier eintritt, um sich mein Jawort mündlich wiederholen zu lassen« – und inmitten um mich her schwankender und kreisender Wände blickte ich in Eugen Bruma's zuvorkommend lächelndes Gesicht.

*

War ich in das Zimmer hinausgeraten, das sein Licht nur von oben erhielt und fast schon in mattester Dämmrung lag, oder dunkelte es mir nur vor den Augen? Ich fühlte keinen Boden unter meinen Füßen, nur kam's mir durch halbe Bewußtlosigkeit, als halte eine Hand mich im Fortschwanken an – ein Arm gesellte sich hinzu und umschlang mich und eine hastige Stimme flüsterte:

»Hast Du Deine Torheit erkannt? Was wolltest Du mit der blonden Lachtaube ohne Blut im Herzen? Hier schlägt ein Herz für Dich, in dem Blut klopft und verheißt, und diese Hand ist morgen frei –«

Meine Hand ward heftig gegen eine Brust gepreßt und aus dem Zwielicht leuchteten mir Lydia Imhofs Augen entgegen. Ich begriff nichts, mein Kopf drehte sich um eine ungeheure Leere, doch meine Lippen fragten wohl mechanisch aus der Betäubung der Sinne: »Was heißt das – frei?«

»Daß mein Mann im Sterben liegt und die Nacht nicht überleben wird – es kann niemand Wunder nehmen, die jungen Großstädter untergraben alle frühzeitig ihre Gesundheit, und nur ein heftigerer, tötlicherer Anfall der Krankheit ist's, an der er seit Monaten gelitten – das heißt, daß ich Dir morgen sein und mein Vermögen anbieten kann, mit allem Andern, was sein Herz nie besessen, was erst durch Dich glühend in mir aufgewacht ist!«

Ihre Arme suchten meinen Nacken herabzuziehen, eine dunkle, irr-entsetzliche Vorstellung rang sich in mir auf, daß ich sie gewaltsam wie ein häßliches Tier von mir fortschleuderte. »Philipp Imhof stirbt? Dann hast Du ihn ermordet – mit Gift langsam getötet –!« Sie stieß einen Schrei aus, doch ich stürzte ohne rückzublicken hinaus, durch die mir plötzlich verständlich gewordene Moschus-Atmosphäre hinunter auf die Gasse. Aus dem treibenden, bleiernen Gewölk, das mein Denken schwer überwogte, rang sich dann und wann ein Wetterleuchten, vereinzelt das Aufzucken eines Verständnisses. Philipp Imhof wußte, daß er langsam hinsieche, wußte selbst den Grund dafür und welche Hand ihn bereite – sein Benehmen, seine Antwort am gestrigen Abend, als ich ihm gesagt, er scheine nicht Champagner, sondern Gift getrunken zu haben, ließen es mich rückblickend deutlich erkennen. Zum Mindesten ahnte er, was ihm geschah, und wollte keine Klarheit darüber, keine Maßregel, der Verschlimmerung seines Zustandes vorzubeugen. In meinem Alter war er des Lebens voll satt und überdrüssig, und ein Enden desselben ohne Aufsehen, scheinbar auf langsam vorgeschrittenem natürlichem Wege war ihm erwünscht. Ein Stück jugendlichen, menschlich-sehnsüchtigen Herzens hatte er sich in seiner kaufmännischen Brust noch versteckt gehalten und dies einmal mit in seine Geschäftsrechnung hineingezogen; doch dieser Kalkül war fehlgeschlagen, der Betrieb des Compagnon-Unternehmens schleunig nach dem Beginn in Stocken geraten, und eine Wiederauflösung der Doppelfirma blieb unvermeidlich. Und Philipp Imhof's müde Augen sagten, daß sein Herz, die Sehnsucht desselben doch einen zu großen Teil an dem Geschäft besessen, um, da jenes Bankrott gemacht, ihm Lust und Kraft für seine Fortsetzung zu bewahren. Er hatte sich verrechnet gehabt und zürnte Keinem deshalb, auch der Teilhaberin seines Hauses nicht. Stillschweigend nahm er die Lösung an, zu der sie die Initiative ergriffen, um den Mehrbetrag seiner Passiva zu erledigen, denn er hatte die unhaltbare Bilanz gezogen und sagte sich, auf solche Weise ausgelöscht, bleibe wenigstens das einzig noch zu Rettende, der gute Name der Firma vor der Nachwelt zurück.

Wie der Oststurm es mir um den Kopf heulte und wirbelte! War ich nicht im gleichen Fall, hatte nicht mein Herz auch Bankrott gemacht – und war's nicht das Beste auch für mich, wenn einer der Ziegel, die da und dort von den Dächern auf die Gasse herunterknatterten, ebenfalls die Bilanz meines Daseins abschlösse?

So riß die Kette der Knabenfreundschaft hastig auseinander, zerriß der kurze Glückeswahn des Herzens! Hinter mir lag Philipp Imhof im Sterben, hielt Anna Wende im Hause des Todes die Hand Eugen Bruma's, »des ersten, besten Mannes, der ihr in den Weg gelaufen« –

Eine mehr als sinnlose, eine zum Tod lächerliche Welt, die nicht uns, in der nur der Mensch sich selbst betrog, weil der Wahnsinn des klopfenden Herzens ihn blendete, sie als sinnvoll – als Kosmos, sagte Tix – abera – zu betrachten. Ich schluchzte, ich lachte – ich glaube, ich wiederholte laut: »Abera – Kosmos – abera –« während ich ziellos die menschenverlassene Straße an den Hafen hinunterlief. Vor mir und hinter mir krachten die roten Ziegel auf das Steinpflaster, doch mein Kopf irrte unzerschmettert weiter durch die Luft.

Wir würden uns beide betrügen – hatte Anna Wende mir zur Antwort gegeben? Betrog sich denn das Herz, wenn es in verzehrender Sehnsucht nach einem andern begehrte, daß es sich von ihm geliebt fühle?

Eine einzelne Gestalt kam mir jetzt entgegen, in ähnlich wunderlichem Gang, schien mir, wie ich selbst ihn einem Zuschauer darbieten mochte, und in ähnlicher Gleichgiltigkeit gegen die umherstiebenden Wurfgeschosse des Sturms. Dann erkannten wir uns gleichzeitig und mechanisch rief ich: »Erich Billrod!« Er fuhr zurück und machte eine Bewegung, als wolle er in eine Seitengasse abbiegen, doch er blieb und versetzte: »Du, Reinold Keßler?« Wir standen und sahen uns eine Weile stumm an, wie ein paar wildfremde Menschen, die nichts miteinander zu reden hätten, bis er mit einem schneidenden Lachen ausstieß: »Du taumelst ja, als gingest Du auf Freiersfüßen –«

Wie kam – was wußte er? Wie ein vergiftetes Messer stach sein höhnisches Wort mir in's Herz, daß es von plötzlichem, tätlichem Haß gegen ihn in mir aufloderte. Hätte ich eine Waffe gehabt – sein Gesicht war mir nie so häßlich, so abstoßend erschienen – da packte seine Hand mit krampfhaftem Griff meinen instinktiv wie zur Abwehr auffahrenden Arm, denn auch seine Augen hatten mir wie mit glühendem Haß entgegengeflammt, und riß mich schwankend zur Seite. Ein Prasseln überlärmte im nächsten Moment den Sturm, und auf die Stelle, wo ich gestanden, schoß der Kopfteil eines hohen Schornsteins herunter, der mich zu Staub zerschmettert hätte. Ich starrte auf die Trümmer nieder und dann Erich Billrod in's Gesicht und stieß aus: »Ich danke Dir nicht dafür –«

»Ich habe auch keinen Dank von Dir verlangt und erwartet! Dank von Dir, Reinold Keßler?«

Wie ich aufsah, hatte Erich Billrod seinen Weg fortgesetzt und ging, unbekümmert wie ich um die fallenden Steine, drüben schon die Gasse entlang. Es dämmerte, vor mir klatschte und schäumte die Bollwerkbrandung des Hafens, erst nach einiger Zeit kam mir zum Bewußtsein, daß ich durch Wasser fortlief, das mir bis über die Füße auf- und zurückrann. So war's, wie ich gestern Abend Philipp Imhof gesagt, daß ich mich aus meiner Kindheit erinnere, die Wellen einmal bis an die Treppen der Häuser am Hafendamm rieseln gesehn zu haben.

Gestern Abend – welche Welt lag zwischen diesem Wort und jetzt! Die sonderbare Begegnung mit Erich Billrod hatte meinen Kopf in noch mehr erhöhten Aufruhr versetzt; mir war's, als sei er ein bis zum Rande volles Gefäß mit siedendem Inhalt, das nur eines Tropfens noch bedürfe, um nach allen Seiten wie irrsinnig überzurinnen.

Zwecklos lief ich umher, das Geprassel des Sturmes, das Toben der wie aus dämonischer Tiefe aufwütenden Ostflut an der von jedem andern Fuß scheu gemiedenen, verödeten Häuserreihe entsprachen dem Aufruhr in meinem Innern. Nur ein kleiner Menschenknäuel hatte sich drüben an einer Ecke angehäuft und umstand etwas, redend und gestikulierend. Ich kam dran vorüber, ohne nach dem Gegenstand ihres Eifers zu blicken, was ging mich noch fremdes Wohl oder Wehe an? Doch jemand, der mich kennen mußte, löste sich von der Gruppe ab und hielt mich, ein Bürgersmann oder Handwerker, der mich am Arm mit sich zog. »Bitte, kommen Sie, Herr Doktor – Sie werden's ja wenigstens und verstehen sich doch schon besser drauf als Unsereiner.«

»Was soll's, was habt ihr?« versetzte ich halb hinhörend. Der Mann antwortete: »Wir haben ihn draußen im Wald gefunden und hereingebracht. Er rührte sich nicht mehr, aber warm war er noch und die Pistole lag neben ihm im roten Gras.«

»Einer, der sich erschossen? Er ist klug gewesen und hat's gut –«

Gedankenlos, gleichgültig trat ich durch die ausweichenden Umstehenden an die rohe Holzbahre heran, auf welcher der Selbstmörder regungslos lag. Die Dämmerung verschleierte schon sein Gesicht, ich unterschied nur eine blutig umzirkelte Schußwunde in der linken Schläfe und bückte mich teilnahmlos dichter über den Toten –

War das der Tropfen, auf den mein siedendes Gehirn gewartet hatte, um überzurinnen? Ich stieß keinen Schrei aus, einen Augenblick nur war es mir, als treibe mein Herz Eisnadeln statt des Blutes bis in die Spitzen meiner Finger hinein, und mein Mund sagte auf die Holzbahre hinunter: »Fritz Hornung –«

Der Zweite des gestrigen Gedenkabends unserer Jugendzeit, des Abends, auf dessen Wiederkehr übers Jahr ich das letzte Glas getrunken. Ich faßte seine Hand; sie fiel kalt jetzt und in beginnender

Starre zurück. Es war die des einzigen wahren, treuen Freundes der Kindheit.

Warum lag er da? Ich dachte nichts, ich fühlte nur, daß der Irrsinn mir unter der Stirn hämmerte, doch ich beherrschte ihn, wie ein Trunkener für eine Minute seine Sinne unter die Gewalt des Willens heraufzwingt, um seine Besinnungslosigkeit zu verbergen. Ruhig, mit sichrem Ton ordnete ich an, die Leiche in Fritz Hornungs Wohnung zu tragen, und folgte hinterdrein. Ein dunkles Gefühl ließ mich in seinem Zimmer ein Licht anzünden und auf dem Tisch suchen. Da lag, was ich erwartet, ein Brief mit der Aufschrift meines Namens. Ich brach ihn auf und las die wenigen Zeilen:

>Leb' wohl und besser als ich, Reinold! Philipp Imhof hatte Recht, nur ist's zu spät und das Schaf nicht mehr aus dem Feuer herauszubringen. Sie hat mir heut' Nacht wiederholt: Geh' und tu's – ich glaube nicht, daß Du es tust, ihr Männer seid alle feig. Wenn Du's getan, will ich Dich lieb haben und darfst Du von mir verlangen, was Du willst. – Ich habe nicht mehr gelebt seit Wochen; wollte ich's morgen noch, brächten sie mich in's Tollhaus. Besser in die Erde – sorge, daß sie mich irgendwo einscharren, und sag' ihr, sie sei ein Teufel, und Mortimer ein Narr, daß er nicht ihr zuerst eine Kugel durch ihre Dämonsbrust gejagt habe. Bankrott – wenn Du mich wieder siehst, sind die Passiva abgetan. Leb' wohl, Reinold – wir haben oft zusammen gelacht und es wäre klüger gewesen, das Geschäft fortzusetzen. Es ging nur nicht – grüße Tix – abera –

Fritz Hornung.<

*

Wie war ich hierher geraten, wo ich jetzt stand, und was wollte ich an dieser Stelle? Es war nicht mehr Dämmrung, sondern Nacht, doch heller als zuvor. Wenigstens manchmal, wenn der Vollmond blitzartig aus fliegenden Wolkenmassen hervortrat; dann kamen wieder tiefe Schatten und tauchten alles in den grauen Schimmer eines halben Zwitterlichts zurück. Um mich her und auf mich herab rieselte es von unablässigem Regen knisternder Blätter und seinen Gezweigs, doch der Sturm selbst traf mich nicht, ging nur über mir wie Meeresbrandung durch die Wipfel. Ein verlassener, herbstlich überwilderter Garten war's, in dem ich mich befand; wenn der weiße Mondstrahl darüber zitterte und erlosch, schien es, als tanze ein gespenstischer Reigen in den dunklen Laubgängen, auf der Lichtung, mit den wirbelnden Blättern. Weiße, von Anbeginn meines Daseins mir vertraute Gesichter – sie nickten und winkten mir mit geschlossenen Lidern –

Ja, was wollte ich, weshalb war ich hier? Nun erschütterte ein Ton die Luft, stärker als der Sturm, ein Aufkrachen von drüben her. War's der Schuß einer Kanone oder nur ein Gespenst in meinem Ohr, das Krachen der Pistole, mit der Fritz Hornung sich getötet? Mein Mund schrie einen Namen in die tobende Nacht –

Da raschelte es, wie eine Schlange, die sich durch dürres Blätterwerk heranwindet, da rauschte es durch das Gesträuch, ein knatterndes, seidenes Gewand, und sie war's, deren Namen ich gerufen. »Bist Du's Reinold? Du kommst spät,« sagte sie und faßte meine Hand und zog mich nach der Laube, die sie für unser abendliches Zusammensein ausfindig gemacht. Ich sah fast nichts von ihr, der Mond lag hinter schwerem Gewölk.

Was wollte ich? Die Lippe hatte es ausgestoßen, bevor ich's wußte: »Bist Du's, um derentwillen Fritz Hornung sich erschossen hat?«

Es zuckte in Leas Hand, und sie ließ die meinige fahren. Einen Augenblick sauste nur der Sturm über uns, dann zerschnitt ein Lachen von ihr her das Dunkel:

»Der Mortimer? Hat er's getan? Ist er der Erste gewesen? Der Narr! Nun mag er kommen und holen, was ich ihm versprochen?«

»Entsetzlich – Du warst es? Der Erste? Was heißt das? Wer bist Du?«

Ich stieß es in dumpfer Geistesirre aus. Ihr Kleid rauschte einen Schritt auf mich zu –

»Wer ich bin? Hast Du den Vampyr vergessen, Reinold, der sich bei Nacht zu den Menschen ans Bett schleicht und ihnen das Blut austrinkt? Von dem abergläubische Leute meinen, er sei im Grunde gar kein Tier, sondern ein verwandelter Mensch, der nächtlich wiederkomme, um die zu verderben und sich an denen zu rächen, die ihm bei Lebzeiten Böses getan? Du erzähltest es mir und sagtest, eine Fabel wär's. Ich bin zufrieden, daß die Fabel das erste Blut getrunken hat in dieser Stadt, aus der sie die Fledermaus hinausgejagt, damit sie sich in einen Vampyr verwandle. Die klugen Leute – heut betteln sie um den Biß des häßlichen Tieres – alle – alle – und es saugt ihr Blut aus den heißen Adern, aus dem Frieden ihrer Häuser, dem Glück ihrer Familien! Was meinst Du, Reinold, habe ich uns beiden gerächt, wie ich es mir damals gelobt?«

Ein dämonischer Schauer wehte aus dem Klang ihrer Stimme, der mich vom Scheitel zur Sohle durchbebte.

»Gerächt – an dem redlichsten Herzen – an meinem schuldlosen Jugendfreunde,« stammelte ich – »Du bist eine Giftschlange –«

Das letzte Wort stockte mir im Munde, denn im selben Moment riß die Wolke oben und ein weißes Vollicht übergoß Zum ersten Mal fast tageshell und geisterhaft zugleich Leas Gestalt. Uralte Erinnerung durchzuckte mich – sie war's, wie ich sie am ersten Tage gesehen, wie sie im gelben Kleidchen und schwarzen fliegenden Haar der Natter geglichen, die sich unter ihr im Zaungestrüpp fortgeringelt. Nur umschloß jetzt knisternde gelbe Seide den üppigschlanken Leib, und die dunkle Nacht ihres Haares thronte über dämonischer Schönheit ihres Antlitzes.

»Eine Giftschlange?« wiederholte sie langsam, ihre funkelnden Augen auf mich richtend.

Ich fühlte, daß ich den letzten Rest der Besinnung verloren. »Nein, der Tod – wenn Du der Tod bist, so töte mich auch!«

Auf sie zuspringend, umschlang ich sie wild mit den Armen und zog sie auf die Bank der Laube nieder. Sie ließ es reglos, wie erstarrt geschehen, meine irrsinnigen Lippen flüsterten: »Ich begreife, daß sie sich um Dich töten – aus Verzweiflung, weil Du die Wahnsinnsglut nicht löschen willst, die Du in ihnen auflodern läßt. Mein Herz ist tot, denn es gibt Keine auf der Welt, von der es geliebt wird – sei ein Vampyr und trinke ihm das Blut aus, das noch in ihm hämmert! Ich sehe Dich nicht so, wie der Mond Dich hier übergießt – weißt Du, wie ich Dich sehe? Plötzlich kommt's mir – so sah ich Dich einmal und so stehst Du jetzt vor mir da. Eine Sekunde lang von einem Blitzstrahl wie ein Marmorbild umfunkelt – nicht Deine Muhme ist's – Du warst es, bist es jetzt – töte mich mit Deinen Lippen!«

Sie antwortete nichts, ich fühlte nur, daß ein Beben sie durchrann, und meine Hand ausstreckend, flüsterte ich fort:

»Wie alle Erinnerung wiederkommt – weißt Du noch, wie der Christenknabe Dich hier mit einem Stein auf der Brust traf? Wie die Wunde blutete und ich sie stillte – Hast Du das Mal noch davon? Laß mich sehen –«

Eine Sekunde des Wahnsinns war's, in der das Knistern der Seide den Sturm in meinem Ohr übertäubte. Doch nur eine Sekunde – dann war's, als erwache Lea's Körper plötzlich aus einer Todesstarre, sie flog mit einem Schrei auf und stieß mich heftig zurück –

»Nein – Dich will ich nicht verderben – Dich allein von allen nicht, Reinold –!«

Das Dröhnen eines abermaligen Kanonenschusses mischte sich seltsam in ihre Worte, und hinterdrein begannen mit plötzlichem wilden Durcheinander die Glocken des alten Kirchturms wie Feuerruf zu läuten. Lea stand einige Schritte von mir entfernt draußen vor der Laube – ich rief:»Warum mich nicht? Was könntest Du an mir noch verderben?« und wollte auf sie zueilen. Doch sie hob abwehrend die Hand –

Sie stand da, wie ich sie nie gesehen, auch nicht auf der Bühne. Sie war nicht Lea, die Jüdin, und war keine Schauspielerin, die eine Rolle darstellte. Eine Königstochter der Wüste, von der Hoheit eines Augenblickes, einer höchsten Empfindung mit Majestät übergossen, stand sie vor mir und sprach, Wort um Wort:

»Blinder Tor, *Dein* Leben wäre verdorben und Du wolltest bei mir den letzten Becher Gift trinken? Vielleicht schuldest Du mir mehr Dank, als Du glaubst, Reinold – wenn mein Herz nun an Deinem geglüht hätte, wenn es die erste Süßigkeit seines Lebens gewesen wäre? Was sagt' ich? Ich log, Reinold Keßler! Ich empfand nichts, denn was Du gewollt, taten Andre vor Dir, ohne daß ich mich weigerte. Du hieltst eine Dirne in den Armen – rühr' sie nicht auf's Neu' an, daß Du Dir nicht zum Abscheu wirst, wie sie es sich selber ist. Wär' es wahr, was Du sagtest, daß Dich kein Herz auf Erden liebt –

vielleicht hätte meines eine Minute lang vergessen, daß es einst seine schuldlose Ruhe, sein einziges Glück an Deinem gefunden. Aber Dich liebt ein Mädchen, dem ich nicht mit den Haaren den Staub von den Füßen abzutun würdig bin – liebt Dich mit aller Unschuld, aller Seligkeit und allem Bangen eines reinen Herzens – liebt Dich als den Traum ihres Tag's und ihrer Nächte, als den Einzigen, den die Welt für sie hat, mit aller Göttlichkeit und Ewigkeit wahrer Liebe. Ich wüßt' es lang' – ein Mädchen fühlt an einem Wort, wie das Herz des anderen klopft – aber ich wollt' es auf's Neu wissen und las es in ihren Augen, erlauschte es von dem holden Beben ihrer Lippen – denn ich wollte, daß Du glücklich sein sollst, Reinold –«

Es schrie bitter in mir auf. »Du sagst es – und wie ich sie gefragt – heute – lachte sie und gab mir zur Antwort, ich sei ein Tor –«

»Unmöglich!« Lea trat rasch gegen mich heran – »das hat Magda Helmuth nicht gesagt!«

Magda – – Magda – –

Was war das? Kreiste der Mond am Himmel und schwankte die Erde um mich her? Riefen der Sturm, die wimmernden Glocken, schrie mein eignes Herz plötzlich aus einer unbekannten Tiefe herauf: »Magda – Magda –«? War es ein Blitz, der von Lea's Munde gefahren und fernhin das Dunkel hinter mir erhellte, durch das ich am lichten Sonnentage geschritten – der mit einem Zauberstrahle Alles, Alles von Kindertagen herauf in den Goldglanz der Erkenntnis badete, und zugleich mit schrillem Laut mein Ohr durchschnitt: »Blinder Tor, du hattest Augen, und sahst nicht, wie ein Herz dich liebte! Du haschtest nach einem schimmernden Kiesel, und über die Perle, die das rätselvolle Meer für dich, in deine Hand herausgetragen, glitt dein Blick achtlos hin. Jetzt weißt du's, daß sie dich geliebt hat, so weit du zurück denken kannst – und weißt, daß dein blindes Herz nur sich selbst betrog, nur nicht erkannte, daß auch du immerdar sie und sie allein geliebt hast!«

»Magda – meine Magda –«

»Siehst Du's –« Lea hatte meine Hand ergriffen – »geh' zu ihr, in dieser Stunde! Seid glücklich« – sie zog meine Hand an ihre Lippen herauf – »nein – wir sehen uns niemals auf Erden wieder, Reinold, und sie wird es mir vergeben –«

Lea umschlang plötzlich meinen Nacken mit den Armen, wie sie's damals auf der einsamen Landstraße getan, und ihre Lippen hefteten sich eine Sekunde lang auf die meinen. Dann stand ich allein wie an jenem Abend, kein Staub wirbelte um mich auf, doch Sturm und Nacht hatten sie verschlungen, und nur ein Schluchzen verklang durch den knisternden Regen der herbstlichen Blätter.

*

Es hämmerte noch in mir fort, doch nicht mehr hinter der Stirn, wieder im Herzen. Nicht Wahnsinn mehr, trunkener, Alles vergessender Rausch des Glückes. »Zu ihr – zu ihr!« klopfte das Herz.

»Hast Du nichts vergessen, Reinold –?« Wie klang Magda's holde Stimme mir aus der grünen Waldestiefe herauf, in der ich ihre herzklopfende Frage nicht verstanden. Sie tönte mir unablässig durch das Heulen des Sturmes, das hastige Glockengeläut, das schnell jetzt hintereinander sich wiederholende Aufkrachen der Kanonenschläge. Weshalb gingen die Glocken eigentlich, wozu die Schüsse? Zum erstenmal kam mir die Frage, und ich richtete sie an einen Mann, der mir in der Gasse vorüberstürzte. »Sind Sie blind und taub?« war seine Antwort; »wenn das Wasser so fortsteigt, wie in der letzten Stunde, kann man morgen auf den Böden der Häuser, die dann noch stehen geblieben sind, Fische fangen!«

»Das Wasser?« Ich dachte noch nichts dabei – »zu ihr – zu ihr!« klopfte das Herz und riß mich in atemlosen Lauf an den Hafen hinunter. Da glänzte unten in der Straße ein Spiegel vor mir auf, der hin und wieder schwankend das Strahlenbild des Mondes, von dem alles Gewölk abgesunken, zurückwarf, und zugleich umtoste mich hundertfaches Stimmengelärm, Rufe der Angst, Flüche, Geschrei nach Böten, Leitern, Hülfe. »Am Hafendamm schlägt's in den zweiten Stock!« – Meine Kinder – eine Leiter – ein Boot – Hülfe!« jammerte eine Weiberstimme irgendwoher aus der Höhe. – »Vorgesehen mit den Nachen, das Eckhaus bricht zusammen!«

Ein Prasseln folgte drüben auf den Warnungsruf, ein vielstimmiger Aufschrei; die Glocken wimmerten – »Laßt das Schießen!«

schrie eine Stimme, »wer's noch nicht weiß, merkt's auch nicht, wenn's ihm die Kehle stopft!«

Eine Sturm- und Springflut des Vollmonds, wie sie seit jahrhundert-alter Menschengedenkzeit offenbar nicht erlebt worden! Und plötzlich schoß mir zum erstenmal durch den wilden Aufruhr der Gedanke: »Magda auf der niedrigen Insel – allein mit ihrer Mutter – hülflos –«

Ich stürzte dem andringenden Wasser entgegen und schrie um ein Boot, doch niemand hörte auf mich. Das war wieder beginnender Irrsinn, ich fühlte es; die Wellen schlugen mir gegen die Brust, hoben mich fast; wie ich's erreicht, wußte ich nicht, aber ich hatte ein herrenloses Boot gepackt, seine Segel losgerollt, saß darin und flog über die weiß heranzischenden Köpfe fort. Wie ein Möwenflug war's, dahinrasend, gleichgültig gegen jede Gefahr, nur instinktiv lenkte die Hand in altvertrauter Weise das Steuer, und nur die Gedanken flogen noch sturmesschneller voraus. Es war unmöglich – ich mußte sie finden, wohlbehalten. Sie selbst besaßen ein Boot und hatten sich, als die Gefahr begonnen, an's feste Land hinübergeflüchtet; wenn nicht, hatten die Fischer drüben im Dorf ihre Not bemerkt und sie gerettet. Vielleicht fand ich sie wieder in der Schifferhütte gleich einer verkleideten Fee in den Holzschuhen, im Mieder und dicken Wollenrock, das braune Kopftuch der Fischersfrau umgeknotet, und sie legte die schöne, durchsichtige Hand, in der ihr Herz klopfte, auf die meine, und ich verstand heut' erst, was sie damals gesprochen: »Dann mußte ich noch an Dich denken, Reinold –«

Eine ungeheure Einsamkeit, durch die das Segel mich forttrug. Nur kreischende und kreisende Vögel umher in der glanzhellen Nacht, durch welche die volle Mondscheibe jetzt in unbeweglicher Ruhe herabsah.

War das auch eine Silbermöwe, die drüben hart über dem Wasser hinschoß, oder die weiße Mähne einer heraufrollenden Riesenwelle? Ich heftete den Blick darauf; nun verschwand's –

Der Wind stand mir schräg entgegen, ich rechnete und wußte, daß ich dreimal kreuzen mußte, um die Insel zu erreichen. Vielleicht viermal – die beiden kleinen Zahlen umschlossen mein ganzes Denken.

Da kam's wieder – wieder kein Vogel, noch ein Wogenkamm war's, sondern ein anderes, pfeilschnell fortschießendes, auf die Wellen niedergeducktes Segel.

Fast um einen Schlag befand sich 's mir vorauf. O, wäre ich erst dort! Wohin wollte es?

Nun trennten sich unsere Richtungen, auf- und abwärts, und dann waren wir uns wieder gegenüber, im selben Abstand.

In mir regte sich eine stürmische Wallung, fast wie Haß gegen den Inhaber des fremden Bootes.

Grundlos, ungerecht, nur weil er mir voraus, weil er schon dort war, wohin mich allein der ruhelose Herzschlag trug. Ich hatte es gesehen, ein einzelner Mann war's, der am Steuer des Fahrzeugs saß. Er nutzte, wie ich, den Wind um Haaresbreite und hielt seinen Vorsprung inne. Wie der Wettlauf zweier atemloser Renner war's, nur nicht nebeneinander, sondern sich kreuzend, sich weit entfernend, umbiegend und wieder begegnend. Phantastisch verwirrte es zuletzt meine Sinne, als flögen wir wirklich um höchsten Preis in die Wette und als liege Alles daran, daß ich vor ihm das Ziel erreiche.

Hatte der Wind eine Schwenkung gemacht, die mein eingebildeter Gegner nicht beachtete oder droben an seinem Ende nicht wahrnehmen konnte? Mit plötzlichem Griff legte ich in der Mitte meines Lavirkurses die Segel herum, der Sturm bog sie fast auf den schäumenden Gischt herab, das Steuer flog nach rechts – es gelang, und um eine Minute später durchschnitt ich die Bahn meines unbekannten Rivalen. Er kam heran, mit dem Bug auf die Breitseite meines Fahrzeugs zu – sah er es nicht? ich stieß einen zornigen Warnungsruf aus, doch gleich darauf tönte als Antwort herüber: »Hüte Dich, Reinold Keßler!« Mechanisch riß ich mein Steuerruder herum, meine Segel flackerten im Wind, das fremde Boot schoß hart an meinem vorbei, und ein frohlockend-höhnischer Triumphlaut sagte mir, daß ich den gewonnenen Vorsprung wieder verloren.

Erich Billrod –! Ich starrte ihm einen Moment nach – nun flogen unsere Böte auf Steinwurfsweite von einander parallel durch das Wind- und Wellengetöse dahin. Drüben tauchte geisterhaft-verschwommen das jenseitige Ufer auf, vor uns quirlte an einer

Stelle inmitten des Wassers weißer Schaum wie gepeitschte Milch in die Höhe. Es war eine Brandung um irgend Etwas, das da aus der Tiefe ragen mußte –

»Da hat Deine Braut gewohnt, Reinold Keßler!« schrie plötzlich Erich Billrod's Stimme dicht neben mir. Mein irrer Blick lief über die Brandungsstelle und ich sah, daß die quirlende Milch um einzelnes aufragendes, zerbrochenes Pfeilergebälk emporschäumte. Wie langblättrigen Seetang schlugen die Wasser daneben das Wipfelgezweig einer Weide hin und her, die aus dem meerüberwogten Grunde herauswuchs – es blieb kein Zweifel, mein Kiel ging über die Insel Magda Helmuth's hin.

Was geschah noch? – Ich hörte andere Stimmen um mich, die von Fischern aus dem Dorf. »Rein, sie sind nicht drüben! Wer hatte Zeit in der eigenen Not, an die Frauen auf der Insel zu denken? Das halbe Dorf ist eingestürzt! – Das Wasser hat ihr Strohdach abgehoben, vielleicht treiben sie noch darauf umher.«

Ich saß nicht mehr allein, zwei Schiffer waren aus einem andern Fahrzeug zu mir in's Boot herübergesprungen und lenkten es hierher und dorthin. Wind, Wasser, Gischt, glänzende Mondhelle. Ein Ruf aus Menschenmund und ein schriller Vogelschrei. Wie lang? Eine Minute oder ein Leben?

Ick wußte jetzt – es war der Abschluß des Tages und war vorbei. Mein Herz sprach's, denn es klopfte nicht mehr. Es lebte nichts mehr in ihm, als ein dumpfes, namenloses Gefühl – ich konnte es doch benennen – das eines sinnlosen Hasses gegen Erich Billrod.

Warum? Trug er die Schuld an dem elenden Leben, das meinen Körper noch aufrecht erhielt? Ich wußte keinen Grund dafür, als daß ich empfand, er haßte auch mich, schon seit Jahren, wie in früher Zeit manchmal plötzlich der Haß gegen den Sohn Asta Ingermanns in ihm aufgelodert war.

Einstmals, als wir am Rande der See gesessen und er, sich beherrschend, plötzlich aufgesprungen und gesagt – mir klang's wie eine Halluzination durch das Gebrüll der Nacht im Ohr –: »Das da kann sehr zornig werden und ist dann höchst unvernünftig, wie alle zornigen Geschöpfe.«

»Hierher!« rief die Stimme eines Fischers durch den Sturm – »das Dach! Hier sind sie!«

Wir schossen in die Richtung des Rufes und ich sah etwas vor mir treiben in wunderlichster Gestalt. Balken und Sparrenwerk, halb nackt und zerbrochen, drohend hier- und dorthin ragend, halb noch mit zersetzter Strohhülle überzogen. Wie ein Schiff schwamm es, von einem Schornsteinendstück statt des Mastes in der Mitte überragt, ward es in taumelndem Schwanken hin- und hergeworfen. An einer Seite aber war das Stroh in dichterer Masse eingesunken und hatte eine Wandung gebildet, wie eine Lagerstatt, die sich mit den darunter auf und nieder wallenden Wellen wie ein klopfendes Herz hob und senkte. Auf diesem Strohbett lag, vom Mond voll und friedlich überglänzt, eine ausgestreckte Mädchengestalt, die sich durch eine Lücke des Dach's dort hinaufgeflüchtet – war sie dann mit erloschener Kraft willenlos umgesunken – schlief sie in bewußtloser Betäubung?

Ich sah deutlich, wie der Glanz des nächtlichen Himmelslichtes über das fein ausgesponnene Metall der Silberfäden ihres Scheitels rieselte – wie Schnee sprühten die Wogen ihr weißes Schaumgeflock zu den reglos über der Brust ruhenden Händen hinauf.

Nun streckte sich aus dem Boot, das vor uns die schwimmende Masse erreicht und neben ihr wie eine Nußschale emporflog und zurücktauchte, ein Arm nach Magda's Hand, und eine Stimme rief: »Sie ist kalt – was ist's? – sie kann nicht ertrunken sein und doch ist sie –«

»Vielleicht erstarrt nur,« ergänzte eine andere – »schafft sie in's Boot, wärmt sie! Wo ist die Andre, die Alte?«

»Nein, sie ist tot!« schrie's von meinen Lippen. Mein Herz wußte es – das stürmische Klopfen des ihrigen hatte die Schrecknis dieser Nacht bekämpft, bis es unterlegen. Die Welt, die bisher noch in ungeheurem Taumel um mich geschwankt, stürzte zusammen, denn Magda Helmuth war tot.

Ich stand auf dem Rande des Fahrzeugs, um auf das schwimmende Dach hinüberzuspringen; der Schiffer neben mir rief: »Zurück – der Schornstein schlägt ein!« Zugleich erschütterte ein Stoß unser Boot, ein anderes drängte dies ab, daß ich gegen den Mast schwankte, und Erich Billrod's Stimme schrie mir gleichfalls in's Ohr: »Zurück, Reinold Keßler! Hast Du auch auf die Toten noch ein Vorrecht, die nicht mehr sehen, was schön und was häßlich ist?«

Ich starrte ihm mit gewendetem Blick in's Gesicht und sah, daß er im Begriff stand, auszuführen, woran er mich hinderte, sich auf das treibende Strohlager hinüberzuschwingen. Noch einmal durchzuckte ein Blitz der Erkenntnis mein Gehirn – Erich Billrod hatte Magda Helmuth, den Krüppel, geliebt, wie einst Asta Ingermann, meine Mutter, und um mich hatte sie ihn abgewiesen, wie jene es getan. Darum haßte er mich, hatte er Magda von mir fort auf die Insel gebracht – in ihren Tod. Und in mir schwoll der langgezügelte Haß, meine Hand griff irr nach dem schweren Ruder neben mir und hob es in die Luft. »Zurück von ihr,« stieß ich drohend aus, »sie ist mein!«

»Sie war's, Reinold Keßler – was nahmst Du Dein Eigentum nicht eher?! Jetzt klopft ihr Herz nicht mehr und wir sind gleich vor ihm!«

Sein Fuß hob sich zum Sprung, und besinnungslos ließ mein Arm das emporgeschwungene Ruder gegen seine Stirn niederfahren. Ich sah, daß die Mondscheibe vom Himmel fiel, ein Aufkrachen und Schrei folgte hinterdrein, die letzte Kraft hatte mich verlassen und kopfüber stürzte ich wie in bodenlose Nacht rückwärts in den Bootsraum hinunter.

*

Irgendwo bekam ich den Brief, nach Monden, irgendwo in der Welt. Einen veralteten Brief von Erich Billrods Hand, der mich schon lange gesucht. Sehr kurz, er sagte es selbst:

»Ich schreibe Dir sehr kurz, Reinold Keßler, denn Sterbende sind nicht zu Weitläufigkeiten verpflichtet. Vielleicht dient es Dir später noch einmal zu einiger Beruhigung, daß ich den zerschmetterten Stirnknochen, der, wie der Arzt sagt, heut' Nacht bewirken wird, daß die Sonne morgen nicht mehr vor mir erschrickt – daß ich ihn nicht Deinem Arm, sondern dem Einsturz des Dachstuhls verdanke, unter dem Magda Helmuth's Herz sommerlang für Dich geschlagen. Du warst etwas ungerecht gegen mich, Reinold Keßler, als wir uns zu-

letzt und zum letztenmal sahen – das Herz macht
manchmal den Kopf dazu – ich habe dafür eine Pflicht
erfüllt, indem mein Testament Dich heut' zu meinem
Erben eingesetzt hat. Das ist sehr wenig, Remold Keßler, aber man kann nicht viel tun, wenn man nur wenig
Zeit mehr hat, sonst hätte ich nachgesucht und vielleicht noch ein Stück von dem Herzen Robert Lindström's unter dem Schutt herausgefunden, um es dem
Sohn Asta Ingermann's beizulegen. Aber es ist spät geworden – ich muß diesmal allein nach Hause gehen
und will Magda Helmuth von Dir grüßen, bis Du
nachkommst,
Reinold Lindström –«

Über tredition

Eigenes Buch veröffentlichen

tredition wurde 2006 in Hamburg gegründet und hat seither mehrere tausend Buchtitel veröffentlicht. Autoren veröffentlichen in wenigen leichten Schritten gedruckte Bücher, e-Books und audio-Books. tredition hat das Ziel, die beste und fairste Veröffentlichungsmöglichkeit für Autoren zu bieten.

tredition wurde mit der Erkenntnis gegründet, dass nur etwa jedes 200. bei Verlagen eingereichte Manuskript veröffentlicht wird. Dabei hat jedes Buch seinen Markt, also seine Leser. tredition sorgt dafür, dass für jedes Buch die Leserschaft auch erreicht wird.

Im einzigartigen Literatur-Netzwerk von tredition bieten zahlreiche Literatur-Partner (das sind Lektoren, Übersetzer, Hörbuchsprecher und Illustratoren) ihre Dienstleistung an, um Manuskripte zu verbessern oder die Vielfalt zu erhöhen. Autoren vereinbaren direkt mit den Literatur-Partnern die Konditionen ihrer Zusammenarbeit und partizipieren gemeinsam am Erfolg des Buches.

Das gesamte Verlagsprogramm von tredition ist bei allen stationären Buchhandlungen und Online-Buchhändlern wie z. B. Amazon erhältlich. e-Books stehen bei den führenden Online-Portalen (z. B. iBookstore von Apple oder Kindle von Amazon) zum Verkauf.

Einfach leicht ein Buch veröffentlichen: **www.tredition.de**

Eigene Buchreihe oder eigenen Verlag gründen

Seit 2009 bietet tredition sein Verlagskonzept auch als sogenanntes "White-Label" an. Das bedeutet, dass andere Unternehmen, Institutionen und Personen risikofrei und unkompliziert selbst zum Herausgeber von Büchern und Buchreihen unter eigener Marke werden können. tredition übernimmt dabei das komplette Herstellungs- und Distributionsrisiko.

Zahlreiche Zeitschriften-, Zeitungs- und Buchverlage, Universitäten, Forschungseinrichtungen u.v.m. nutzen diese Dienstleistung von tredition, um unter eigener Marke ohne Risiko Bücher zu verlegen.

Alle Informationen im Internet: **www.tredition.de/fuer-verlage**

tredition wurde mit mehreren Innovationspreisen ausgezeichnet, u. a. mit dem Webfuture Award und dem Innovationspreis der Buch Digitale.

tredition ist Mitglied im Börsenverein des Deutschen Buchhandels.

Dieses Werk elektronisch lesen

Dieses Werk ist Teil der Gutenberg-DE Edition DVD. Diese enthält das komplette Archiv des Projekt Gutenberg-DE. Die DVD ist im Internet erhältlich auf **http://gutenbergshop.abc.de**